魔術師の杖
ネリアと魔導列車の旅
8
IZUMI
いずみノベルズ

登場人物紹介

ネリア・ネリス
エクグラシア王都三師団で錬金術師団長をつとめる。王都にでてきて婚約までしたが、報告する相手もいないのはなんだかなぁと思っている。まわりの大騒ぎに引いていても、相手のことは真面目に考えている。

レオポルド・アルバーン
きらめく銀髪に光のかげんで色を変える黄昏色の瞳を持ち、周囲のため息を誘う美貌の魔術師団長。恋愛や結婚には無関心だったが、いざ自分がやるとなるとこだわりが強い。

ライアス・ゴールディホーン
金の髪に夏の青空のような蒼玉の瞳を持つ竜騎士団長。王都女子に絶大な人気だが男兄弟しかいないため、女性と接するのは苦手。元竜騎士の父ダグが十番街に家をかまえており、その点ではまだすねかじり。

ソラ（エヴェリグレテリエ）
元はエヴェリグレテリエと呼ばれたコランテトラの木精で、人間だった前世もあるらしい。少年時代のレオポルドを写した姿をしており、グレンの死によりネリアと契約した。王城内は自由に移動できる。

オドゥ・イグネル
こげ茶の髪に深緑の瞳を持つ錬金術師。土石流で失った家族を取りもどすため、〝死者の蘇生〟を研究している。天涯孤独で世慣れた苦労人でもあり、ユーリとは竜玉とひきかえに眼鏡を渡す取り決めをした。

ユーリ・ドラビス（ユーティリス・エクグラシア）
エクグラシア王太子としてサルジアへの使節団を率いる……はずが、港町タクラにオドゥと潜伏している。学園時代はませたガキ（テルジオ談）だった。

クオード・カーター
ギラギラした視線でねちっこい性格の副団長。魔道具師から錬金術師に転職した異色の経歴の持ち主。

アナ・カーター
　掃除と料理は苦手だが、手芸は得意なクオードの妻。ようやくリメラ王妃とお茶しても緊張しなくなった。
メレッタ・カーター
　カーター副団長の一人娘で、花飾りのついたカチューシャをはめている。現実的な性格。
カディアン・エクグラシア
　お兄ちゃん大好きっ子な第二王子。手先が器用でセンスもいい。オドゥに憧れて錬金術師を志す。
アーネスト・エクグラシア
　魔導国家エクグラシアの第三十代国王。父としては情けないが調整役としてはピカイチ。
リメラ・エクグラシア
　王妃。心配性な性格で息子への不安は尽きない。親友の息子レオポルドを気にかける。
ダグ・ゴールディホーン
　左ほほに三筋の傷を持つ元竜騎士。ライアスの父親で、オドゥ少年を助けた過去を持つ。
オーランド・ゴールディホーン
　銀縁眼鏡をかけたライアスの兄で生真面目な性格の第二王子筆頭補佐官。彼女はちゃんといる。
ニルス・アルバーン
　現アルバーン公爵でレオポルドの叔父。イケオジだが自分をこき使った姉に対してはトラウマがある。
サリナ・アルバーン
　金髪にエメラルドの瞳を持つレオポルドの従妹。最近は公爵について領地経営を学んでいる。
グレン・ディアレス（故人）
　オドゥの研究を手伝いネリアを助けた老錬金術師で、レオポルドの父親。息子とは仲たがいしたまま死去。
ダイン・ミネルバ
　ミネルバ書店の製本師で世界中の書物にくわしい。豊富な知識量から貴族相手の接客を任されることも。
ニーナ・ベロア

黄緑の髪に若草色の瞳を持つ服飾の魔女。ネリアに渡されたデザイン帳を手にマウナカイアにでかけていた。

ミーナ・ベロア

装飾の魔女。双子の姉ニーナを手伝い靴やアクセサリーなどを作る。冬期休暇でアイリとタクラに滞在。

アイリ・ヒルシュタッフ

趣味だった刺繍の腕を生かして現在はニーナたちの店で働くが、魔術や護身術も学んだ過去がある。

ミストレイ

威風堂々たる竜王だが、ネリアにはお腹をなでてほしい。いつもライアスに邪魔されておもしろくない。

アガテリス

ドラゴン界の肝っ玉母ちゃん。優美な姿が美しい白竜。ミストレイの反応がおもしろくてネリアをかまう。

竜騎士ヤーン（騎竜はクレマチス）

ライアスの父ダグから騎竜をひきついだ竜騎士。オーランドの同級生で親しみやすい性格。

バルザム・エクグラシア（過去）

身分違いの恋をサルジア皇帝にとがめられ、ドラゴン退治を名目に辺境へ追いやられた魔法剣士。

リュカ（過去）

建国の祖バルザムの腹心で初代の竜騎士団長。親代わりに育てた妹スーリアを気にかける。

スーリア（過去）

リュカの妹で初代の魔術師団長。兄リュカにくっついて過酷な旅に同行したたくましい女性。

メレッタ・カーター

カディアン・エクグラシア

ユーリ・ドラビス

オドゥ・イグネル
ニーナ・ベロア

魔術師の杖⑧

ネリアと魔導列車の旅

粉雪　著

イラスト　よろづ

第一章　魔導列車の旅と王都の動き

金と銀、動く

　動きだしたタクラ行きの魔導列車が、スピードを上げてシャングリラ中央駅から遠ざかっていく。

　休暇のあいだにバッサリ切った銀髪が木枯《こが》らしに舞い、レオポルドの唇に残っていたかすかな感触は、あっというまに冷たい風が吹き飛ばした。さっと割れる人垣も気にせず、駅の構内を歩く彼はすこし不機嫌だった。

（いくら何でも油断しすぎだ）

　別れ際に婚約者から、口づけのひとつも降ってこない……と思うほうがどうかしている。それと同時に昨年の今ごろは、まだ彼女はデーダス荒野で、グレンとふたり暮らしだったのだと思いだす。

　びっくりしたように大きく見開かれた濃い黄緑の瞳、みるみる朱に染まる顔に白い仮面をかぶせたのは、自分の視界から隠すためでもあった。まっすぐに飛びこんでくる彼女の感情は、ときにレオポルドさえも動揺させる。

「ずっとそばにいる……そう誓わせたくせに」

　婚約はした、だがそれだけだ。手を伸ばすと決めたからには逃がす気はないが、彼女を自分の妻として迎えるには、取り除かないといけない不安要素がある。それにパズルのピースは、まだいくつか欠けたままだ。

（妻か……そんなものには一生縁がないと思っていたが）

　駅の改札を抜け灰色の空を見上げれば、ひとひらの雪が舞い落ちる。凍りついた樹々に囲まれ雪に閉ざされる、冬のアルバーン領での暮らしは陰鬱で寂しく、レオポルドは雪が嫌いだった。

　重たく世界を覆う沈黙の氷精は、あらゆる命をたやすく奪い去る。公爵邸で幼い彼の心をなぐさめたのは、雪原を走る銀狐やラベンダーメルといった小動物で、懸命に生きる姿がひとりぼっちの心に勇気を灯した。

（あの娘にもそんなところがある。彼女はその行動で、あらゆる記憶を塗りかえていく）

　そしてそれは意外にも、銀の魔術師にとって心地よかった。今のレオポルドは雪を見るだけで、デーダス荒野で鼻を真っ赤にして雪まみれになり、笑いころげていた娘を思いだす。彼女ならアルバーン領に連れて行っても、長く暗い冬の中でさえ、世界の美しさを見つけるだろう。

あのとき両手を天高く掲げ、デーダス荒野に雪を降らせた娘は今、王都の雪を見ることなく魔導列車に揺られている。真っ赤になっていた顔の火照《ほて》りは、ようやく少しは治まったろうか。

（きょとんとしていたな……）

無表情と言われる魔術師の顔にふっと笑みが浮かび、ただそれだけのことで道行くひとびとが、凍りついたように動きを止めた。まぶしげに目をそらした者もいれば、ほほを染めて振りかえって二度見する者もいる。日が沈みきった薄暮の空を思わせる瞳は、極上の紫陽石を磨いたようで、やわらかい輝きを放っていた。

コツコツと魔導タイルを鳴らして向かった転移門には、銀のラインが入った紺の騎士服に身を包み、堂々とした体躯《たいく》の男が立っていた。太陽の光を紡いだような金髪に、夏の青空を思わせる明るい蒼玉の瞳……雪空の下でも長身のライアスは、輝くばかりの美丈夫《びじょうぶ》で、これまたひとびとの視線を集めている。

「出発は見届けたか？」

「ああ」

駅構内までの見送りは、ライアスなりに遠慮したのだろう。無表情にうなずく友に、彼は見る者をホッとさせる温かい笑みを浮かべ、口調に少しからかいをにじませた。

「婚約おめでとう」

「彼女はどこまで本気かわからないが」

銀の長いまつ毛を伏せて、ため息混じりに吐かれた本音に、ライアスは心配そうに澄んだ青い瞳を曇らせる。

「だが彼女は自分から、『杖を作る』と言ったのだろう？」

「ああ」

「ならば信じるといい。それに彼女の気持ちが固まってなくとも、お前は本気だ。そうだろう？」

「…………」

ふいっと視線をそらした銀の魔術師に、金の竜騎士はちょっとだけ気の毒そうな顔をした。

「離れるのが不安なら、いっしょにタクラへ行けばよかったのに」

「……やることがある」

むすりとそう言って、レオポルドが先に転移門に入った。ふたりの姿が消えるとともに、まばゆく輝いた魔法陣の線はすぐに薄れ、降る雪は地面にふれたとたん、魔石タイルでしゅわりと溶けた。


本城にある小会議室では、榛色《はしばみいろ》の髪をきっちりと結いあげ、琥珀《こはく》色の目をしたリメラ王妃が国王アーネストの隣に座っていた。リメラ王妃はやってきたふたりに、おっとりと笑いかける。

「ふたりとも冬至の祝祭以来ね。ゴールディホーン竜騎士団長は昨年就任したばかりで、一年よく務めてくれました」

「もったいないお言葉です」

ビシッと背筋を正すライアスにうなずき、リメラ王妃はレオポルドのほうを向く。

「アルバーン魔術師団長には王太后様のお茶会で、カディアンに言祝《ことほ》ぎをいただきました。わたくしからもあなたの婚約に『おめでとう』を言わせていただくわ」

「ありがとうございます」

「息子のときは驚きしかなかったけれど、あなたの婚約は本当にうれしくて。レイメリアがきっと喜ぶわ。彼女の死後、心を閉ざしたグレンとあなたとの関係を、わたくしも気にかけていたの」

王族の居住区である奥宮から、錬金術師団の研究棟は歩いてすぐだ。レオポルドはあまり覚えていないが、子どものころはまだ王太子妃だったリメラが、レイメリアをよく訪ねてきていたらしい。

「父も母も自分の思うままに生きました。気にされる必要はありません」

「いいえ、それでも伝えるべきだったわ。レイメリアは自分の意思でグレンを選び、それを貫いたのだと」

「リメラ……」

レオポルドの言葉にゆるく首を振り、目を潤ませた王妃の肩に、国王がそっと手をおいた。

「今は……知っています」

「レオポルド、俺からも詫びを。そなたの両親についてもっと早く教えるべきだった。エクグラシアの発展にグレンほど貢献した者はいない。それにネリア・ネリスを師団長として迎え、ふたりが支えてくれたことに感謝する」

まじめな顔で師団長たちに頭を下げたアーネストは、つぎの瞬間プハッと吹きだした。

「まさかお前が婚約するとはなぁ。年明けすぐの師団長会議で聞かされたときは半信半疑だったぞ。残る師団長はライアスだけだな。令嬢たちの攻勢も増すだろう」

「おもしろがらないでください」

ライアスは渋い顔をした。竜騎士団へ突撃する令嬢はいなくなったが、母マグダへ茶会の誘いが増えたし、王城勤務の兄オーランドへの働きかけもある。何とかつながりを作ろうと、元竜騎士の父ダグに武術指導や屋敷の警備を依頼してくる貴族もいる。生来の生真面目な性格ゆえ、適当にあしらえない彼のかわりに、家族がさばいてくれるのも頭が痛い。

「ネリス師団長がタクラに発って寂しいけれど、本当に……一年前の師団長会議とはまったく違うわね」

小会議室を見回してリメラ王妃がほほえめば、アーネストは思いだしたようにぶるりと身を震わせ、両腕を自分の手でさする。

「まぁな、昨年までは三師団長がそろうと、小会議室に冷気が満ちて、冬はとくに凍えた」

「そうだったのですか？」

去年師団長になったばかりのライアスも、そのようすは知らないのだ。リメラ王妃がレオポルドに頼んだ。

「お願いがあるの。彼女の杖を見せてもらえるかしら」

「杖を、ですか？」

けげんな顔をしつつ右手をひらめかせ、レオポルドは自分の収納空間から一本の杖を取りだす。杖を受けとったリメラ王妃は、それを掲げるようにして手に持ち、窓から射しこむ光に核であるペリドットをかざした。

「やっぱり軽いのね。レイメリアはいつも幸せそうにこの杖を眺めていたわ。食事するときもずっと、片時も手放さなかったの。これが作られてからもう二十年以上たつのね。ずいぶん傷だらけだこと」

小ぶりでシンプルな金属製の杖に、枠で囲んでセットされた核をよく見れば、刻まれた魔法陣がひそやかに明滅している。琥珀色の瞳で感慨深げに見守る彼女に、レオポルドは淡々と応じた。

「ずっと私とともにありましたから」

「グレンと杖を巡って遠征式で、親子ゲンカをはじめたときはびっくりしたわ」

レオポルドが師団長に就任して最初の年、出発式でグレンと口論になったことを、彼女は持ちだしてきた。

「あのときは……杖の使いかたが乱暴だと注意されました。いまさら父親ぶるつもりかと私も腹を立てたので」

リメラ王妃は悲しげに眉をさげた。優しげな王妃の憂い顔は王城において、国王の一喝よりも効果を発揮する。

「本当に言葉足らずね、あなたたち。彼にとってはモリア山から帰ってきたのが、この杖と魔石だけだったの。その杖とともに今度はあなたがモリア山へ向かうのだもの。わたくしならとても心配するわ」

「レオポルドも初の遠征で、そこまで気づかう余裕がなかったのだろう」

アーネストのフォローにうなずいてから、リメラ王妃は杖をレオポルドに返した。

「ネリアにはこの杖をもう見せたの？」

「いいえ」

「ふたりで見るべきだわ。この杖が何よりも雄弁に、レイメリアに対する彼の想いを語るでしょう」

「………」

「どうしたレオポルド、変な顔をして」

レオポルドが眉を寄せて微妙な表情になったのを見て、ライアスは不思議そうに首をかしげる。

「彼女もデーダスの工房で、似たようなことを」

「似たようなこと？」

「研究棟のソラを見れば、グレンがどれだけ私を愛していたかわかるとか、そんなことを」

ぼそぼそと告げられる内容にライアスだけでなく、国王夫妻まで顔を見合わせ、納得したようにうなずき合う。

「あ～なるほどな」

「わたくしも王太后様のお茶会でソラを見て、びっくりしましたわ」

「そこは納得しないでいただきたい、私はそうは思いません」

顔をしかめて言い返すレオポルドは、ソラの体を作りあげたグレンの動機に、まだ納得しきれていない。なまじ老錬金術師の観察眼が優れていたからこそ、今の彼女はあんな姿なのだ。

（グレンは彼女本来の姿を知らなかった。それはおそらく私以外のだれも……）

長い黒髪をひるがえし、舞踏会の後かき消すように姿を隠した〝夜の精霊〟は、レオポルドの婚約も決まった今、大劇場での公演が終わればいずれ、ひとびとの記憶から忘れ去られていくだろう。

ケルヒ補佐官が全員分のお茶を配り終わったところで、小会議室ではリメラ王妃も交え、ネリア抜きの師団長会議が始まった。とはいえサルジア行きに関する重要な話し合いは、ネリアが出発する前に終わっている。

「お茶会といえば、参加した上位貴族の夫人たちは、その……勘違いしたのではないか？」

「勘違い？」

片眉を持ちあげて聞き返すレオポルドに、アーネストは言いにくそうに言葉を濁した。貴婦人たちは当然、レイメリアをよく知っている。アルバーン公爵夫人ほどでなくとも彼女の信奉者は多い。

「お前、ネリアの仮面をちゃんと外させなかったろ」

「ああ、そのことですか。親子のあいだに割りこもうとする者もおりますまい」

優雅で洗練された美少女、可憐な公爵令嬢などと聞かされても、母の少女時代などレオポルドにはピンとこない。紅茶のカップを持った彼から平然と言い放たれた言葉に、アーネストは目を丸くした。

「お前……わざとか⁉」

「国内だけならば、しばらくは牽制《けんせい》になるかと」

「だがなぁ」

「本人に接すれば誤解はすぐに解けます。だがあの姿に父が抱いていた、母への情を感じたのは確かです」

ゆったりと紅茶を飲むレオポルドに、アーネストは何とも言えない顔をする。リメラ王妃はクスクスと笑った。

「そのせいかしら、アルバーン公爵夫人が〝聖地巡礼〟とかいう旅にでたそうよ。あなたは何か聞いていて？」

「いいえ」

涼しい表情を崩さないレオポルドに、王妃は小首をかしげた。

「婚約で贈られた紫陽石のピアスは、もとは公爵夫人のコレクションなのでしょう？」

「報告したその場で快く譲ってもらいました」

レオポルドは淡々と答えた。ミラは少女のようにはしゃいで旅立ったらしいが、公爵夫人ともなると気ままなひとり旅というわけにはいかず、大騒動になったらしい。アーネストが渋い顔でつけ加える。

「そなたも公爵夫人の性格を知っておろう。王都でのぜいたくな暮らしに慣れていて、やれ『道がデコボコで魔導車に酔った』だの、『夜も楽しめる催しはないか』だの、『ベッドが寝にくい』だのワガママ……いや、注文が細かいからな。公爵家の支援で街道や宿の整備が、〝聖地認定〟された土地で急ぎ進められている」

レオポルドの母レイメリアは、魔術師として気軽に転移魔術で全国を飛び回っていたし、何なら従兄のアーネストに乗せてもらい、ドラゴンも足がわりに利用していた。

「聖地には風光明媚なだけで、だいぶ不便な場所もあったはずですが」

公爵夫人が泊まる宿ともなると、格や従業員の質も要求される。いくつもある聖地を全部整備するとしたら、膨大な時間と費用がかかるだろう。そう考えたレオポルドの指摘にも、アーネストは汗をかきつつうなずく。

「あの夫人の美に対するこだわりと、その行動力はすさまじいからな。何でも『このままの景色がいい』と譲らず、環境や景観の保全にも配慮しているとか。エクグラシア各地に、新たな観光名所が誕生しそうだ」

「そうですか」

おそらくミラのことだから、公爵家の威信にかけて整備させた宿のティールームで、ほほえむレイメリアの虚像とともに、うっとりと優雅にお茶を楽しむのだろう。

そのときのレオポルドはまったく関心を示さなかったが、公爵夫人の肝いりで整備された聖地は将来、ミネルバ書店からフォト入りの〝聖地ガイドブック〟が発売され、その景観の美しさが爆発的な人気を呼ぶことになる。

多くの貴人たちを集めた施設は、やがてアルバーン・リゾートとして発展し、国王夫妻も利用することになるのだが……それはまた別のお話。


小会議室ではリメラ王妃が細やかな気づかいを見せていた。

「パリュールをそろえるには時間がかかるわね。ピアスを贈って終わりではないでしょう？」

王侯貴族や富裕層の女性にとって必需品のパリュールは、富と権力を象徴する稀少な宝玉を、職人の手でアクセサリーに加工したものだ。公爵夫人から手に入れた紫陽石は裸石で、ピアス以外はまだ何の加工もしていない。

「いちどに贈っても負担かと。加工に時間もかかりますし、彼女をパートナーとして連れだせるのはまだ先です」

何しろ相手は『宝石さえも作ってみせる』と豪語した錬金術師団長だ。用意するレオポルドとて慎重になる。

「ピアスの魔法陣に、魔術学園のロビンス教諭から力を借りたのですって？」

「俺のときは『自分でやれ』と断られたぞ。あの気まぐれなロビンス教諭がよく力を貸したな」

ロビンス教諭は魔法陣研究の第一人者だが、学園で働く彼は金や権力でどうにかなる相手ではない。息子たちの婚約もあるから、国王夫妻も気になるのだ。

「彼の代わりに特別講義を、何コマか引き受けました」

「お前がそこまで積極的に動くとはなぁ」

「かろうじて体裁を整えただけです。まだ何も……」

感心するアーネストに、レオポルドはゆるく首を振ってため息をついた。急いだとはいえ時間をとられたため、あまりふたりで過ごす時間もなく、ネリア本人もこの婚約を形式的なものと考えていそうだ。

「ずいぶん焦っているのね。まずは互いの相性を確かめるために、婚約だけで何年も過ごすカップルも多いのに」

「そうだぞ。お前たちがケンカしたら、王城が破壊されるかもしれん。強引に進めず慎重にやれよ」

「そうですが……それでなくともまわりには、師団長同士の政略的な婚約と思われています」

国王夫妻に言われたレオポルドは、はじめて瞳の黄昏色を揺らがせて、自信なさげな顔をした。

「私の両親は愛し合っていても、籍をいれませんでした。そのためいろいろな憶測《おくそく》が流れた。だから彼女とは……できればきちんと式を挙げたいのです」

「まぁ！」

ふだんの傲岸不遜《ごうがんふそん》な態度とは、あまりにも違うその表情に、王妃はひと声発しただけで目を潤ませる。ふいっと顔をそらしたレオポルドの横顔には青年らしい戸惑いが見え、国王もライアスも一瞬あっけにとられた。

「何だろう、この可愛い生きものは」

「レオポルド、お前……そこまで考えていたのか」

「『生きて彼女と幸せになることを考えろ』と言ったのはお前だろう」

何をすればいいかわからないが、とりあえず何でもやってみるといったところか。師団長同士の婚姻は国を挙げて祝福したいし、そうと決まればさっさと話を進めたい。アーネストにとってはレオポルドも親戚の子みたいなものだ。

「それならさっそく大聖堂を押さえるか！」

国王が勢いこんでケルヒ補佐官に命じようとしたところで、レオポルドの眉間にグッとシワが寄る。さすがに本人抜きで式の打ち合わせまで始める気はない。まだ彼女の了承は何も得ていないのだ。

「婚約のことはもういいでしょう、われわれが王都を離れる許可をいただきたい」

「でも大聖堂は人気なんだぞ。今のうちに……」

けれど銀の魔術師は凍えるような声で、はやる国王の言葉をピシャリとさえぎった。

「陛下はご子息のことだけ心配してください。まずはオドゥ・イグネルの故郷、イグネラーシェに向かい、戻ったらその足で港湾都市タクラへ、そこで錬金術師団長及びユーティリス王太子と合流します。そしてこちらにも許可を」

強い意志を感じさせる光をレオポルドの瞳に見てとり、差しだされた書類にアーネストは難しい顔をした。

「……これに署名するのか」

「はい」

「俺からもお願いします」

竜騎士団長ライアスも言葉を添え、アーネストはため息をつくと手にした銀のペンを、サラサラと書類に滑らせた。

「今回のサルジア行きは両国にとって大きな転換点になる。どんな結果になろうと、国内外から反発があるだろう。だが……建国の祖バルザムの悲願が、ようやく達成されると俺は信じている」

「ありがとうございます」

ひとこと礼を言って書類を受けとり、立ちあがったレオポルドに、国王は苦笑して手をヒラヒラと振る。

「だがなぁ……まぁいい、気をつけて行ってこい」

「そうね、その杖を彼女に見せないとね。あとはユーティリスに『無茶はするな』と伝えてくださる？」


リメラ王妃もほほえんでうなずき、師団長会議を締めくくった。


王城の裏手にひっそりと建つ、錬金術師たちが働く三階建ての研究棟に戻ってきたレオポルドは、ようやく手にした書類をソラに預けてグチをこぼした。

「ただ報告して許可をもらうだけで、こんなに手間がかかるとは」

「リメラ王妃やアーネスト陛下の好意を、無碍《むげ》にするわけにもいくまい。それに俺たちもこれで動きやすくなった」

ライアスも騎士服の襟元をゆるめ、ホッとしたように笑みをこぼす。そのまま思い立って彼は、師団長室から中庭へと通じるドアを開け、秋に造ったかまどを見にいった。

ネリアがタクラに発った今は、ひと気のない冬の中庭は、ソラの手できれいに落葉も掃き清められている。コランテトラの裸になった枝先には若芽の塊もふくらみ、葉が落ちたおかげで奥にある居住区が透けて見え、古びているが居心地のよさを感じさせた。

「かまども役に立っているようだな」

「ああ、彼女がとても喜んで使っている。私もソラに使いかたを教わった。お前には造形の才があるな」

「俺に？」

かまどを真剣に見つめるレオポルドは、銀の光を放つ髪が肩より少し下の位置でざっくりと切られ、シャギーがかかったふぞろいな毛先が踊っている。長い指で髪をかきあげると白い額が見えた。

「師団長室に置かれたミストレイの花瓶もみごとだが、このかまどにしても魔石タイルの配色が美しい。正直お前がここまで器用だとは思わなかった」

は、とライアスは息を吐く。魔法陣は野営でもよく使う簡単なものだし、かまどに使う魔石タイルなぞ、種類や色は決まっている。

「ただ並べただけだ。俺は魔法陣の専門家じゃないから、お前に見られるのは緊張するんだがな」

浄化を司《つかさど》る緑に保温の赤、吸水の青……と、ただ敷くだけではつまらないから、色遊び感覚でタイルを置いた。

「俺が組み立てたものだから凝った細工じゃない。炎の精霊を迎える魔法陣、屋外だから風をやわらげる魔法陣、それと保温の術式ぐらいか。あとは魔石タイルを使い、掃除いらずにしたところは工夫したかな」

「よくできている」

静かにうなずいてほめられれば悪い気はしない。相手はこの国最高……いや世界一の魔術師なのだから。

「研究棟にいる人数に合わせ、かまどのサイズは大きめだ。彼女やソラが扱うには不便かもしれん」

「調整する」

「頼む」

ライアスが言う筋合いはないが、レオポルドが彼女から頼まれるのもしゃくだ。それぐらいなら自分が頼んだほうがいい……それも変な理屈だが。かまどに埋めこまれた魔石タイルを指でなぞり、銀の魔術師はぽつりとつぶやいた。

「できぬ者には真似することとさえ難しい。私はこういうところに気が回らない。自然にできるお前がうらやましい」

「そうか」

いつもよりレオポルドの口数が多く、瞳の黄昏色が揺れている。それを見たライアスはおや、と思った。

「レオポルドお前もしかして、俺がかまどを造ったこと……気にしているのか?」

指摘されてまばたきをした銀の魔術師は、とほうに暮れたような顔をした。持て余すような感情はすぐに切り捨てる男だけに、そんな表情を浮かべること自体珍しかった。

(こいつにこんな弱点があるとは……)

レオポルドは決して不器用ではない。その手で紡ぎだす魔法陣は美しいし、ローブにできた術式のほころびも、自分で針と糸を使い繕ってしまう。けれどそれは完成形があるからだ。

(もしも魔石タイルを並べさせたら、きっとこいつはどれを置くかで迷う)

どちらかに優劣があれば、レオポルドは決断も早く迷わない。だけど魔石タイルは好きなように置けるぶん、作り手のセンスが問われる。遊び感覚でやってみろ、といわれても逆に困るのだろう。

人一倍努力するからこそ、努力だけではどうにもならないことに、とほうに暮れる。術式は正確に刻めても、何もないところに自由に絵を描けと言われたら困るのと同じだ。

大喜びでかまどを使うネリアの助けになれたのは、ライアスも単純にうれしかったし、中庭で錬金術師たちの食事に加われたのも面白かった。そのことが親友の心にさざ波を立てていたとは。

「そんなに難しく考えるな、彼女は素直な女性だ。気持ちと言葉を尽くせばいい」

(俺が何でこんなアドバイスをしてるんだ？)

そう思いながらもライアスは親友をほっとけなかった。ふいっと顔をそらした親友の横顔にあっけにとられる。

(こいつがこんな可愛い顔をするとは)

目の前にいるのは、傲岸不遜で知られた冷徹な男だったはずだ。レオポルドは内側に潜む炎が激しく、それを怒りに変えて努力してきた。いま彼に見えている炎は、それよりもっと優しく繊細で、温かい熱量を感じさせる。

それにレオポルドは困っていても、人に助けを求めるのが苦手だ。口にださないし顔色ひとつ変えない。眉間にシワを寄せ何かに耐える表情で、グッとこらえてがんばるから、ライアスもつい手を差しのべてしまうのだ。

(彼女の笑顔を見るのはもちろんうれしい。それに俺が幸せになってほしいと思うのは、ひとりだけじゃない)

ライアスはかまどの前で立ちつくす男に語りかけた。

「俺なりに考えて、女性が喜びそうなところに連れていったが、今思えば彼女にとってリラックスできる場所ではなかった。おたがいに背伸びして緊張して、仕事のことはふつうに話せても、プライベートで会うとぎこちなかった。お前のほうがよほど彼女の素を知っているのでは？」

銀糸のような髪に、ちらつく雪がまとわりつく。職人が手をかけて磨きあげた紫陽石よりも、強い輝きを放つ瞳が空へと向けられた。精霊のような顔立ちの青年が吐く息は淡く白く、言霊を乗せて広がっていく。

「彼女の人生を喜びで満たしたい。それがつぐないになるかはわからないが」

「つぐない？」

決意を秘めたつぶやきに、ライアスはけげんな顔をした。それには答えずレオポルドは親友の名をだした。

「それと彼女の素……か、それを知るにはまだ材料が足りない。オドゥに話を聞きたい」

出てきた錬金術師の名は、ライアスもよく知る学園時代からの友人だ。

「そうだな、俺もあいつとちゃんと話がしたい。デーダスの工房で何か見たのか？」

「……〝レブラの秘術〟を用いた。工房にはオドゥの姿があった」

デーダス荒野に雪を降らせてネリアが倒れた晩、彼女を寝かしつけてから、レオポルドはふたたび工房に下りた。人が丸ごと入れられる大きさの水槽は、治癒魔法をおこなう魔道具で、彼はそれに〝レブラの秘術〟を用いた。

視えたのは工房をせかせかと動きまわり、魔道具を操作するグレン。ゆらゆらと漂うように水槽の中で眠る娘に、レオポルドは驚かされた。そして深緑の瞳を輝かせ、水槽をのぞきこむ青年の表情も気になった。

学園時代のオドゥはいつもどこか冷めた目で、級友たちや婚約したラナにも接していたのに。陶然と彼女を見つめて語りかける姿は、ふだんの彼からは想像もつかないほど熱気を帯びていた。

術者の消耗が激しく、レブラの秘術で追える記憶には限界がある。つかめるのはほんの一瞬でしかない。グレンは手を貸しただけで、彼女を召喚した主がオドゥであるならば、すでにふたりの間には魔力的なつながりがある。

（オドゥは『自分のものだ』と主張するだろう。彼女の真名を最初に知ったのが、私でよかったというべきか）

ほほを染めて瞳を輝かせ、その両手を空へと伸ばし、荒涼《こうりょう》としたデーダスを一面の銀世界に変えた、鮮やかに咲き誇る命の華。彼女があの場所で咲いたとき、その輝きはどれほどだったろう。

その存在をこの世界に留めているのは、何よりも『生きたい』という強い意志。けれどその姿は、グレンとオドゥの手により歪められている。本来の彼女は……。レオポルドは思考を断ち切るために、ゆるく頭を振った。

「まずはイグネラーシェに向かい、戻ったらカーター副団長にも協力してもらい研究棟を調査する」

「強行軍になるぞ。ドラゴンたちの準備はできているが、カレンデュラへの往復は最低でも二日かかる。ネリアが魔導列車に乗る、四日間で済ませるつもりか？」

イグネラーシェにはライアスも同行するが、研究棟を調査することも含め、あえてネリアには知らせなかった。グレン亡き今、いつまでも研究棟を聖域のままにはしておけない……それがライアスや国王とも相談して決めたことだ。

魔導列車に乗るネリアには、王太子の筆頭補佐官であるテルジオが同行している。気配り上手で有能な彼は、不測の事態にも対処してくれるだろう。

「必要ならテルジオに連絡し、ルルスで足止めさせる。ソラ、留守をたのむ」

呼びかけられたオートマタは、水色の瞳でレオポルドを見上げ、まばたきをして首をかしげた。

「レオは昔っから、お留守番が苦手ですね」

「……かもしれないな」

居心地のいい居住区もにぎやかな王城も、彼女がいなければ魔力封じが施された、アルバーン公爵邸の部屋とそう変わりない。彼の心を読んだわけでもないだろうに、ソラはぱちくりとまばたきをした。

「ネリア様はでかけるとき、いつもソラのことを気にされます」

オートマタのソラはレオポルドたちと違い、いくらしゃべっても吐く息は白くない。なめらかに動く機械仕掛けの人形は、グレンが手がけた傑作のひとつだ。

「だからレオのことも気にかけていますよ。いってらっしゃい、レオ」

けれどほほえむソラの澄んだ水色をした瞳が、ふわりと優しく見えるのは。きっと彼女がそう教えたから。

魔導列車の旅

タクラに向かって走りだした魔導列車は城下町から城門を抜けて、どんどんスピードを上げていく。ドアが閉まって動きだしたあとも、わたしはしばらくその場に動けないでいた。仮面をかぶせた素肌が、火照《ほて》っているのは自分でもわかる。

「うわぁネリアさん、今の……情熱的でしたねぇ」

「ひゅおっ⁉」

すぐうしろからテルジオの声がして飛びあがり、ギギギ……と白い仮面のまま振りむけば、補佐官の彼からニコニコと笑顔で迎えられ、わたしは暑くもないのに汗をかいた。

「み、見てました?」

「あ、でも私がいたのはネリアさんの背後でしたから、魔術師団長が身をかがめたところしか見てませんよ」

バッチリ見られてるじゃないですか！

息がかかる距離にレオポルドの顔があって、唇にふれられたのははじめてで、それもあっけなく一瞬で終わった。

『唇とは盗むものだからな』

わたしだけに聞こえる低い声でささやいて、黄昏色の瞳が見たことのない輝きを帯びて……。

「でも驚きましたよ、魔術師団長って淡々としたイメージでしたから。もっと冷たいかと思ってました」

思いださせないでえぇぇ！

「か、仮面がとれません」

「とらなくても耳まで真っ赤ですって」

仮面を両手で押さえてうずくまるわたしに、テルジオはけらけらと楽しそうに笑う。

「ううう……ふい打ちすぎて心の準備が」

白い仮面が赤くなった顔を隠して、ドキドキと早鐘を打つ心臓の音は、だれにも聞こえないとわかっているのに。キスされて動揺している場合じゃない。これは仕事でグレンの故郷、サルジアを知る旅なんだから。

タクラまで四日間の旅には、ユーリの補佐官でもあるテルジオが同行しているけど、それにしても恥ずかしすぎる。

「でもよかったですね、師団長会議での大胆なプロポーズのおかげで、ネリアさんの想いが通じて」

「うひゃあああ！」

そういえば、そういうことになってた！

「ち、ちがいましゅ。もとはといえばエルリカで、レオポルドから『きみの心がほしい』って……」

「わぁ、大胆」

「〜〜〜〜」

「まぁまぁ、それより早くコンパートメントに移動しましょ」

慌ててかんで、恥ずかしさが倍増したわたしをテルジオが促し、通路を進むとヌーク材で作られた柔らかい曲線を描く扉を開ける。大きな窓がある個室は、驚くほど広々としていた。

「え、ここ使っていいの？」

備えつけのテーブルには水差しと果物、それにティーセットが置かれ、窓にはキレイな模様が織られた、光沢のある紺地のカーテンに、サルカス産の繊細なレースがとりつけられている。

たっぷり衣類や小物が収納できるクローゼットには、すでに収納鞄が置かれていて、外した仮面もそこに掛けた。奥には美しい術式が刺繍《ししゅう》されたシーツがかけられた、大きなベッドが置かれた寝室もついている。

わたしは荷物を置くと、ベッドでぽすんと弾《はず》んだ。

「すごい豪華……ベッドも大きくてふかふか！」

「使節団代表も兼ねている師団長は、王太子よりも立場が上ですし、警備の面からも個室になります。私の部屋は隣です。タクラまでは四日間の旅ですし、せっかくですから魔導列車の旅を、のんびり楽しんでください」

「うん、そうする。王都へきたときに乗った魔導列車とはずいぶん違うね」

紺地のカーテンを開くと王都郊外の田園風景が広がっていた。

「王都から港町タクラまでは、船でマール川を下っても行けますからね。エレント砂漠を突っ切るこの路線は、途中にあるルルスのために敷かれたんです」

「ルルス？」

ルルスってたしか……エレント砂漠の魔物討伐で、第三部隊が拠点にしたところだったはず。

「砂漠に囲まれて何もないところに、巨大な魔石鉱床が発見されてから、新しく造られた街です。ネリアさんならきっと興味を持たれるんじゃないかと思って、ルルス観光も予定してますよ」

「わ、うれしい。ありがとう！」

何から何まで配慮が行き届いているテルジオに、お礼を言うと彼はにっこりした。

「どういたしまして。魔術師団長も同行できればよかったんですけどねぇ」

それじゃまるで新婚旅行みたいじゃん、魔導列車の旅には憧れるけど……。ブンブンと勢いよく首を横に振って、わたしはあわてて話題を変えた。

「そんなことないけど……魔石鉱床ってフォト撮影できるかな、持ちこみ禁止だったりする？」

「撮影自体はできますけど、ルルスにある魔石鉱床って特殊な場ですから、ちゃんと写るかわかりませんよ」

変えた話題にあっさりとテルジオが乗ってくれて、わたしは内心ホッとする。

「そうなの？」

「魔素が凝集して結晶化するルルスでは、魔素の流れがよそと違います。魔石鉱床は一見の価値ありですけど」

「そっか、残念。フォトを撮ったら、レオポルドにも見せたかったのに」

デーダス荒野にでかけたときも、わたしはフォトを撮った。エルリカの街ではじめて食べた煮込み、みんながスケートを楽しみながらオーロラを眺めた川、雪を降らせたあとの真っ白な雪原に、ふたりで飛びこんでつけたヒト型、広場のかがり火にチュリカの屋台……『食べものばかりだな』ってレオポルドには言われたけど。

夜には暖炉の前で撮ったフォトの整理をしながら、温かいココアを飲んだ。フォトで切り取った世界を眺めるだけで、食事をする人たちの騒めきや、空を流れる銀河のまばゆさ、踏みしめた雪の感触がよみがえる。

かがり火から立ち昇る火の粉、赤々と照らされたふぞろいな銀髪、高く澄んだ音色を響かせるチュリカの笛の音、黄昏色の瞳がまっすぐにこちらを向いて、息をのんだ瞬間にレオポルドが口にした願いも。

（……って、いきなり何思いだしちゃってんのぉ！）

わたしは机にゴンと頭を打ちつけ、車内に鈍い音が響いた。テルジオがぎょっとして振り返る。

「ど、どうしましたネリアさん、とつぜん机に頭ぶつけて」

「何でもないです……」

しっかりしなきゃ、わたし師団長だもの。すぐにレオポルドへ向かう思考を、どうにかしないといけない。ゴンゴンゴンと小刻みに頭を打ち続けていると、テルジオが心配そうにわたしをのぞきこんだ。

「何してるんですか？」

「お気になさらず。煩悩《ぼんのう》を払っているだけです」

「はぁ」

油断するとボンッて出てくるんだもん、気をつけなきゃ……そう思ったとたん、テルジオが用意していたティーセットが目にはいる。

レオポルドが淹《い》れるリルの花紅茶は、ひと口飲むだけで華やかな香りと甘味が口に広がった。やわらかい表情で長い指が銀のスプーンを持ちあげて、伏せた銀のまつ毛が瞳に影を落とし……。わたしは思いっきり机に頭を打ちつけた。

――ゴン！

「あの、本当にネリアさん……だいじょうぶですか？」

「お気になさらず。ちょっとこの煩悩が頑固でして」

キリリと師団長らしい表情を作ったつもりが、テルジオのひと言で総崩れになった。

「キスされて動揺するのはわかりますけど、ネリアさんの反応っておもしろいですねぇ」

「ふひゃあぁ！」

――ゴン！

そのまま顔が上げられず机に突っ伏していると、テルジオは楽しそうにお茶の準備をはじめる。

「婚約のことでしたら私も殿下の婚約に備えて、いろいろ勉強しましたからね、お役に立てると思いますよ」

「ホント？」

ひょこりと顔をあげれば、テルジオはにこにこしながら、焼き菓子のミュリスを皿に盛っている。

「そのピアスだって魔術師団長が自ら刻んだ魔法陣もみごとですし、何より稀少な紫陽石です。話題になりますよ」

「これってそんなに貴重なの？」

彼がつけてくれたピアスは、薄紫の石に魔法陣が刻んであって、とてもキラキラしている。

「色と透明度ですかねぇ……あのアルバーン公爵夫人が資金力に物を言わせて、時間をかけて集めた極上品だと聞いています。魔術師団長の求めに応じて夫人が手放したのも意外でしたし、彼もホントに必死ですよねぇ」

「必死？」

わたしが首をかしげると、テルジオは不思議そうに首をかしげた。

「ネリアさんはそのピアスに使った紫陽石のこと、聞かされてないんですか？」

「この石が何か？」

彼の瞳みたいな薄紫の石はきらめいて、光にかざすと刻まれた精緻な魔法陣が輝く。耳たぶに留めた紫陽石の下で、黄緑のペリドットが揺れるデザインはシンプルで、すこし大人っぽいかなと思ったぐらいだ。

「まだ夜も明けきらぬうちにアルバーン公爵邸を訪ね、寝ていた公爵夫妻をたたき起こし、どうやったのか知りませんが、公爵家所蔵の逸品を譲ってもらったそうです」

……はいぃ⁉

「それって迷惑だよね？」

そういえば朝早くからでかけたレオポルドが、ぐったり疲れたようすで帰ってきたことがあったけれど。あんな短期間にモリア山のあるアルバーン領に、ひとりで転移してでかけてたなんて。

「単身乗りこんで用が済んだら、さっさと帰ったそうですが、アルバーン領の公爵家本邸は、『北の要塞』と呼ばれるほど警備も厳重なため、わりと大騒ぎだったとか」

……レオポルド、何やったの⁉

「それ、すんごい迷惑なのでは……」

「もちろん公子ですから彼には要求する権利があります。けれど公爵夫妻が甥の婚約に際して、貴重なコレクションを渡したということは、公爵家がネリアさんを彼の婚約者として認めたということ。貴族には大きな意味があります」

「え……」

わたし、いつのまにか公爵家に嫁認定されてたの⁉

『グレンの三重防壁はきみの体は守ってくれるが、心までは守ってくれない。私のほどこした魔法陣がきみの守りとなるように』

たしか彼はそう言って、わたしの耳たぶにピアスをつけてくれた。

「そんなことレオポルドはひと言も……『わたしの守りになるように』って。心を守るお守りなんだって」

テルジオはわたしのピアスに目をやり、まぶしそうに目を細める。

「そうですね、見えない敵を遠ざけるお守りです。そんな気合いが入りまくりのピアス、用意できるのは魔術師団長ぐらいですよ。その魔法陣にしたって……」

「まだあるの⁉」

「魔術学園初等科教諭のウレア・ロビンス氏に依頼して、石に刻む魔法陣の設計と構築を手伝ってもらったそうです。初等科の授業が三日間振替、もしくは自習になったとか」

聞くだけで頭が真っ白になる。レオポルドはいつも塔で仕事をしているイメージだったから、タクラに出発するまでのあいだに、そんなに動きまわっていたなんて。たしかにわたしが塔を訪ねても、いなかったけどさ！

「本人から直接聞かされるよりすごい衝撃です。魔術学園の生徒にまで影響があったなんて……」

「卒業試験を控えた五年生じゃなくて、一年生でよかったですよねぇ。魔術師団長もかわりに、特別講義を引き受けたそうですし、ロビンス先生もノリノリで楽しんでたそうですよ。だいじょうぶですか、ネリアさん？」

「ロビンス先生ごめんなさい……」

ぜぇぜぇ……わたしもう死んじゃうかも。テルジオがふわりと香る紅茶のカップを差しだして、心配そうにわたしをのぞきこむ。

「いろいろと不安はあるでしょうが、あのかたはきっと何とかします。そう心配しないでください」

「いや、不安しかないです」

テルジオはドン、と胸をたたいて笑った。

「そのために私がいるのです。ぶっちゃけタクラをほっつき歩いてる不良王子より、今ネリアさんに何かあったら困ります。アルバーン師団長が暴れ狂います」

「はぁ、気をつけます」

神妙な顔でうなずいても、テルジオは疑わしそうに念を押してくる。

「む。ピンときてませんね、本当に気をつけてくださいよ」

「うん」

ちゃんと気をつけるつもりで、まじめにうなずいたのに、彼は信用してない顔で首をかしげる。

「だいじょうぶかなぁ」

……何で⁉

「そうそう、ネリアさん。ピアスのお返しとか考えておられます？」

「お返し……」

考えてもいませんでした！

「あの、わたしが『杖を作る』といったから、レオポルドがこのピアスをくれたんだよね、そのお返しって？」

とまどって質問すれば、テルジオはスラスラと説明してくれる。

「婚約期間中はたがいに何度か贈りものをし合います。ピアスを受けとったネリアさんが、こんどは贈る側です。いわば恋文のかわりですよ。ロマンチックですよね。そうやって互いの好みや価値観を、すり合わせていきます」

「何度もって……聞いてませんけど⁉」

「贈りものをするのは『私のことを考えて』という意味ですから。それを見て送り主のことを考えてほしい。贈りものを選ぶことには『私はあなたのことを思っています』、そういう気持ちがこめられています」

「たしかに……デーダス荒野や居住区にいたときより、ピアスをもらってからのほうが、彼のこと考えてるかも」

するとテルジオはおどけて首をかしげた。

「ま、キスのせいもあるでしょうけど」

「うひゃあああ！」

そこ、思いださせないでほしかった！

わたしは耳にぶらさがる、紫陽石とペリドットのピアスに指でふれた。それだけで贈り主のことを意識する。

「こんどはわたしが彼に贈りものをする番……何を返せばいいんだろ」

「そうですねぇ、タクラには世界中から珍しい品が集まりますし、アルバーン師団長へ何を贈るか、考えられたらいかがです。貴族の習慣などは本を読むとわかりやすいです。おススメの本も何冊か持ってきましたよ」

そういってテルジオが差しだした本は、表紙に美男美女が描かれ、見つめ合うふたりはどちらもまつ毛が長い。

「わぁ、きれいな装丁の本だね！」

「ネリアさんてこういうの、あまり読まれませんよね」

「だってデーダス荒野の本棚には、こんなの置いてなかったし」

グレンがロマンス小説なんか読んでたら、それはそれでビックリしちゃう。

「たまにはいいんじゃないですか？」

「でもタクラでは使節団の仕事や、アンガス公爵が王太子を歓迎する晩餐会だって……」

マウナカイアには休暇で行ったけど、今回のサルジアははじめての国外で、しかも外交使節団なのだ。エクグラシア国内からも注目されているし、出国までもいろいろありそうで、魔導列車での移動中はその準備をするつもりだった。

「なおさら読んでおいたほうがいいですよ、貴族女性のものの考えかたとかもわかりますし」

「あ、そっか……ちょっと読んでみるね」

「読むと意外な発見もあって楽しいですよ」

「そう言うテルジオさんのほうが、よっぽど楽しそうだよ」

テルジオは魔導ポットでお湯を沸かしながら、カップを温めてニコニコと笑う。

「や、めっちゃ楽しいですよ。ネリアさんを見てるだけでも、殿下につくよりよっぽどおもしろいです」

「おもしろいかなぁ？」

「そりゃネリアさんは何でも顔にでますからね。うちのヒネた殿下と違って、わかりやすいですし。ご自分じゃ気づかなさそうですが、さっきからすっごい百面相してますよ」

「そうなの⁉」

バッと両手で顔をおさえたわたしに、テルジオはイタズラっぽくウィンクする。

「だっていつも大口あけて幸せそうに、ニコニコしながらパクパク食べる、ミュリスだってほったらかしで」

「大口あけて幸せそうに……」

それもどうかと思うけど⁉

「さっきから魔術師団長の名前をだすたびに、あわてたり落ちこんだり赤くなったりキリッとしたりで、ちょっとぼんやりしたかと思うと、ゴンゴン頭を机に打ちつけてるし。見てて飽きませんよぉ」

笑いを我慢しながら教えてくれたテルジオは、結局こらえきれなくて笑いだした。

「わたしダメすぎる。レオポルドみたいに鉄壁無表情とはいかなくても、ユーリやテルジオさんぐらいに、涼しい顔ができたらいいのに。こんなんで国の代表とか、やっぱムリかも」

恥ずかしいやら照れくさいやらで、わたしは机に突っ伏したままで、へにょへにょになった。

「ううう、魔石鉱床に埋まってしまいたい」

「まぁ、われわれも補佐しますから。それにネリアさんのそういうところが、彼も気にいったのでは？」

「そうかなぁ」

言われてみるとわたしのどこが……って気にはなる。レオポルドに鉄壁な無表情のコツとか教えてもらいたい。あの人あれが素なんだろうけど。涙目になってテーブルに突っ伏していると、テルジオはけろりといった。

「だって彼、ネリアさんのこと『ほっぺたを指でつつくとおもしろい顔をする』って言ってましたもん」

「ひあああぁ⁉」

レオポルドってば何言っていってくれちゃってんのー！

ひっ、ひとのほっぺを指でつつくとおもしろいとか……何て話をテルジオとしてんのよおおぉ！

あの指か……ときどきあの長いひとさし指で、わたしのほっぺをツンとやっては、フッと笑っていたのは……。何してんのかな……とは思ったけど。わたしの顔がおもしろかっただとおおぉ⁉

自分が鉄壁無表情だからって、わたしの顔で遊んでんじゃないわよ。遊ぶなら自分の顔をグニグニして遊びなさいよおぉ。テーブルに突っ伏してプルプル震えながら、心の中で絶叫していると、テルジオの感心した声が降ってきた。

「うわー、ホントおもしろいですね。見てるだけでもじゅうぶん楽しいですが、なるほどぉ……アルバーン師団長は指でつついてさらに遊んでいるわけですね」

「レオポルドにもてあそばれてる……」

「だってそういうの、ずっとしていたいですよ。いいなぁ、イチャイチャできて」

イチャイチャ……わたしはがばりと顔を上げる。

「どうしよう、テルジオさん！」

「わっ、何ですかネリアさん」

「つぎにレオポルドに会ったら、どんな顔をしたらいいの？」

どんな顔をしたらいいかわからない。何をしゃべったらいいのかも。きっとまともに顔が見られない。イチャイチャどころか、手を伸ばせばふれられる距離にもまだ慣れてない。けれどテルジオはその言葉に首をかしげる。

「いつもどおりでイイと思いますけど」

「それじゃ困るの。こんなんじゃ、まともに師団長なんて務まらないよ……」

わたしが弱音を吐くと、テルジオはふむふむとうなずきながら、あごに手をあてて考えるしぐさをした。

「なるほどぉ、ネリアさんが困っているのはソコですかぁ。とりあえずタクラでは錬金術は使いませんし、師団長の仕事はそこまで求められません。まずは『魔術師団長の婚約者』を仕事と思って、やってみたらどうですか」

「でもまともな反応ができそうにないし、まわりのみんなも変に思うんじゃ……」

「それこそ今さらですよ。だってネリアさん、いつも彼を目で追ってたじゃないですか。ユーティリス殿下だって気づいてましたよ」

「そっ、それは彼の銀髪を見ていただけで！」

彼のまっすぐな銀髪はキラキラしていて、遠くからでもすぐわかる。自然と目で追っていて、たまに視線が絡むけれど、その顔には何の表情も浮かんでいなくて。そう、ただ見ていただけ……。けれどテルジオはニッコニコだ。

「祝勝会でネリアさんはうれしそうに、鼻歌まで歌って彼の髪を編んでましたもん。ホントお好きですよねぇ」

「わたしそんなことしてました⁉」

あれはたしか魔道具ギルドで、魔術師団が勝ったらわたしが杖を作り、錬金術師団が勝ったらレオポルドの髪を三つ編みにする約束をして。結果は錬金術師団の勝利だったから、祝勝会で彼は約束を果たしてくれて、指通りのいいサラサラした髪に、わたしは大変満足した。あれってみんなにはそんなふうに見えたの⁉

「それに彼だってネリアさんの気持ちに気づいたから、婚約を受けいれたんでしょう」

「そうなのかな……」

彼がくれたピアスに指をふれ、わたしはもじもじしてしまう。

「まぁネリアさんもこの機会に、ゆっくり本を読んでみてはいかがですか」

「うん、そうする」

わたしは素直にうなずき、夕食までは言われた通り読書をすることにして、テルジオに渡された本をパラパラとめくる。表紙だけでなくところどころ美麗な挿絵《さしえ》も添えられて、文章は読みやすいよう一人称で書かれている。

つぎつぎにでてくる魅力的なキャラクターたち、生き生きしたセリフ……ものの見事にわたしはどハマりした。

ヒロインの女の子は可憐でかわいくて、ぶっきらぼうなヒーローもすごくカッコいい。

いじわるな従姉はギッタンギッタンにしてやりたいほど憎らしく、ヒロインを手伝うオジサマはいぶし銀のような渋さで、ヒーローの同僚たちもいい感じのナイスガイばかり。夢中になって読んでいたら、トントンと肩を叩かれた。

「ネリアさん、ネリアさん。そろそろ夕食の時間です」

「はっ！」

テルジオの呼びかけに顔をあげれば、車窓から見える空は真っ暗で、カップの紅茶はすっかり冷めている。

「やだ、ごめん。夢中になってた……」

「いいんですよ、魔導列車の中でぐらい、のんびりしてください」

テルジオは書類をまとめてにっこりと笑う。

「うん……」

わたしはコンパートメントをでて、テルジオといっしょに食堂車へ向かう。パリッと糊《のり》のきいた白いテーブルクロスに銀のカトラリーが置かれ、移り変わる景色を楽しみながら、前菜とともに食前酒をいただく。

「それでね、ヒロインが落ちこんだときの、ヒーローのセリフがカッコよくて！」

「あれ、しびれますよね～」

にこにことあいづちを打つテルジオは、さりげない気遣いもさすがで、のどが渇いたと思うまえに、わたしのグラスには水が注がれる。マウナカイアにもいっしょに行ったから、わたしがお酒を苦手なこともよく知っているみたい。

食事を楽しめるように、それでいて酔いすぎないように気を配ってくれる。雰囲気だけで飲んでしまうと、お酒はあとで酔いがまわるのだ。

（ちゃんと水分もとって、食事といっしょに飲まないと、楽しくないんだよね！）

金彩《きんだみ》がほどこされた青い食器に、ホカホカと湯気を立てた赤っぽいソースがかかったお肉がでてきて、わたしはナイフをいれた肉をフォークで食べながら、今読んだばかりの本についてテルジオと夢中で話した。

「難しい本よりこういうほうがサクサク読めるってなんでだろう～」

「読みやすいでしょう、作者も工夫してるんですよ。しつこすぎない情景描写、飽きさせない場面転換に、あとは会話の妙ですかねぇ。ほかにも数冊持ってきてますから、あとでお貸ししますよ」

「ありがとう！」

食後のデザートは甘く熟したミッラを、キャラメリゼしてタルト生地にのせた焼き菓子だ。香りのいい紅茶といっしょに味わえば、幸せすぎてため息しかでない。でもレオポルドの焼きミッラのほうが絶品だけど！

「ごちそうさま、とってもおいしかった！」

「それはよかったです」

食堂車から戻る途中でテルジオから本を借りる。何だか近所のお兄ちゃんにマンガを貸してもらうような感覚で、懐かしいようなくすぐったい感じがする。

（補佐官のお仕事もすごいんだなぁ……わたしにもそういう人、必要かも）

今日一日ずっとテルジオといっしょにいても、ちっとも邪魔だと思わなかった。わたしが何に困るか見越して手を貸してくれて、必要とあればテキパキと動くけれど、あとは魔導列車でリラックスできるように気遣ってくれた。

「ではネリアさんおやすみなさい、ご用があればいつでもお呼びください」

そのまま隣の部屋に引きあげたテルジオと別れ、ひとりコンパートメントに戻ったわたしは、魔導ポットの魔法陣を起動して、備えつけのカップに温かなお茶を注いだ。

鏡に映るピアスの中では、精巧に刻まれた魔法陣がキラキラと輝き、術式が明滅して魔素がめぐっている。ただのアクセサリーじゃなくて、彼がとても手をかけて作ってくれたピアス。

「きれい……」

師団長会議があった日から、居住区で暮らしはじめたレオポルドは、ただの同居人って感じで、お互いやることもいっぱいあって。そりゃスキンシップは多かったけど……。

(抱っこされたりとか、あーんってされたりとか、膝枕されたりとか……されてばっかだな、わたし!)

コンパートメントのベッドでクッションにもたれたわたしは、少し気持ちを落ちつけて借りた本を開く。線路から魔導列車の振動が伝わり、車窓に広がるのは黒々とした大地で、星がいっぱいの空からはときおり流れ星が落ちる。

カップのお茶を飲みながら、魔導ランプを灯してページをめくる。こんなふうにゆったりすごしたのっていつ以来だろう。生きるために必要な知識を得るためとか、仕事のためとかじゃなくて、ただ楽しむために本を読む。

(わたし、からっぽだったんだ)

王都にでてきて何もわからぬままに師団長になって、ただがむしゃらに突き進んだ。それは夢中で楽しい経験だったけれど、花飾りの意味もちゃんと知ろうとしなかった。

青いバーデリヤは〝初恋〟で、国花でもある赤いスピネラは〝尊敬〟、白いネリモラは〝好意〟とか〝愛情〟で、薄紫色の花弁に紅の筋がはいったスターリャは、〝至上〟もしくは〝私の命〟……。

自分のやらかしや失敗を思いだしながら、切なくて楽しい物語を読んでいくと、婚約の手順が細かく書いてある。プロポーズは男女どちらからでもいいけれど、求婚された側が相手に婚約の品を贈れば、婚約が成立するらしい。

……ん？

(わたしの場合は師団長会議で、レオポルドにプロポーズしたことになっていて……彼がピアスを贈ってくれたのは今朝のことで……)

本を持ったままベッドから飛びおりたわたしは、バタバタと隣にあるテルジオの部屋まで走っていく。

「どうかしましたか、ネリアさん⁉」

ドアをノックすれば、あわてててでてきた彼は、もうパジャマに着替えていた。

「ごめん、教えてほしいことがあって。シャングリラを出発する前に、レオポルドからもらったこのピアス！」

紫陽石とペリドットのピアスを指で持ちあげると、テルジオはパチパチと目をまたたいてうなずく。

「ああ、ひときわ目立ちますよねぇ。さすがは魔術師団長……」

「そうじゃなくて、あの、もしかして彼がピアスをくれるまで、わたしたちの婚約って成立してなかったの？」

テルジオは一瞬きょとんとしてから笑顔で答える。

「そうですよ、だから魔術師団長も急がれたんでしょう。無事婚約成立おめでとうございます」

……やられた！


独りコンパートメントに戻ったわたしは、机に借りていた本を放りだし、ベッドにゴロンと仰向けになって、車窓から星空を見上げた。降るような星空はデーダス荒野の夜を思いだす。

「レオポルド……今、どうしてるだろ」

居住区でのレオポルドは今までとうって変わって、信じられないほど優しかった。仕事が終わって居住区に戻ってくるタイミングで、彼はきちんと時間を計って紅茶を淹れる。

香りのいい紅茶を楽しみながら、魔法陣の小テストを添削《てんさく》してもらう。ソラが運んできた夕食で、いっしょに食事したら魔術訓練場にでかけ、ふたりで魔術の練習をする。わたしの下手くそな魔術に、彼は顔をしかめてため息をつきながら、それでも練習はちゃんと見てくれた。力任せではない魔力の扱いかたを、少しずつ学んでいる。

（あのときはまだ、婚約は成立していなかったんだ……どうしてそんなに急ぐ必要があったの？）

いっしょに過ごす時間は短かったけど、あったかもこもこパジャマを着た彼は、ソファーでくつろいで過ごしていた。ふわふわとした気持ちの奥で警告音が鳴り、キスされたときめきに甘く酔えない自分がいる。

……彼にエンツを送ってみようか、そう思ったとたん発車間際のシーンがよみがえった。

「む、無理っ！」

わたしは赤面したまま、ガバリと起きあがる。

「だいたい何て言えばいいのよ。『やっほーレオポルド、さっきのキスのことだけど』……いや、そうじゃなくて。『あのさ、お守りだってくれたピアス、実はいろんな意味があったんだね』……うん、これならいけるかなぁ」

そしてうだうだ考えた結果、彼と直で話すより先に、わたしはソラにエンツを送った。……この意気地なし！

「ソラ、そっちはどう？」

「ネリア様、こちらは問題ございません。魔導列車の旅はいかがですか？」

すぐに涼やかな声で返事があり、わたしはホッとした。この時間なら居住区のすみで、ソラはじっとしているはず。

「うん、快適。お料理もおいしかったし、ベッドはふかふかでね、窓から見上げる星空もきれいだよ」

「それはようございました。何かお忘れ物ですか？」

いきなりエンツを送ったから、ソラには忘れ物でもしたのかと思われたっぽい。

「ううん、それはだいじょうぶ。あのね、ええと……レオポルドはどうしてる？」

いまごろ居住区で彼も食事を終えたかも、それかじゃくじぃに入っているかも……そんなふうに考えていたら、わたしの予想とはまったく違う答えが返ってきた。

「レオはライアスとでかけました。行く先はイグネラーシェだそうです」

「イグネラーシェって、オドゥの故郷の？」

「はい」

「そんなこと彼はひと言も……いきなり決まったの？」

「前から準備していたようです。戻ったらオドゥの研究室も調べると、カーター副団長とも話していました」

「そう……」

イグネラーシェのあるカレンデュラへは、ドラゴンでも丸一日かかる。オドゥのことは任せろと彼は言った。鏡を見れば不安そうな顔をしたわたしの耳元で、ふたつ石のピアスが揺れた。

竜騎士の役割

竜騎士団の宿舎では意外な人物が、レオポルドたちを待ち受けていた。竜騎士団ではベテランのレインよりも年上で、左ほほにある三筋の傷跡が、いかつい顔つきにすごみを与えているのは、引退した元竜騎士ダグ・ゴールディホーンだ。

「よぉレオ坊、婚約おめでとう。ライアスも先越されたなぁ」

「ありがとうございます」

「父さん、よしてくれ」

レオポルドが礼儀正しく頭をさげる横で、渋い顔をしたライアスに、彼の父ダグはすかさず注意する。

「お前は竜騎士団長だ、『父さん』はよせ。他の連中と同じくダグでいい」

「……わかった、ダグ」

顔をひきしめたライアスにひとつうなずき、ダグは気さくにレオポルドへ話しかけた。

「相手ってのは、ウチに泊まったときに言っていた子か?」

「はい」

「そうか、よかったな」

うれしそうにダグがくしゃりと笑えば、やはりライアスやオーランドによく似ている。

「あれからもう十年以上たつのか。お前たちは成人してレオ坊は婚約かぁ。レオ坊がはじめて家にきたときは、こーんなにちっこかったのに」

そう言ってダグは自分の腰のあたりを指すが、いくらなんでもそこまで小さくはなかった……とレオポルドは思う。けれど言い返すのはやめておいた。彼にいま聞きたいのは別のことだ。

「私は師団長になってから、オドゥの故郷を探しました。けれどカレンデュラの災害記録に、イグネラーシェの名は出てこない。ようやく見つけたのは竜騎士団で書かれた日誌でした。これを書いたのが、まさかあなただったとは」

レオポルドがローブから取りだした透明な記録石に、ダグはライアスによく似た青い目を細めた。

「俺が書いた報告書だな、たいした内容じゃないはずだ。カレンデュラ全体の被害や家屋の損害が主で、イグネラーシェについてはほんの数行しか記していない」

「父さ……ダグがオドゥを救ったのか？」

「救ったというか、避難所で偶然出会った少年に頼まれて、家族を探す手伝いをしただけだ。俺がクレマチスで現場に駆けつけたときは、すでにどうしようもなかった。ほんの数戸だけの、小さな集落だったと記憶している」

「イグネラーシェを襲った土石流についても教えていただきたい」

「俺は救助隊の一員として、ヴィーガに襲われたカレンデュラ地方へ出向き、避難所で家族を探す少年に出会った。こげ茶の髪に深緑の瞳を持つ少年は、泥だらけになって家族の手がかりを探していた」


『僕の家族と連絡がとれなくて。山間の小さな村なんです、イグネラーシェっていう』


必死に訴える少年に話を聞けば、息子と同い年だという。五人家族と聞いたダグはオドゥを放っておけず、すぐさまクレマチスで飛んだ。

「カレンデュラの領主以外だれも、イグネラーシェという村の存在を知らなかった。数家族でひっそりと暮らす、隠れ里だったと思われる。今思えば現地に連れて行って酷《こく》なことをした」

「隠れ里……」

「俺たちが到着したとき、そこにあったはずの集落は影も形もなかった」

クレマチスの背でふたりは、圧倒的な自然の力を見せつけられた。すべてがゆっくりと、目の前で生きもののように山が動く。轟音とともに山肌が崩れ落ちると、赤茶けた土がむきだしになった。

川であったところが湖のように広がり、ごうごうとすさまじい音を立てて濁流《だくりゅう》が渦を巻く。人の力で止めることはできず、巨木がメキメキと押し倒されて濁流に飲まれていく。何ムゥもあるような岩がゴロゴロと転がり、ぶつかりあって砕け、それすらも水の勢いに押され流されていく。

ダグはその場で索敵の魔法陣を展開し、生存者の気配を探した。大型の獣は感知したが、クレマチスの嗅覚がそれは人間ではないと告げる。オドゥの家族以外にも数家族が住んでいたという、イグネラーシェは地上から消えていた。

「オドゥには気の毒だが、捜索はすぐに打ち切られた。領主に保護されたあと、彼が魔術学園に入学したのは知っていたが、会いには行かなかった。結局俺は何もできなかったからな」

「それだけですか?」

レオポルドの問いに、ダグは十年以上昔の記憶を振りかえった。

「……泥だらけの枝みたいなのを咥《くわ》えた、一羽のカラスが飛んできた。浄化の魔法を使ったら枝に見えたのは黒縁眼鏡で、俺はそれをオドゥに渡した」

「カラスが黒縁眼鏡を?」

問い返したレオポルドにうなずき、ダグは言っておかなければならない話を思いだした。

「イグネラーシェの惨状を、目の当たりにしたオドゥは魔力暴走を起こしかけた。空間が鳴動して俺は死を覚悟した」

「何だって?」

ライアスが驚いて目を見ひらく。死を覚悟するほどの魔力暴走も、それにダグが遭遇したという話も初耳だ。

「知らなかった……」

「俺は仕事の話を家でしないからな」

それに当時のゴールディホーン邸では、ライアスの入学準備で忙しかったはずだ。数ヵ月ぶりに帰った家では、ダグは疲れた体をリビングで休め、ただ家族のやり取りをぼんやりと聞いていた。帰る家があって変わりなく存在する日常に、彼の心がどんなに安らいだかなど、マグダ以外は気づかなかったろう。

「暴走が起きたときの状況は、どういったものでしたか?」

「魔力の質そのものが違う感じだ。我を失ったオドゥの死者を喚び戻そうとする叫びに、冥府《めいふ》の門が開くかと思った。巨大な魔力の渦が巻き起こり、世界は光を失った。闇で覆われた深い虚空《こくう》に向かい、落ちていくようだった」

ダグの説明を聞いたライアスが、けげんそうに眉をひそめた。

「なぜそれを報告しなかった」

「一瞬だったからな。眼鏡をかけさせたら静まって、実際には何も起きなかった。あの力は意識して使えるものじゃない。今では彼も大人だから、同じような絶望に陥ったとしても、魔力は暴走しないだろう」

成長期の魔力持ちが、魔力暴走を起こすのはよくあることだ。被害がないなら、いちいち報告する必要はない。せいぜい医術師の診療記録に、一行書きくわえる程度だ。

「なぜ眼鏡をかけさせたんです?」

レオポルドの質問に、ダグは困ったように顔をしかめた。

「わからない。カラスにそう言われたような気がしたが、別の存在だったかもしれない」

「その眼鏡を調べたりは?」

「俺の見るかぎり、何の変哲もない黒縁眼鏡だった。それにあの子にとっては、たったひとつの遺品だ」

「………………」

眉をひそめて考えこむレオポルドに、ライアスが声をかける。

「イグネラーシェに行けば、何かわかるのか?」

「……レブラの秘術を使う。昨年行ったときには、建物自体はだいぶ復活していた。当時の魔道具を探す」

レブラの秘術は繊細で複雑、かつ立体的な魔法陣を構築しなければならない。魔道具に流れる魔素の痕跡をたどり、その記憶を視られるが、使える者はほとんどおらず、術者により口伝でのみ伝えられる。寿命を持たない魔道具の記憶を探るため、うっかり時の迷路に迷いこめば、たやすく術者の命を奪いかねない恐ろしい術でもある。

「これからでかけるのか?」

「はい」

ダグをまっすぐに見返してくる黄昏色の瞳が、光のかげんで色を変えた。その強い眼差しに、ダグは眩しそうに目を細めた。守るべき存在だった子どもたちが、どんどん成長して自分を追い越していく。

「レオポルド、そういえばオドゥに青空は見せてやれたか?」

「いえ、まだです」

「そうか……見せてやりてぇな、あいつに。ドラゴンの背から見る本物の青空ってやつを」

「ダグ？」

けげんそうな顔をしたレオポルドに、ダグはひとつ大きくうなずくとニカッといい笑顔になった。

「魔術師団長、イグネラーシェには俺も同行する。竜騎士団長、クレマチスへの騎乗許可をもらいたい」

一同の視線が引退した元竜騎士、ダグ・ゴールディホーンに集中した。


ライアスが騎乗するミストレイ、レオポルドが乗るアガテリスに加え、白竜のクレマチスも出発することになった。茶髪の竜騎士ヤーンが竜舎からやってきて、クレマチスの体調に問題ないことを告げる。

「ダグ、クレマチスの準備ができました。ひさしぶりにあなたと飛べるからうれしそうだ」

「ヤーン、すまないな。引退してだいぶたつから、尻にドラゴンの鱗が刺さるんじゃないかと心配だが」

ダグが心配そうに自分の尻をさすると、ヤーンはこらえきれず噴きだした。

「何言ってんです。俺たちはみんな、あなたにしごかれたんだ」

「そうだったかな？」

ダグがすっとぼけると、ベテラン竜騎士のレインもニヤニヤ笑っている。

「鬼のダグが冗談を言うところを、見られるとは思わなかったな」

「よせやい」

竜舎に足を踏みいれたダグは深く息を吸う。きれい好きのドラゴンはとくに獣臭くないが、それでも竜舎には独特のにおいがある。土の香りに飼料となる草や動物、そして乾いた砂ぼこりが舞う風のにおい。

一歩歩くごとにダグの顔つきは精悍《せいかん》さが増し、自分の騎竜だったクレマチスを青い瞳で見あげた。

「……クレマチスのヤツ、『今までどこにいたんだ』って顔してやがる」

「まぁ、ドラゴンには引退とか関係ないっすからねぇ」

戦闘をこなす反射速度や腕力に衰えを感じたら、竜騎士たちは現役を退く。体を酷使《こくし》する彼らの引退は早く、四十代で一線を退く。ダグもライアスの入団とほぼ入れ替わるように、クレマチスをヤーンにゆずって退団している。

「俺を……もういちど乗せてくれるか、クレマチス」

ダグは竜舎に待機していたクレマチスにまたがり、慣れた手つきで固定具をセットすると、ライアスとレオポルドに合図を送る。引退して数年たつとはいえ、ドラゴンの扱いはちゃんと体が覚えている。

ギャオオオォ！

竜王ミストレイがひと声おたけびを上げると、バサリと翼を開いて飛びあがった。それに続いてダグはひさしぶりに、血が沸き立つような感覚を味わいながら、クレマチスを駆って大空へ上昇した。


感覚共有を発動すれば、クレマチスの感覚はふしぎなほど、ダグのそれと一体化した。ドラゴンの目で世界を見て、その翼で風に乗り大空を飛ぶ。視界が一気にひらけ、眼下には王都の雪景色が広がった。

アルバの呪文を唱えたダグの前には、ミストレイに乗ったライアスと、白竜アガテリスに乗ったレオポルドが見える。白い雪雲に溶けそうな白竜と違い、蒼竜の青い巨体は雪空に影のように浮かびあがった。

「ダグ、速度をあげられるか？」

「だれに向かって言ってる！」

ライアスからのエンツに怒鳴りかえし、そういえば親子でドラゴンを駆るのははじめてだった……とダグは気づいた。引退する直前まで、彼は全国を飛び回っていたから、まだ見習いだったライアスとの接点はない。

（竜騎士だった俺の姿を息子は知らない。なら……見せてやるか！）

ダグの感覚はスキルにより、すぐさまクレマチスに共有され、飛行速度をあげたドラゴンの興奮がダグにも伝わる。

――もっと速く。

――もっと遠くへ。

クレマチスが翼を動かす筋肉の震えが、自分のものとして感じられる。大空の覇者《はしゃ》となり天空を支配するドラゴン……地上で暮らす人間など、ちっぽけな虫のような存在……よみがえる感覚に、懐かしささえ覚えてゾクリとする。

――そう、ドラゴンにとって人間はちっぽけな虫にすぎない。

この大空は見渡すかぎりすべてが、風の精霊から力を継いだドラゴンのもの。その背に乗ることを許されるのは、鍛え抜かれた強靭な肉体で、おのれの強さをドラゴンに認めさせた竜騎士のみ。

白銀のミスリル鎧《よろい》は魔法にも秀でた力を持つ証であり、さまざまな効果が付与された装備で赴《おもむ》くのは、過酷な状況下での激しい戦いばかり。その苛烈《かれつ》さを家族には見せたくなかった。

（それでも俺たちは戦いを望む。ドラゴンのたぎる血を満足させるために。なぜならこいつらの目でみる空は……）

灰色をした重たい雪雲を抜ければ、冬のやわらかな日差しがダグに降りそそぐ。

——こんなにも広くどこまでも青い。

グオオオオォ！

目の前は地平線まで続く真っ白な雲海で、身を切るような風さえ心地いい。

数年ぶりの感覚に身をゆだねれば、クレマチスが彼の想いに応えるように、ひときわ高く鳴いた。


白竜のクレマチスとアガテリスは白銀の鱗をきらめかせて飛び、蒼竜ミストレイは光沢のある青みがかった鱗だから、その体は澄みきった冬の青空に、溶けこんでしまいそうだ。

空に稜線《りょうせん》を浮かびあがらせた濃い緑の山なみを背景に、冷たく乾燥した北風はレオポルドの銀糸のような髪を、さらうようにして暴れさせた。ライアスやダグの金髪も冬の日を受けて淡く光を反射する。

雪が降りしきる王都を抜けてマール川を越え、ウレグ上空で南西に進路をとる。ヴィーガ襲来時のように夜通し飛ぶことはせず、温暖なカレンデュラに入る手前で三人は野営した。

そのころには雪は止んでいて、レオポルドが慣れた動きでテントの設営をやり、ライアスが即席のかまどを作る。

レオポルドが魔獣除けの結界を構築する横で、今夜の食事当番はダグがやった。

香草とスパイスを使い塩漬けした肉を風魔法で刻み、水を張った折りたたみ式鍋にいれ、いちど蒸して乾燥した穀物と煮こめば、塊肉入りのとろりとした雑炊ができあがる。

カチカチに固くなったパンに、ぶ厚く切ったチーズをのせて火であぶり、ほかほかと湯気を立てて、やわらかくなったところにかぶりつく。パチパチと燃える焚火を囲み、ライアスはぺろりと数切れ食べて目を輝かせた。

「うまい！」

「だろ。マグダに習ったんだ。お前たちには食わせたことがなかったな」

くしゃりと笑うダグは得意気で、本当にうれしそうだ。

「母さんに?」

「竜騎士を引退したら、手持ち無沙汰になってしょうがない。ボケっとしていたらマグダに『ヒマなら手伝って』と、あれこれさせられてな。最初は言われた通り作っていたが、そのうち味つけにも凝りはじめて」

「そういえば俺も子どものころは、母さんにいろいろやらされた」

おとなしく川で獲れた魚をついばむクレマチスを見上げ、ダグはクマル酒のビンを取りだした。翼を休めて眠っているクレマチスやアガテリスの鱗が、月明かりに反射し白銀に輝く。

「やはりドラゴンはいい。竜騎士になると心も体もドラゴンになっちまう。広い空がすべて自分のものになる」

金色の瞳を輝かせているミストレイに、肉の塊を食べさせていたライアスがたずねた。

「父さ……ダグはなぜ竜騎士になろうと?」

「ほかにできそうなことがなかったからな。俺は体術も苦手で戦闘も嫌いだった」

「えっ」

ライアスが知る父は堂々とした竜騎士で、剣ひと振りでゴリガデルスを倒したという逸話の持ち主だ。

「強いヤツがこんな傷を顔につけるかよ」

ダグはくしゃりと笑ってほほの傷をなでた。

「それは……だが消そうと思えば消せるのだろう?」

「まぁな。風魔法は使えたし、ドラゴンの世話は好きだった。けど後方支援で終わると思ってた」

竜騎士団にもドラゴンに乗らず、地上勤務で働く者たちはいる。竜舎と訓練場の管理や、資材と飼料の手配……ドラゴンが暴れたら駆りだされるから、訓練を受けているが大空を駆けることはない。

「だがドラゴンの目で一度でも世界を見たら、元には戻れん。クレマチスの背に乗ったとたん、すべてがどうでもよくなった。この素晴らしい景色を見られるなら、俺は死ぬまでドラゴンに乗りたい……そんなふうに感じた」

ダグの言葉にライアスがうなずいた。

「それは俺もわかるな」

「マグダは息子を竜騎士にはしたくなかったと思う。苦労をかけたからな。だからオーランドが文官になって、正直ホッとした。あいつには言えんが」

「母さんはそんなことひと言も……」

ダグの感覚からすると、子どもたちが会うたびにでっかくなる。

「竜騎士はドラゴンの背に乗れば、自由にどこへでも飛んで行っちまう。けれどそのあいだ地上の家族は、俺抜きで生活するんだ。ライアス、お前がまさか団長になるとはなぁ……」

ライアスは子ども時代を思いだすように首をかしげた。特別に強かったわけではない、ただ毎日オーランドといっしょに鍛錬しただけだ。そのころは兄が竜騎士になるのだと思っていた。

「俺もまさか、と思っていた。竜騎士団長にまでなれたのは、兄さんのおかげだ」

「ちがいない」

「…………」

ダグはクマル酒をぐいっとあおると、黙々と食べているレオポルドにビンを差しだした。

「どうしたレオ坊、彼女のことでも考えていたのか？」

どうやら図星だったらしく、銀髪の青年は動きがピタリと止まる。ダグはおかしそうに口の端を持ちあげた。

「ゆっくりその話も聞かせてもらいたいものだな」

ピアスひとつ準備するのも、レオポルドにとっては大変だった。自覚があるのかないのか、別れ際の彼女はいつもと同じ調子で、だから口づけをひとつ落とした。みるみる彼女は赤くなったが、あれは怒りのせいかもしれない。

「……でがけに怒らせたかもしれない」

ぼそりとつぶやかれた言葉に、ダグは青い目を丸くした。

「女の怒りを放っておくと、あとが怖いぞ。俺たちに遠慮せずエンツを送れ」

そう言われて銀の魔術師は、パチパチとまばたきをした。長いまつ毛が上下に動き、精霊のような美貌の主は、とまどうように首をかしげる。

「今ですか？」

ダグと顔を見合わせたライアスは、厳しい顔をしてレオポルドに忠告する。

「レオポルド、俺が言うことではないが、今すぐ彼女にエンツを送れ」

「だが……何を話せばいいのか」

顔を合わせているならともかく、エンツでは会話が続かない自信がある。レオポルドは困ったように口ごもった。

それだけだと精霊が憂いを帯びた眼差しで、焚火《たきび》の炎を見つめているように見えるが、月の光を浴びた神々しい姿は、彼女にエンツも送れないヘタレである。じれったくなったライアスはグシャグシャと金髪をかき乱した。

「そんなの、『きみの声が聞きたかった』とでも言っとけ」

「ここで？」

なおもとまどうレオポルドの肩にダグがポンと手を置き、三筋の太い傷がザックリと残る、すごみのある形相でグイッと迫った。見開かれた黄昏色の目は、真正面からみると宝石のようだ。ダグは野太い声で一喝する。

「遮音障壁をさっさと展開しろ。エンツを送れ、今すぐだ！」

その剣幕に押されるようにして、グッと息をのんだレオポルドはため息をひとつつくと、受けとったクマル酒に口をつけた。ノドを通った酒精《しゅせい》が、胃の腑を焼くように流れ落ち、じわりとそこに熱が集まっていく。

黄昏色をした瞳がふしぎな輝きを帯び、次の一瞬で遮音障壁が構築された。彼が祈るような気持ちで唱えたエンツはすぐにつながったけれど、何を話せばいいのかわからず、だいぶためらってから呼びかける。

「……マイレディ」

「ふひゃあ！」

（……ふひゃあ？）

ドタッ、ガタン、ゴトゴト……と音がして、痛そうにうめく彼女の声が聞こえる。

「くうう、何でもない……」

「ベッドから転げ落ちたのか？」

「何でわかるの⁉」

（……わかりやすすぎる）

レオポルドはこめかみを押さえて息を吐いた。目を丸くしている彼女の顔が頭に浮かぶ。それと同時にエンツを送るまでの、緊張が解けていくのを感じる。雪雲のない空には、おぼろげな月がふたつ浮かんでいた。

「そんなに驚くようなことか？」

ついクックッと肩を揺らしてたずねれば、その気配は向こうにも伝わったようで、すねたような声が返ってくる。

「や、だってレオポルドがエンツくれるなんて、めったにないし。その……何か用事だった？」

「きみの声が聞きたかった」

何を話したらいいかわからないから、とりあえずライアスに教わった通りに言ってみる。とたんにドゴッ、ボスン、ボフボフ……と謎な音がして、レオポルドは秀麗な眉をひそめて考えた。

（これはいったい何の音だ？）

動揺したネリアがドゴッと頭をベッドにぶつけ、真っ赤になった顔をボスンと枕に埋めて、ボフボフと枕を抱えて身悶えしているのだが、さすがにそこまでは彼にもわからない。しばらく待ってからまた話しかける。

「黙っていたら、エンツのかいがない」

「そ、それはそうなんだけど……」

モゴモゴと返事をする彼女に、まずはあたりさわりのない質問をする。

「ピアスは気にいったか？」

「うん、すごく。あの……貴重なピアスだって、テルジオさんに教えてもらったの。ロビンス先生の力も借りたって」

「私がそうしたいから、そうしただけだ」

「だ、だけど。こんなにまわりを巻きこんで、大騒ぎするなんて思ってなくて」

「大騒ぎにはどうしたってなる。私はきちんと手順を踏んで、きみを妻に迎えるつもりだ」

「えっ……」

今回はそれきり何の音もせず、エンツの向こうは静まり返った。遮音障壁の内側では無音の世界が広がり、ただ月明かりに照らされた、自分の吐く息だけが白い。

「やはり本気にしていなかったか……」

「でもまだ、杖だって手がかりを見つけただけなのに」

またださ……杖のことに意識が向くと、彼女はそればっかりになる。魔導列車に揺られながら、ベッドの上で今どんな顔をしているのだろう。会話に集中してほしくて、彼は素直な気持ちを吐きだした。

「今……きみがどんな表情をしているのか見たい」

「ええっ！」

「赤くなっているのか、とまどっているのか……それとも困っているのか」

言葉を重ねれば身じろぐ気配がして、か細い声でボソボソと返事がある。音のない空間でなければ、風に消されてしまいそうなかすかな声。

「……ぜ、全部だと思う」

「本当に？」

「……うん」

「赤くなっているのは、私が口づけたせいか？」

またドタッ、ドスッ、パタパタと派手な音がして、レオポルドは首をかしげた。

「さっきからいったい何の音だ？」

「何でもないよ！」

何だろう、ものすごく気になる。気の遠くなったネリアがドタッと倒れ、枕にやつ当たりをして、両脚をパタパタして恥ずかしがっているのだが……レオポルドにはまったく見えない。それでもさっきより元気な声が返ってきたから、彼はようやくホッとして言葉を紡ぐ。

「怒っているかと思った。きみは真っ赤になっていたから」

「お、怒ってないよ。びっくりしただけ……でも、どうしてわたしなの？」

「おかしなことを聞く。きみは世界にたったひとりしかいないのに」

「そうだけど」

低くよく通る声が、遮音障壁の内側を静かに満たしていく。焚火《たきび》の明かりを受けた銀髪から光がこぼれ、ふせられた長いまつ毛が黄昏色の瞳に影を落とす。それだけで月の精霊が風の奏《かな》でる唄に、耳を澄ませているようだ。

「とまどっているのは、きみを『ナナ』と呼んだから？」

ガタン、と大きな音がしてしばらく静かになった。もしも違うならば即座に否定するだろう。だから沈黙が続いても気にならなかった。彼が期待して辛抱強く返事を待っていると、やがてためらいがちに声が聞こえた。

「いつ……気づいたの？」

「さて、どこからだったか」

「デーダス荒野で？」

声だけならば赤茶の髪を束ねた錬金術師も、長い黒髪を背に流した〝夜の精霊〟も思い浮かべられる。たしかにデーダス荒野で彼女のフォトにレブラの秘術を用い、工房も調べて確信したが、それ以前に何かしらヒントはあった。

「もっと前だ」

「ええっ⁉」

焚火にくべた木の枝がパチパチと爆ぜ、崩れた炭から鮮やかな朱色の光がこぼれて闇に浮かびあがった。小さく悲鳴をあげた彼女に、くすりと笑って彼は告げる。

「きみはわかりやすいから」

「わ、わかりやすい？」

「ああ」

それは例えばドレスに縫い留められた真珠やクリスタルビーズ、少し挑戦的な声のイントネーション。手を添えたときの小さな手と指の感触、腕に納めたときの心地や、抱きあげたときの軽さまでいっしょだった。

いきなり送ったイルミエンツに驚きもせず応じた態度、気まぐれに口ずさむ耳慣れぬ異国の歌、そして何よりも名前を呼べば、はにかむようにこぼれる笑顔……。

『そんな』とか『どうして』とかモゴモゴとつぶやく声がする。声にも素直な感情が宿り、こんなときの娘は眉をさげて涙目になり、必死に考えているにちがいない。うれしいときも怒っているときも、彼女の感情はそのままに伝わる。

「きみを見ていればわかる」

「レオポルドはわたしを見ていたの？」

「きみだって私を見ていた。よく目が合った」

「それは……」

指摘すればまた会話が途切れる。その表情が目に浮かぶようで、レオポルドはさらにたずねる。

「きみは眉を下げているようだ。困っているのはどうして？」

「えっ！」

（……ピアスだけで捕まえられたとは思えない）

空に浮かぶふたつの月を見あげ、レオポルドは心に浮かんだ問いを口にする。

「少しは私を男として意識したか？」

ゴトゴト、ガタゴトと、また音がする。そんなにいったい何が、彼女のまわりで音を立てているのだろう。

「い、意識したよ。ホントにびっくりしたんだから……あの、このエンツいつまで？」

どこまでもまっすぐに、正直にレオポルドは気持ちを告げた。

「そうだな、切らなければいけないのだが、困ったことに切りたくない。顔が見えないから切り時がわからない。

それにきみの声を聴いていたい」

「……切りたくないの？」

「ああ」

最初は不安そうだった彼女の声が、レオポルドの耳にも心地よく響くやわらかさになる。手を伸ばせばふれられる距離だったら、少しはその不安をやわらげることができたのだろうか。

「わたしもホントは、いろいろ聞きたいことがあったの。聞いていい？」

「何なりと……ナナ」

「あのねレオポルド、わたし夜会で『ナナ』って呼ばれたとき、本当にうれしかったの」

魔導シャンデリアの明かりを受けた、黒髪の〝夜の精霊〟……そのはにかむような笑顔が彼に向けられた。

「それでさっきソラから聞いたんだけど、今ライアスとイグネラーシェに向かっているって……」

その言葉に、イグネラーシェの調査に研究棟の捜索……横たわっている現実を思いだしたレオポルドは、甘い気分がすべて吹っ飛んだ。

「……少しだけライアスの気持ちがわかった」

「えっ、ライアス？」

「何でもない。もう寝る」

「あ、ちょっとレオポルド？」

切ってから乱暴にエンツを終えたことを反省する。月明かりに輝く銀髪をかきあげて、レオポルドはため息をつく。

（私だけを見て、私のことだけを考えろ……なんて期待してはいけない。彼女は師団長なのだから）

少し離れた場所で銀髪の青年を見守っていたダグが、ホッとしたように息を吐いてライアスに話しかけた。

「何だレオ坊のヤツ、ちゃんとしゃべれているようだ。よかったな」

「そうみたいだな」

遮音障壁の向こうだから、話の内容は聞こえない。けれど受け答えのようすを見るかぎり、会話は弾んでいるようだ。

「どうした。クマル酒をグビリと飲んで、ダグはライアスに瓶を渡した。

「親友の恋がうまくいったわりには、冴えねぇツラしてるな」

「俺にとっちゃ失恋だったからな」

ぶすりと答えてライアスがクマル酒をあおると、ダグはくくっとノドを鳴らして笑う。

「そうだろうと思った。竜騎士たちの夜なんて、フラれた反省会と座談会だ。同じ相手に恋したか」

「そういうことになるな」

穏やかな表情でエンツを続けるレオポルドを、ダグはザラリとしたあごをなでて満足げに見守る。いつも無口な男がひと言ふた言、ささやいては相手の反応をうかがって、おかしそうに肩を揺らして笑う。

「レオ坊にあんな顔をさせるぐらいだ。いい子なんだろうさ」

「まぁな。あんなふうに幸せをかみしめている顔を見たら、俺にはもう何も言えない」

空を見つめる黄昏色の瞳はきらめいて、そのむこうにはきっと彼女の笑顔がある。ライアスは酒臭い息を吐きだした。未練などない。ただ酒精がノドを灼いて胃の腑《ふ》へと沈んでいく。ダグがニヤリと人の悪い笑みを浮かべた。

「気になる女はたいてい、他の男に惚れちまう。これは俺の遺伝だからしょうがない」

「親父の遺伝だって⁉」

ぎょっとしたライアスに、ダグはたくましい胸を張って自慢した。

「家を空けることが多い竜騎士は、待つことができる女じゃないとうまくいかない。毎回フラれて何がいけなかったか、反省したなぁ。マグダには捨てられないよう必死だった。努力の甲斐あって、いつのまにか二人の子持ちだ」

「……母さんも？」

「ライバルは多かったな」

レオポルドは婚約者とエンツをしているのに、ライアスは父親から自慢話を聞かされる……不公平感に目が据わりながら、ライアスは母から聞いた話をボソリと口にする。

「ネリモラの花飾りを贈ったと聞いた」

「あれか、季節外れの花を探すのは大変だったぞ」

「自分で探したのか？」

青い目を見開いたライアスに、ダグは照れくさそうにくしゃりと笑って、ほほについた三筋の傷をなでた。

「ああ。丸一日、訓練をおっぽりだして、丘を駆けずりまわった」

シャングリラ近郊には初夏にネリモラが咲き乱れる丘がある。花飾りにするにはいくつもの花が必要で、ダグはひと月ずれた盛夏に、汗だくになって五弁の白い花を探した。

「日当たりの悪い岩のかげで、隠れるように咲く花を見つけたときは叫んだなぁ」

「俺もそのぐらいしていれば……」

「一介の竜騎士だから許されたんだ。団長がやるわけにはいかんだろうよ」

しょげるライアスの背中を、ダグはバシンと叩く。けっこうきつい一撃だった。

「なぁライアス、もしもの未来は無数にあるが、選べるのはひとつだけだ」

「わかってるよ」

もしもあのとき……と思う瞬間はたしかにあった。けれど時を戻しても、自分がとる行動はきっと同じだ。むしろもっと早く、ふたりの気持ちに気づけていたら……。

物思いに沈んだ彼の横で、ダグは薄い雲をまとっておぼろげな、ふたつの月を見あげる。冴え冴えとした空気の中で、澄んだ光は優しく心を洗うようだ。

「あの時ああしていれば、なんて後悔は無数にある。だがなライアス、何があろうと誰かを愛することをあきらめるな。人は慈《いつく》しむべきものだと、竜騎士たちにはドラゴンへと教える役割がある」

「ドラゴンに教える役割？」

「そうだ。竜騎士が人を憎めば、ドラゴンも人を憎み、嫌悪する」

ライアスに問いかけられたダグの青い瞳に、赤々と燃える焚火の炎が映りこんだ。

「ドラゴンからすれば地上でうごめく人間など、ちっぽけな虫と同じだ。ドラゴンの目で地上を見おろし、一体となって空を駆ける興奮は何ものにも代えがたいが、ときどき人間に戻りたくなる」

ダグは左ほおについた傷をなでて、ザラリとした感触に目を閉じる。魔獣の喉笛にくらいつき、その肉を切り裂いてはらわたをひきずりだす……そのときの興奮すらも、竜騎士は自分のものとして体感する。

ドラゴンの感覚が流れこむと、おのれにも硬い鱗に覆われた強靭《きょうじん》な肉体と、魔獣の肉を切り裂く鋭いかぎ爪があるような気になる。ダグは人としての感覚をたしかめるように、節くれだった無骨な指先を見つめた。

「今でもその感覚がまざまざとよみがえる。そんなとき自分の指には赤子のほほをつけるぐらい、やわらかい爪が生えていると確認したくなる。竜騎士にとって家族とはそのためにいる」

ダグにとっての家族はマグダであり、ふたりのあいだに生まれたオーランドやライアスだ。手を伸ばして小さな体を抱きあげ、柔らかいほほを指でつつく。竜騎士たちはその感覚を、スキルを用いてドラゴンたちに伝えていく。

「我らがどれほど人間を慈しんでいるか、その暮らしを大切に守りたいと思っているか、竜騎士たちは感覚共有により、身をもってドラゴンたちに教えるのだ」

「そんなふうに考えたことはなかった……」

ライアスのつぶやきに、ダグはいかつい顔をゆがめてくしゃりと笑った。

「俺がいつもドラゴンの背で何を考えていたと思う。ただマグダに会いたい、そのやわらかい体を抱きしめたい、お前たちの笑い声を聞き、その寝顔を見ていたい……そんなことばかりだ」

いつも堂々とした父の背中はライアスにとっても憧れで、越えなければならない壁だと感じたこともある。竜王戦を制して竜騎士団長となってからも、自分より弱い姿は想像できない。

「ミストレイを乗りこなすのに精一杯で、俺にはまだそんな余裕すらない」

「お前たちの顔を見るために、生きて帰るために戦う……頭の中はそればっかりだった。だから今お前に必要なのは帰る場所だ。俺にとってのマグダやお前たちのような。だがこればかりは縁がないとどうにもならないな」

どこまでも甘えてすがりつける、竜騎士の鎧を脱ぎ捨て、弱くて情けない自分をさらけだせる場所としての家族。

「おのれの職務をまっとうしようとすればするほど、自分を人に戻してくれる場所を、心は飢えて渇望《かつぼう》するようになる」

「人に戻してくれる場所……」

ダグの言葉がライアスの心にずんと響く。これは真剣な話なのだ。

「俺はそういう相手が、レオ坊にも見つかってよかったと思う」

「ああ、俺もそう思う」

家にいる父を怖いと思ったことはない。いつも穏やかで時にはマグダに叱られていた。竜騎士団に入ってから、父が竜騎士たちから『鬼のダグ』と呼ばれ、恐れられていたことを知り驚いたものだ。

「竜騎士が人を憎めば、ドラゴンたちも人間を憎むようになる。肝に銘じておけ」

「わかった」

ドラゴンと共存して生きるために、人間を慈しむ心を竜騎士たちが教えていく。独身の竜騎士だって多いが、たとえその恋がうまくいかなくとも、相手を逆恨みするのは恥とされる。

「次は逃がさないよう必死でやれ。うまくいって笑うヤツは少数派で、出会いの早さも関係ない。慎重にアプローチしていると、後からきたヤツにかっさらわれるぞ。何せ俺の遺伝だからな」

涼しい顔でそう言うと、ダグはクマル酒の小瓶を傾けた。ちょうどそのときエンツを切って、遮音障壁を解除したレオポルドとライアスの目が合う。会話が漏れないかわりに、こちらの話も聞こえていなかったろう。

銀の髪をかきあげてため息をつき、複雑そうに苦笑するレオポルドを見て、ライアスは首をかしげた。

魔石の町ルルス

翌朝、わたしはテルジオが起こしにくる前になんとか目を覚まし、寝不足の頭でエルサの秘法を使う。メロディみたいにパチンと指を鳴らすだけで使えればいいのに、覚えるのがややこしい魔法はまだすんなりと使えない。

秘法を使ってシャッキリした顔の両脇に、昨日まではなかったピアスがきらりと光り、わたしはそれに向かって文句を言った。

「もう……『おやすみ』ぐらい言いなさいよね！」

レオポルドのエンツは話している最中に切れてしまって、ちょっと消化不良。それでも王都にいたときよりずっと、たくさんしゃべった気がする。

（ピアスのお返しについても、本人に聞けばよかったなぁ……）

わたしってばダメすぎる。というかわりと情けない。イグネラーシェに行くことも、詳しい話は聞けなかった。

ぼんやりとした頭で食堂車に行くと、朝食の席で待っていたテルジオが心配そうな顔をした。

「あれ、ネリアさん寝不足ですか？」

「えっと……本に夢中になっちゃって」

借りた本のせいにすると、彼は心得たようにうなずいた。

「まぁそういうときもありますよね。必要なら〝眠らせ時計〟もお貸ししますから、ハーブティーでも飲んで、ゆっくりなさいますか？」

「うん、そうしようかな。次の停車駅ってルルスだっけ」

「ええ、そこで魔導列車が魔石の補給をします。魔石以外は何もない土地ですが、魔石鉱床はみごとですよ」

「それは楽しみだね！」

次の停車駅はわたしも、いつか訪れたいと思っていた街だ。百五十年前に巨大な魔石鉱床がエレント砂漠で発見され、そこから魔石を採掘するために造られたのが、魔石の街ルルスだという。

そして食堂車でいただく魅惑的な朝食に、わたしはすぐに夢中になった。サクサクに焼いたぶ厚いトーストに、冬だから果物のかわりに、ピュラルやテルベリー、ミッラといった数種類のジャムが添えられていた。

黄金色のバターをのせ、芳ばしい香りを楽しみながらパクリとかじれば、融けたバターがじゅわりと口の中にひろがる。

「ん、サクサク！」

根菜を刻んだクリーミィなスープは、チーズが使われていてコクがある。マッシュした舌触りのいいトテポが添えられた、塩漬け肉のソテーをかみしめれば、臭みのない脂はさらりとしている。

「ネリアさんはモリモリ食べてくださいね。ちっさいんですから」

「ちっさいはよけいだよ！」

テルジオの軽口に言い返しながら飲む温かい紅茶は、香りもよくて寝ぼけた頭をスッキリさせてくれた。


自分のコンパートメントに戻って、テルジオに借りた〝眠らせ時計〟をベッドサイドに置いたものの、わたしはすぐにそれを使わなかった。ゆっくりしていいと言われたから、まずは気になっていることを片づける。

持ってきた収納鞄からノートを取りだし、考えなきゃいけないことを書きだしてみた。

・ピアスのお返し
・オドゥの動向
・イグネラーシェに向かったレオポルドとライアスの動き

「こうして書くと、タクラでどうするかより、向こうに着く前につかんでおかなきゃいけないことが多いなぁ」

ちゃんと確かめなかったけれど、レオポルドとライアスたちは今イグネラーシェに向かっている。秋に訪ねたところを再調査するのは、きっとサルジアが絡んでいる。親友のオドゥを調べるのは、あのふたりにとっても辛いはず。

（だからこそふたりで行ったんだろうけど……）

わたしは息をつくと、研究棟で働いているカーター副団長にエンツを送った。

「カーター副団長、そっちは変わりない？」

すぐに渋い声で返事がある。

「こちらは何も問題ありません。私とソラで業務を進め、カディアン第二王子にも手伝ってもらう予定です」

「うん、手薄だから助かるね。カディアンのためにオヤツを多めにしておくよう、ソラに伝えておくよ」

「ありがとうございます。それとアルバーン師団長から、『オドゥの研究室を調べたい』と申し入れがありました」

「そう」

「驚かれませんな」

「そんなことをソラも言っていたから。錬金術師団の不利益にならない範囲で、カーター副団長も協力してくれる？」

「もちろんです」

正式な婚約者になったから、レオポルドは居住区では自由に行動できる。もしもわたしが行動不能になれば、ソラを含めすべての権限が彼にゆずられる。婚約はそのための契約なのだと、自分にも言い聞かせたのに、昨晩は息が止まりそうになった。


『私はきちんと手順を踏んで、きみを妻に迎えるつもりだ』


その先のことなんて……杖を作ることができたらの話で、具体的なことは何も考えていなかった。テルジオから借りた本もちゃんと読んで、認識のすり合わせが必要かもしれない。

（……ていうか、妻って。妻って……妻ってえええぇ⁉）

「ネリス師団長、どうされましたか?」

心の中で叫んでパニクっていたら、カーター副団長の渋い声が聞こえて、わたしはあわててシャキッとする。

「何でもない。レオポルドはライアスとイグネラーシェに向かったの?」

カーター副団長が息をのむ気配がして、しばらくしてから返事があった。

「そこまでご存知でしたか、昨日師団長がタクラに発たれてからすぐに、ドラゴンが三体出発したそうです」

「三体?」

ソラは三人目については何も言ってなかった。レオポルドとライアスと、あとひとりはだれだろう。竜騎士のだれかだろうか。『オドゥの動向』と書いた項目をペン先でつつき、わたしは副団長の意見を聞いた。

「ねぇ副団長、禁術に手をだした者はどうなると思う?」

「禁術ですか」

どんな……とは言わなかった。しばらく黙ってから、副団長は口をひらく。

「とうぜん非難されるし、場合によっては査問にかけられるでしょう。師団長として突っぱねてもいいですが、三師団はたがいが抑止力でもあります。あの魔術師団長が理詰めで追求してきたら、逃れることは厳しいかと」

「そうよね……」

ユーリやレオポルドに使われたチョーカーだって、グレンは非難を浴びたのだ。サルジアの失われた死霊術が、グレンやオドゥの手により、ここエクグラシアでよみがえったのだとしたら。

「オドゥをかばえるかしら」

「それはオドゥが禁術に手をだしたということですか?」

「オドゥだけでなく、グレンもだとしたら?」

副団長の返事はなく、長い沈黙が落ちた。被験者だったわたし自身が、彼らの研究がもたらした成果であり、そしてオドゥが最初から、禁術に深く関わっていたらしいことも……デーダス荒野でレオポルドは知った。

今はユーリといっしょにいるオドゥから、彼は話を聞こうとするだろう。もしもふたりが対立したら、錬金術師団はどうなるかわからない。

「……我々としてはオドゥ・イグネルを切り捨てることもできます。師団長はそうされないのですな」

「できるだけ、それはしたくないの。レオポルドやライアスも悲しむと思うから。それに彼は優れた錬金術師だもの。ゴーレム作りにしろ、結晶錬成にしろ……何とか彼に活躍の場を設けたいの」

オドゥ自身がそれらの研究に、乗り気にならなければどうしようもない。それに彼はまだ〝死者の蘇生〟を諦めていない。重々しくため息をつくカーター副団長と、今こうしてふつうに話せているのも不思議な気がする。

「オドゥに未来を与えてやりたいのは私も同じです。だれもが認める実力がありながら、何年も正当に評価されなかった。魔術師団長の調査次第ですが、魔術学園でともに苦労した仲ともなれば複雑でしょうな」

「……カーター副団長がまともなこと言ってる」

「私とて娘を魔術学園に通わせている身ですからな」

レオポルドはライアスといっしょに何を確かめるつもりだろう。彼らはわたしよりも割り切って、師団長として行動できる。けれど学園時代から続く三人の絆は、わたしが思うよりずっと深く強い。口にしなくてもきっと、彼らはオドゥを助けたいはず。

「わたしができることってあるかな……」

「そういえばここ数日で、魔術師団長は目の色が変わりましたな。何か覚悟を決めたようです」

「そう？」

そういえばレオポルドにとっては研究棟も、生まれ育った場所だけれど。魔術師団長がウロウロするのは、カーター副団長にはおもしろくないかもしれない。

「レオポルドにパパロッチェンなんか、飲ませちゃダメだからね」

それを聞いた副団長の声が裏返った。

「な、なんのことですかな⁉」

「あはは、それでひとつお願いがあるんだけど」

副団長にやってほしいことを伝えて、わたしはエンツを切った。そう、まだやれることはたくさんある。

カーテンを開けて車窓から外をみれば、王都を離れた魔導列車はシャングリラ郊外を抜け、いつのまにかエレント砂漠に入り、乾燥した大地に築かれた魔石の街ルルスが近づいていた。

エレント砂漠はデーダス荒野とはまたちがう、砂の魔物が多く生息する不毛の地だ。大規模な魔石鉱床が発見されたのは今から百五十年も前。王都シャングリラとタクラを結ぶマール川は、エレント砂漠をぐるりと迂回《うかい》してタクラで海に注ぐという。

「魔石採掘のために造られた町ルルス……砂漠の魔物から街を守るために、第三部隊が遠征していたっけ」

高速で走る魔導列車はいわば走る魔素の塊で、並の魔獣などものともせず、エレント砂漠を突っ切って進む。風が作った風紋が砂に模様をつけ、太陽の光を浴びた砂丘は、日陰も日なたもふしぎな陰影を描きだしていた。

お昼ごはんは、ガッツリめにムンチョのから揚げに刻んだタラスの葉を添え、カレンデュラの米を炊いたご飯をいただく。からりと揚がった白身魚のムンチョは、カリカリした衣にふっくらとした身がとてもおいしい。それにさっぱりしたピュラルの搾り汁をかけると、柑橘《かんきつ》系の香りで味が変わる。

「ん～なんかさ、研究棟の昼ごはんでも、ムンチョのから揚げって好評なんだよね！」

「タクラ沖でたくさん獲れますし、マール川を使って運べますから、王城の食堂でも定番メニューですね」

わたしは車窓から見える景色を楽しみながら、昼食の席でテルジオにユーリたちのことを聞く。

「ねぇ、テルジオさん。ユーリから連絡はあった？」

さすがにユーリも自分の補佐官には、連絡しているだろうと思ったのに、テルジオは困った顔で遮音障壁を展開した。

「それが……エンツで連絡はつきますが、どこにいるのかさっぱりわかりません。所在不明です、あの家出王子」

「えええええっ⁉」

おどろいたわたしがガタっと椅子から立ちあがれば、遮音障壁を展開してあるとはいえ、何事かと周囲の乗客がこっちを見る。あわてたテルジオが両手をあげ、わたしに座るようにうながす。

「ネリアさん、落ちついて」

「だってテルジオさんこそ、何でそんな落ちついているの⁉」

わたしがまたストンと腰をおろせば、テルジオは顔をしかめてふぅと息をつき、ぼやきながら教えてくれる。

「魔導列車に乗ってタクラに向かったのはわかっています。こちらからは弾かれますが、たまにエンツで連絡もあります。それにオドゥの使い魔がシャングリラからずっと、ネリアさんについていますよ」

「はいぃ⁉」

……カラスのルルゥが⁉

「あれ、やっぱり気づいてなかったんですか？」

「ぜんぜん気づかなかった……」

「ルルスで降りたら確認できますよ。魔導列車の屋根にいますから。師団長会議でもご覧になったでしょうが、使い魔を通じてオドゥに連絡もとれます。だからあんまり心配してません」

「そ、そうなんだ……」

使い魔って……そういえば異世界は連絡手段もバラエティに富んでいたよ！

「まぁ、魔力を食うわりに役に立たないんで、使い魔など今じゃほとんど、持ちませんからねぇ」

「ユーリはサルジアに出発する前に、どうしても黒縁眼鏡がほしいみたいなの。まだオドゥといっしょにいるってことは、眼鏡が未完成なんだね」

「そうらしいですねぇ、殿下の魔道具好きにも困ったもんです。あんな冴えない眼鏡なんか何に使うんでしょ」

魔術の痕跡を可視化して目で追えるようにする眼鏡……レオポルドでさえ『あんな魔道具は見たことがない』と言っていた。使いかたも特殊で、きっと認識阻害の機能もついている。

グレンのかわりに素材を集めていたオドゥは、わたしがいるときにデーダスの工房へあらわれることはなかった。

王都の研究室にあったのは本や研究ノート、それに文献ばかりで、あそこで彼は錬金術師団の仕事しかしていない。

デーダスから閉めだされた彼は〝死者の蘇生〟を研究するために、自分の工房を持っているはず。

「たぶんふたりはオドゥの工房にいるんだと思う。タクラにあるというのは意外だったけれど」

「港のあるタクラなら、輸入される素材も手にいれやすいですしね。そんなわけですから殿下を探しがてら、ゆっくりタクラを楽しみましょ。まずはルルス観光ですかねぇ」

そうのんびりとテルジオがいったところで、魔導列車はゆっくりとスピードを落とし、ルルスの町に入っていった。

エレント砂漠のはずれ、渇いた大地にその小さな駅はあった。魔導列車はここでいったん停車し、魔石の補充をしてから砂漠を抜けて、タクラへ向かうことになっている。砂ぼこりが舞うさびれた駅でも乗降客は多い。

「あまり時間はとれませんが、町を見学したら魔石鉱床に向かいましょう」

「うん……ありがとうテルジオさん！」

にっこりすればテルジオはハッとしたように息をのんで、それからあせったようすで胸に手をあてた。

「うわ、今のはヤバいですね。私どちらかというとスタイルのいい、大人っぽい女性が好みなんですが、それでもドキッとしましたよ」

「……さりげにディスるのやめてくれませんか」

「やだなぁ、ほめてますよ！」

ちょっとひと言多いけど、テルジオはいい人だ。きっと昨夜貸してくれた本も、わたしのことを考えて選んでくれたんだろう。

「あのさ、テルジオさん」

「はい、何でしょう」

「テルジオさんはすごいね、わたしのこと何でもお見通しみたい。補佐官さんっていろんなことに気がつくよね」

彼は一瞬きょとんとして、カラカラと笑った。

「まぁ、これが仕事ですからねぇ。師団長に認められたのなら、私もうれしいです」

まずはルルスの駅で魔石を補充するようすを見学した。魔導列車が運んできた荷物を受けとりに、住人も集まっていて駅はにぎやかだ。ホームにおりると駅舎にとまる黒いカラスを見つけた。

（あれがルルゥなのかなぁ……）

風が吹くと砂ぼこりが舞い、くしゃみをしたわたしにテルジオがハンカチを差しだす。

「埃っぽいですから、口を覆ったほうがいいかもしれませんよ」

「くちゅっ、ありがと……魔石を使ってここを、もっと過ごしやすくするとかできないの？」

「ルルスはエレント砂漠のなかでは、唯一の人が住む町です。昔から魔石が採れるので、それを目当てに人が集まりました。ここの土地が枯れているのは、魔石鉱床のせいとも言われています」

「枯れている？」

「水も魔石を用いて喚ばないといけません。不便な場所ですが、魔石の採掘に仕分けや輸送、ここには魔力を持たない人間にも仕事がたくさんあります。逆に魔力持ちにとっては、居心地の悪い土地なのです」

「居心地が悪いの？」

「魔素を凝縮して固める力が働く場だから、魔石鉱床が形成されたのですが、魔力が吸われるんです。そのためエレント砂漠に棲《す》む魔獣も、魔力を守るために外殻《がいかく》が硬いものばかりです」

「そうなんだ」

それからテルジオの案内で駅前の通りを歩く。小さな町といっても駅前には乗降客目当ての店が並んでいた。魔石の仕入れにきた商人や、仕事を求めてやってきたひとびとが、それぞれ宿に向かっていく。

「小さな町にも宿がちゃんとあるんだね」

「鉱夫が使う日払いの宿は気が荒いのもいますから、魔石の買いつけ業者が使うところがおすすめです」

二百年前に魔石鉱床が発見され、採掘のために造られたルルスの町に領主はおらず、採掘事務所があるだけだ。鉱夫の求人にやってくる者も多く、まずは採掘事務所で手続きをしたら、魔石鉱床の見学ができるらしい。

「この町には竜騎士も魔術師も駐屯していないの？」

砂漠の町では水や食料は貴重だ。ドラゴン一体を養うだけの余裕はないらしい。それに知能の高い魔獣は、魔導列車の走行区間に近寄らないという。

「〝魔力持ち〟は嫌う土地ですからね。王都から派遣される第三部隊が近くの魔獣を討伐するため、わりと安全ですよ。魔導列車も走行の邪魔になる魔獣を片づけますし。あとは自警団が組織されて、魔石を利用した武器が作られています。町の魔道具屋で売られていますよ」

「魔石を利用した武器？」

武器に効果を付加する素材として、錬金術師や王城の魔道具師が、属性を帯びた魔石を使うことはある。けれどそれらは作るにも高い魔力が必要だ。興味をひかれたわたしは魔道具店を見にいくことにした。

ルルスでは魔石が一番安く手にはいるから、駅前通りにある店の品ぞろえはいい。王都で作られた最新式の〝朝ごはん製造機〟や、〝たこパ用プレートつき特製グリドル〟も売られている。

「メロディさんが見たら喜びそう。これは……〝魔石ランプ〟って書いてあるけど？」

傘の部分にくず魔石をモザイクのように散りばめた、美しい魔石ランプはルルスの名物らしい。卓上に置くもの、鎖で天井からぶら下げるもの、いろいろな形があった。

「中心に光の魔石を置けば、それぞれの魔石がさまざまな景色を映しだします。水なら海や滝、川……炎だと焚火や火山の爆発など。実用性はなく鑑賞用として楽しむものですね」

「へぇぇ……幻灯機に近いのかな。あっちが武器？」

ひしめきあう生活用魔道具の奥に、ガラスケースのカウンターがあり、ボウガンや魔銃といった飛び道具が、武器として売られている。

「砂漠の魔獣は毒があるので、距離をとって戦うのが鉄則です。クズ魔石ならそこらに転がってますからね、魔石をぶつけて魔獣にダメージを与えます」

魔力がない者でも扱えるように、矢じりや弾丸にそのまま魔石を使い、高速度でぶつけて崩壊させ、魔素が一気に衝撃となって魔獣を襲う仕組みだ。原始的でも魔石と組みあわせれば、そこそこの殺傷能力だという。

「割りばし鉄砲みたいなのもある。わ、あれパチンコだ！」

カウンターうしろの壁に飾られた、シンプルなY字型のパチンコに目を留めると、店主が得意気に胸を張った。

「これは魔導列車の開発者、グレン老からうちのオヤジが譲り受けた品で、ここにある武器の原点です。もともと魔導列車の技師をしていたオヤジが、手ほどきを受けて魔道具づくりを覚え、魔石が豊富なルルスに住みついたんです」

「グレンから……」

思いがけない場所で出てきた名前に、わたしは目を見開いた。

「グレン老は『魔獣に襲われたら魔石を投げつけろ』って、魔石の組みあわせもオヤジに教えまして」

火の魔石を使って弾に推進力をつけ、雷の魔石を使って魔獣をしびれさせる。爆発的な力を生みだすには、火と水の魔石を組みあわせる。先代はグレンに教わったことを忠実に、工夫してコツコツと武器の改良を重ねたという。

「これ以上は企業秘密ですがね。ご覧になりますか？」

「ええ、見せてもらってもいいですか？」

魔石を組み合わせて攻撃に変化を持たせる。技師だったという先代はそれほど魔力もなかったのだろう、ただ丁寧に簡単な魔導回路を刻んでいるだけだ。けれどこれがこの町の生命線、弾ひとつにも願いがこもっている。

「グレンはここにも来ていたんだね」

「魔導列車の線路網を整備するのにも、二十年ぐらいかかりましたからね。グレン老の功績は、もっと評価されてもいいかもしれません」

テルジオの言葉にうなずき、わたしは店主にお礼を言って店をでた。

「あっ、あれ何だろ……〝魔石キャンディ〟だって！」

街の下調べは済ませていたらしく、テルジオはスラスラと教えてくれる。

「あれはルルスに一軒だけある菓子店ですね。鉱夫たちには酒が人気ですが、なかには甘党もいるそうで」

「〝魔石キャンディ〟って……ふつうのお菓子とはちがうの？」

「魔石の特徴を表現したらしく、〝炎の魔石キャンディ〟は舐めるとピリッとして、ノドがカッと熱くなります。〝水の魔石キャンディ〟は舐めるとひんやりして、水を飲むよりもノドが潤うそうです」

「ご試食なさいますか？」

親切そうな店主に、銀のトレイにのった〝水の魔石キャンディ〟を試食させてもらう。

「ホントだ。ノドが潤う。わ、唇までトゥルトゥルだよ！」

「ネリアさんの擬音って変ですね」

変な顔をして首をかしげるテルジオの横で、店主はうれしそうにうなずく。

「キャンディとしてもおいしいですよ。〝土の魔石キャンディ〟は空腹を紛らわせて腹持ちもいいです」

「なら……〝雷の魔石キャンディ〟は？」

好奇心にかられてたずねれば、店主はにっこり笑った。

「〝雷の魔石キャンディ〟は食べてみてのお楽しみです。舐めるなら夜がいいですよ」

さすが商売をしているだけはある。レオポルドと食べたり、アレクにお土産であげてもおもしろいかも！

「何それ、おもしろそう！」

「いいんじゃないですか」

わたしは〝魔石キャンディ〟の袋を購入し、いそいそと収納鞄にしまった。

「ありがとうございました、またどうぞ！」

軒先に並べられた魔石の品質は低めだけれど、魔石タイルの原料や生活用魔道具にも使われるから、クズ魔石でもそれなりに需要がある。手ごろな価格で手にはいるから、停車の合間に途中下車して物色する観光客もいる。

コインを入れると空のボトルに、水を詰めてくれる機械も置いてあり、チャリンという音とともに水の魔石のまわりに魔法陣が展開し、そこから水が噴きだした。噴水っぽい見た目で、みんな通りすがりにおもしろがってコインを入れる。

「こうやって見ると砂漠にあるオアシスっぽいね。エクグラシアで使う魔石のほとんどはルルスで採れるの？」

「ルルスで採れるというか、魔道具が発達して魔石の消費が増えたため、ここの魔石鉱床の重要性が増したって感じですね。少量の魔石しか必要ないなら、わざわざ町まで作りません」

そういえば魔導列車も動力源には魔石を使う。今ではエクグラシアの発展に、魔石は欠かせない。そしてグレンが整備した魔導列車網を用いて、エクグラシア全土にその魔石が行きわたる。

高品質のものは採掘されれば厳重に保管され、王都に送られてから全国に運ばれるという。シャングリラは魔素が豊富でも、魔素の乏しいやせた土地などいくらでもある。魔石を運ぶ魔導列車が、王都と地方の格差を埋めたのだ。

（グレンが魔導列車を開発してから、エクグラシアは急速に発展したんだ……）

わたしはルルスの町を空から見たくなった。

「ねぇテルジオさん、ちょっとライガで飛んでもいい？」

「えー殿下が夢中なアレですかぁ？」

いっしょに歩くテルジオは、露骨にイヤそうな顔をする。

「ダメなの？」

「だって私はネリアさんから『目を離すな』って魔術師団長にも言われてるんですよ。ネリアさんがライガに乗ったら、私も乗らないといけないじゃないですか」

「ふうん、レオポルドに言われているんだ。テルジオさんはライガに乗りたくないの？」

何だかテルジオの言葉がひっかかる。どうやら彼はわたしの監視も兼ねているようだ。

「ライガにっていうより、空を飛ぶ乗りものなんて信用できないです。ドラゴンも苦手です」

「ほー」

それを聞いたわたしはすぐに、左腕につけた腕輪からライガを展開してそれにまたがる。

「あ、ちょっと。ネリアさん⁉」

ギョッとしたテルジオにわたしはにっこりした。

「わたしは乗りたい気分なんだ。イヤならテルジオさんは、ここにいてくれる？」

「えええ……ライガに乗っても乗らなくても、私が魔術師団長に怒られる未来しか見えないんですけど」

「べつにムリに乗る必要はないけど……」

「乗りますってば。そっと飛ばしてくださいよぉ？」

おそるおそるライガの後部座席に乗りこみ、テルジオはわたしの胴に腕をまわした。

「せっかくだからテルジオさんにも、ライガの魅力をわかってもらわないとね！」

「だからそういうのはいい……きぃやああああぁっ、いぃやああぁっ、ひぃいいいいっ！」

ライガはまっすぐばびゅーんと飛びあがり、ルルスの町に王太子筆頭補佐官の甲高い悲鳴が響きわたる。何事かと空を見上げた人もいるけれど、それより先にライガは光る点になった。

「うわっ、気持ちいい。やっぱライガ最高！」

はるか上空からルルスの街を見おろせば、すり鉢状に大地を削った魔石鉱床、そのうえに建てられた採掘場が見える。魔石を運ぶ魔導車は決まったルートを通るらしく、空からだとアリの行列に見える。

まずは砂丘が見たくてエレント砂漠にむかって飛ぶ。街の外にでるときにチリ……と魔素の網にひっかかるような感覚があり、きっとこの町を守る魔法結界だろう。塔の魔法障壁と違い、魔獣や砂嵐を防ぐためのものらしい。ピアスの魔法陣が働いて、わたしは難なく結界をすり抜ける。

(帰りはこの結界を壊さないように気をつけなきゃ)

季節が冬でなかったら、照りつける日差しに焼けついたかもしれない。地平線までなだらかな砂丘がいくつも続いていて、雄大な景色だけれど生き物が動く気配はない。

「砂漠の魔獣ってコカトリスや黒鉄サソリだっけ。状態異常系が多いんだよね」

「あとはサンドワームですね。日中は日差しがキツいので砂の中に隠れ、夜行性のものが多いです」

わたしがライガを空中で静止させると、バサリと羽音がして、黒い鳥がすぐ近くを横切った……ルルゥだ！

ルルゥはゆっくりと円を描いて、ライガのまわりを旋回している。

「オドゥに連絡がとれるかしら。ルルゥのために魔力クッキー持ってくればよかった」

「ていうかネリアさん、もうそろそろルルスに戻りましょうよぉ」

後部座席のテルジオが情けない声をだす。わりと本気でしがみついてくるから息が苦しい。

「そうね、もう少しレオポルドについて聞かせてくれる？」

「えっ、何の話ですか？」

テルジオはそう言ってとぼけたけれど、わたしはお腹にぐっと力をいれて彼をふりむいた。

「もいっかい、垂直落下いってみる？」

その言葉にテルジオは真っ青になる。

「いやあああぁ、待ってくださいネリアさん！」

「テルジオさんて何かまだ、わたしに教えてないことが、あるんじゃないかなぁ？」

ひゅーん。ほんの十メートルぐらい降下しただけでテルジオは絶叫した。

「いぃやあああぁっ、やめてっ、ネリアさんっ、それなしっ、なしですうぅっ！」

肋骨が折れるぐらいの力でしがみつかれ、わたしは息ができなくなってあえぐ。

「ぐえっ……あ、昼ごはん吐きそう」

「吐くのもなしでええぇ！」

パニックになりながらも、テルジオが力を緩めてくれて、わたしはホッとして緩やかに水平飛行を維持した。

「じゃあ教えてくれる？」

すいーっ。宙を滑るライガのうえで、半泣きになりながらテルジオは白状した。

「ネリアさんがタクラに向かうあいだに、魔術師団長はイグネラーシェと研究棟の調査を終えると……竜騎士団長もそれに同行してます」

「今じゃん。レオポルドは前からそれを計画してたの？」

「デーダス荒野から戻られてからです。あの、タクラに着くまではネリアさんには内密にってだけです。あとで聞けばちゃんと教えてくれると思いますよ。あとは師団長たちに直接うかがってください」

テルジオの話は、ソラやカーター副団長の話とも一致している。そしてたぶんわたしに知られても、かまわない内容だけ教えてくれたのだろう。わたしは深呼吸して、ライガのハンドルを握りしめた。

「テルジオさん、ほかには？」

「ほかって……もう何もないですよぅ。あとは魔術師団長に聞いてくださいっ」

テルジオの顔が青ざめているのは、ライガへの恐怖か、レオポルドへの遠慮だろうか。ユーリたちとはタクラで合流する予定だ。レオポルドが今動いたのは、それまでにオドゥの調査を終えたいのだろう。

「ひょっとしてユーリが所在不明ってのもウソ？」

「ウソではありませんが、あえて探さないでおります」

「テルジオさんは心配じゃないの？」

「港湾都市タクラは、アンガス公爵の直轄地でもある貿易港です。当然艦隊も所有しており、差しあたっての危険はないかと。それにオドゥは私からみても賢い男です」

テルジオはユーリのことになると、平静さをとりもどすようだ。視界の端にまたルルゥの黒い姿が入る。

「ふしぎですがオドゥが殿下を、あれほど懐《ふところ》にいれるとは思いませんでした。なぜか知りませんが彼といれば、殿下はおそらく安全でしょう」

「……グレンはわかってたのかもね」

「はい？」

グレンは人が心で感じる感情には疎《うと》かった。それを補っていたのが、彼の観察力だ。目の動きやまばたきの回数、声の変化や体の緊張具合……それらをつぶさに観察することで、相手がどういう状態か把握していた。

グレンはきっと何か意図があったから、ユーリをオドゥに引き合わせたのだと思う。

（逆に彼は、わたしからはオドゥを遠ざけた……それにも何か理由があったのかも）

錬金術は変容をつかさどる、不可能を可能にする奇跡の技。


『〝魔術師の杖〟を作ってくれないだろうか』


グレンが手がけたもののなかで、〝魔術師の杖〟だけが未完成だ。魔導列車も転移門もわたしも、ほかはすべて完成しているのに。時間さえあればきっと彼は、わたしなんかに頼まず、自分で〝魔術師の杖〟を作ったろう。

「ネリアさん、魔石鉱床を見学する時間がなくなっちゃいますよ」

「えっ、ごめん。急いで戻ろう！」

ルルスの駅に停車した魔導列車は、大きくて迫力があり、その力強さに圧倒される。あっちの世界で人々を飲みこんで走る満員電車に、こんな力を感じたことはない。

「あ……」

「どうかしましたか、ネリアさん」

水やエネルギーのように循環していく魔素は、魔石にしないかぎり留めておくことが難しい。魔導列車は大地を駆け巡る魔素の塊だ。魔導列車の線路網はいわば、大陸に建造された巨大な人工物ともいえた。

「線路を走る魔導列車って……魔法陣に刻んだ術式を魔素が走るのに似てない？」

「え、似てますかねぇ」

ただひとびとの生活を便利にするだけでなく、大地にまっすぐ刻まれた術式に何かの意味があるとしたら……わたしの頭にふと、そんな突拍子もない考えが浮かんだ。


駅ではなく採掘場におりて入り口に向かう。魔石鉱床の見学はとても楽しみにしていた。鉱石とはちがい魔素が凝集した塊である魔石が、どんなふうに存在しているのかこの目で見たかった。

「あの扉の向こうが魔石鉱床ですよ。これだけ大規模なものは世界でも珍しいです。大昔は魔獣を狩っての採集が主でした。いろいろな属性を帯びる有機魔石とちがい、無機魔石は純粋なものが採れます」

テルジオが合図すると、採掘主任だという作業服を着た人がでてきて、わたしたちにあいさつをする。

「ここでは転移魔法陣が使えないので、トロッコで移動します。魔石トンネルは見応えがありますよ」

「わ、よろしくお願いします」

彼に扉のスイッチを押してもらい、ゴオンゴオンと機械を動かす音がして、ゆっくり開いた扉の向こうの景色に、わたしは息をのんだ。虹色の遊色を放つどデカい魔石の塊は、ビルの大きさぐらいありそうだ。

「すごい……エクグラシア全体の魔石消費をまかなえるね」

八人乗りのトロッコに採掘主任、テルジオとわたしの三人で乗りこみ、レバーを倒せばガタンと音がして車輪が動きだした。動力源は魔石だから、魔法陣を発動させると暗闇でも光を発する。

「こちらをどうぞ。鉱夫が持たされる魔石セットです。風の魔石は空気を、水の魔石は水を喚べます。あとは光り玉ですね。魔導灯は設置してありますが非常用です。地下に潜るのは魔力持ちではありませんから」

わたしは暗闇に目を慣らすため、視覚を司る魔法陣を少しだけ調整する。地下はひんやりとしていて、アルバの呪文も唱えた。

「暗視ゴーグルとかあるといいのかも」

「あんし……？」

「あ、ちょっとアイディアが浮かんだだけです」

オドゥの眼鏡がサルジア製だとしたら、隠し魔法陣の技術がわかれば、こちらで開発した魔法陣を使って、暗視ゴーグルを作れるかもしれない。索敵《さくてき》の魔法陣に頼るミスリルの採掘だって、やりやすくなるかも。

（レオポルドにアイディアを話して、魔法陣作りも協力してもらおう。いつかはドラゴンが飛び、魔法使いが存在するこの世界の住人だって、月や宇宙へと向かうかもしれないもの）

これだけの魔石があるならば、もっといろんな魔道具が作れるし動かせる。まだぜんぜん錬金術師は足りないのに、今の研究棟が手狭に感じてしまう。もっとちゃんとした研究設備や実験装置が必要だ。

トロッコはスピードをあげ、風が耳元でうなりをあげた。魔石柱が林立する巨大な空洞を抜け、人の手で造られた魔石トンネルを通りすぎる。

「属性純度が高い魔石群は見応えがありますよ。景色がまったくちがいますから」

採掘主任が言う通り、水の魔石が採れる区画は地底湖になっていて、魔石から湧水がこんこんと湧きだしている。炎の魔石が採れる場所では、人の背丈よりも高く、魔石の中で燃える炎を見学できた。なんにもない砂漠の地底に、こんな景色が広がっているなんて。

「深部では稀少な光の魔石や、闇の魔石の鉱床も見られますよ。ひと目でも魔石鉱床を見たら、だれでも魔石バカになっちまう。だれも見たことがない、言葉を失うほど美しい景色です」

「楽しみです！」

トロッコはプラズマが走る雷の魔石鉱床の横をすりぬけ、土属性の鉱床地帯に入った。土属性の魔石は魔石タイルの原料や、建材にも利用される汎用性の高い魔石だ。修復の魔法陣が働く建物が造れるのも、この魔石のおかげらしい。

移り変わる景色を楽しみながら、わたしはすっかり油断していた。魔石鉱床の深部に到達したとたん、足元には闇と星空が広がり、トロッコは星空を進みはじめる。

「テルジオさん、これ……」

「すごいでしょう。星空みたいですよね。光と闇の魔石は混在しているんです。もうすぐ終点です」

ゴトゴトと走ってきたトロッコのスピードが落ちて、キイイィ……と金属をきしませるブレーキ音とともに、終点にたどりついた。

「さあネリアさん、お手をどうぞ。星空を歩くようなふしぎな感覚ですよ」

「ありがとう！」

テルジオの手をとっておそるおそるトロッコから降りれば、足元は真っ暗闇なのにブーツはカツンと音を立てて鉱床にあたる。闇の中に閉じこめられた光の魔石は、ひとつひとつが点となって星空が広がるように見える。

「すごい……」

地底深くなのに、そこはまるで宇宙みたい。光の魔石が集まって星雲を形作っているところもあり、ところどころに火花を散らす炎の魔石や、小川のような流れを作りだす水の魔石も点在している。

「土の魔石は結晶化すると花みたい！」

「ネリモラの花に似てますよね。〝大地の精霊〟の力とされている魔石の花は、地上では光らないんです」

行ったことはないけど、ミスリルが唄うとされるモリア山も、こんな光景が広がっているのかもしれない。目の前に広がる光景に夢中になって、わたしは自分の体に起こった異変に気づかなかった。

「あれ？」

見えていた星空が急にまたたいてブレだし、流星のように光が流れ落ちる。深い地の底から響くようなキィンと金属音が聞こえて、何か変だと思ったときには、わたしの全身から力が抜けた。

「……ネリアさん⁉」

テルジオが叫んでわたしの体を揺するけれど、何を言っているのかわからない。

――そしてわたしの記憶は、そこでぷっつり途切れた。

イグネラーシェの記憶

オドゥが生まれ育った家の近くを流れる川はいつも、子どもたちの遊び場だった。手頃な岩を拾って並べ、川をせきとめて弟のユーリといっしょに、川魚を追いこんでつかまえる。

妹のルルゥは川原できれいな石を拾うと、フチのかけた木のボウルに集めた小石を入れていた。ルルゥは絵を描くのも好きで、赤茶の土を溶いて絵の具がわりにして、小枝でひらたい石に顔を描く。

父親はたまにカレンデュラ伯爵の用事でふらりと数日、場合によっては数ヶ月里を留守にする。街に行かないと買えない品は、父親が物々交換で手にいれてきた。そのときはいつも黒縁眼鏡をかけていた。

山の恵みと川で獲れる魚、家族が食べられるだけの畑があれば、食うには困らない。オドゥは母親の手伝いをしながら、よく弟や妹のめんどうを見た。

「オドゥ兄ちゃん、ユーリがぁ！」

駆け寄ってきたルルゥが、畑にいたオドゥの腰に抱きついて、ユーリにイーッと歯をむいた。

「ユーリ、ルルゥをいじめるな」

悪者にされたユーリも、それを聞いてぷくうとむくれる。

「だってルルゥがずるいんだもん！」

「ずるくない！」

弟と妹に挟まれて、オドゥは空をあおいでため息をついた。

「ふたりとも、畑の世話が終わったら遊んでやるから」

「オドゥ兄ちゃん何してるの？」

ルルゥが深緑の瞳を輝かせて、オドゥの手元をのぞきこむ。

「豆の収穫。このカゴがいっぱいになったら、母さんとこに持ってく」

「ルルゥもやる！」

「じゃ、背が低いとこの豆は頼むよ」

「俺は？」

ユーリが勝気な瞳をきらめかせた。いつもオドゥの後をついてくる弟は、ルルゥだけが仕事を頼まれるとおもしろくない。

「ユーリは川から水を汲んできて。数日日照りが続いているから、畑にまいてくれ」

「父ちゃんが持って帰った水の魔石を使えばいいじゃん」

川はすぐ近くでも、小さな畑にたっぷり水をやるには何往復もしないといけない。

「あれは非常用。使ったらなくなるんだぞ」

「ねぇ、あとでルルゥに水の魔石を見せて。とってもキレイなんだもん」

「あとでな」

「やくそくだからね！」

ルルゥは何でも約束させたがる。ユーリはすぐルルゥとの約束を忘れてしまい、よくケンカになるけれど、オドゥはいつもちゃんと覚えていた。

カゴをいっぱいにしたら母のところに持っていき、ルルゥも預けてユーリのもとへ急ぐ。三往復ぐらいしたところでへばっていたユーリのあとを引き継ぎ、畑と川を往復する。

どちらにしろユーリは水のはいったバケツを持って走るから、畑にはいくらも水がまけていない。すべて終えて兄弟で家に戻れば、ちょうどルルゥが母と豆の皮むきを終えたところだ。

「オドゥ兄ちゃん、おかえり！」

「ルルゥ、俺には？」

「ふーんだ」

「ほらルルゥ、水の魔石を見るんだろ」

ルルゥの態度にまたユーリが腹を立てそうになり、オドゥは水の魔石を取りにいった。

「見てるだけじゃ魔石だって、ただの石ころと変わらないじゃんか」

「ダメ！」

妹が気にいっている魔石は拳大《こぶし》で青みがかっており、光に透かすと波のような揺らぎが白い壁に映しだされる。だいじに取っておいてときどき眺めたいルルゥと、使ってみたいユーリといつもケンカになる。

「ケンカするなよ。ほら、ふたりとも手をだして」

オドゥは父親に教わったばかりの魔法陣を、水の魔石に展開した。ゆっくりと慎重に魔素を注げば、魔石に含まれる水の記憶が呼び覚まされる。

「わぁ！」

「すごい！」

せせらぎの中を魚が銀鱗をきらめかせて泳ぎ、轟《とどろ》く滝となって岩にあたり飛沫《ひまつ》が砕け散る。深い淵にひそむ大きな魔獣はぬるりとしており、人の足音が岩伝いに聞こえたとたん、信じられないほど素早く動き姿を消した。

ゆったりと流れる川面《かわも》に空を横切る渡り鳥の群れ、それが鳴き声もやかましい海鳥たちに変わると、ふわりと体が浮き雲の中にいた。視界一面にもやが広がり、それが薄れて消えると、濃い群青の海が眼下に広がる。

魔法陣が光を失い視えていた景色が消えると、オドゥの額には汗が流れ、唇は青ざめて震えていた。体の中から魔素がごっそり抜けた感覚がある。

「オドゥ兄ちゃん、もうおしまい？」

ぱちくりとまばたきをしたルルゥが、キョロキョロと部屋を見回す。

「きょうはもう無理。またこんどな」


父はとりわけオドゥに厳しかった。罠の仕掛けかたに魔獣の急所、水の見つけかたに、役に立つ薬草や毒草のありか……山で生き抜く術を徹底して叩きこんだ。男たちで行う狩りには、子どものころから連れだされた。

「オドゥ、どんな敵でもその動きには死角がある。レビガルの爪は鋭いが、手首、肘《ひじ》、肩……腕ひとつ動かすには起点がある。その起点を狙い、動きを止めれば攻撃を避けることができる」

「はい、父さん」

父は里のだれよりも強かった。動きはしなやかでスタミナもあり、何日も山にこもって狩りができた。

「人間を含め、どの動物も骨格や筋肉の動きを理解していれば、恐れることはない。つぎにどんな攻撃がくるか予想できるからな。やっかいなのは魔術師を相手にする場合だ。魔法を用いた攻撃は距離を越える」

「魔法を用いた攻撃って、捕縛の魔法陣以外にもあるの？」

水の魔石から水を喚びだして、水責めを行うとかだろうか……オドゥがそんなことを考えていたら、父親は深緑の瞳を彼に向けた。

「そうか、お前はまだ魔術師を知らなかったな」

「うん」

「竜騎士もドラゴンも、動きが予測できれば倒すのは簡単だ。やつらはひたすら頑丈なだけだからな。われらの強敵となるのは魔術師だ。お前は王都の魔術学園に通わせてやる。そこで魔術師について学べ」

「魔術学園？」

「そうだ。カレンデュラ伯とは話をつけた。来月には山をおりて、領主館で行儀作法を覚えろ」

「来月だって？」

学校に通えるのがうれしいというより、困惑のほうが大きかった。留守がちな父にかわり、毎日オドゥは母の手伝いをして、弟や妹のめんどうを見ている。自分がいなくなったら、母は困るのではないかと心配した。

「僕、魔術学園なんていかないよ」

だが父親は精悍な顔をゆがめて首を横にふる。

「いいかオドゥ、この生活は生きるだけで精一杯だ。ちゃんと学ばねば大人になってから後悔する」

「ここにいればもっと役に立てる。もっと強くなって、レビガルもひとりで狩れるようになって、そしたら！」

「オドゥ！」

オドゥが口をつぐんだのは、父に怒鳴られたからではなく、頭を下げられたからだ。

「父さん……」

「お前は学園を卒業して、ちゃんとした職につけ。こんな山間の集落に息をひそめるように暮らさなくてもすむよう、地位と身分を手にいれろ。俺が成し遂げたくて……どうしてもできなかったことだ。頼むオドゥ！」

父にはできなかったこと……それを託《たく》された重みが、ずしんと感じられたのは学園に入学してからだった。

オドゥが里を離れる直前、彼は弟と山の中で道に迷った。弟のユーリが野生のピュラル集めに夢中になって、気づいたら山奥に迷いこんだのだ。

「オドゥ兄ちゃん、どっち行けばいいの？」

心細そうなユーリにオドゥは笑って、子どもの握りこぶしより小さな甲虫型の魔道具を取りだす。

「心配いらないよ。いいもの持ってるんだ」

「虫？」

「本物じゃないよ。〝迷い虫〟といって虫の形をしてるだけ」

オドゥが小さいときも同じように、父がやってみせてくれた。こんどは彼がやる番だ。

「ほらユーリ、こうすれば虫が光るだろう？」

〝迷い虫〟に指でちょんとふれれば、その羽が金色に光りだす。

「ほんとだ」

「あとはこいつを追って帰ればいいんだよ。ケガをしたら走れなくなるから足元には気をつけて」

べそをかいていたユーリの顔がパアッと明るくなった。

「うん、オドゥ兄ちゃん。これで帰れるね！」

「まったく……ピュラルの実集めに夢中になるから。ユーリ、危ないから手をつないでいくよ」

鼻をすすったユーリがこくりとうなずき、小さな手でオドゥの差しだした手を握りしめる、

「へへっ、ピュラルお腹いっぱい食べたかったんだもん。ルルゥだって喜ぶだろ？」

金色に光る〝迷い虫〟が木立《こだち》の中を抜けていく。邪魔になるだろうにユーリは、ピュラルの実がたくさん入ってボコボコした袋を、だいじそうに抱えて離さない。木の枝に引っかからないよう、オドゥはなたを振って道を作った。

助けあいながら山をおりれば、黒いカラスが〝迷い虫〟の近くで羽ばたいた。

「父さんの使い魔だ。もう安心だよ」

カラスの名は何というのか知らない。けれど黒い瞳が深緑に変わるときは、父さんが自分たちを見ている。ユーリがカラスに向かって叫んだ。

「ルルゥ、ただいま！」

「それは妹の名前だろ」

「だってあいつ、カラスみたいにカアカアうるさいもん」

「まったく。僕がいなくなっても仲良くしろよ」

ピュラルを妹のために採ろうとするぐらいだ、可愛がってはいるのだろう。けれど年の近いユーリとルルゥは、くだらないことでよくケンカをした。

「オドゥ兄ちゃん、カレンデュラの領主様のとこから、いつ帰ってくるの？」

「わからない。領主様が交通費もだしてくれるなら、夏に帰ってこれるけど……」

「カレンデュラなら父ちゃんが迎えにいってくれるよ」

「……そうだな。うまく稼げるバイトを見つけられれば、年に一度くらいは」

領主館に滞在するのは来年の春までで、そこからはるか遠く王都の魔術学園に行くことは、幼いユーリには説明しなかった。奨学金もほしいから、バイトばかりするわけにもいかない。休暇ごとに帰るのはきっと難しいだろう。

里の入り口では妹のルルゥが、座りこんで地面に絵を描いていた。山からおりてきたふたりを見つけ、立ちあがり元気よく手をふる。

「オドゥ兄ちゃん！　ユーリ兄ちゃん！」

「ルルゥ！　父さん！」

駆けだしたユーリのあとから、オドゥはゆっくりと歩いて行った。ルルゥの背後に腕組みをして立つ父の肩に、カラスが舞い降りる。里ではかけない黒縁眼鏡をかけて、父は深緑の瞳でオドゥをまっすぐに見た。

「すぐ出発するぞ、オドゥ」

事前に聞かされていたとはいえ、ゆっくりするヒマもなかった。ユーリと迷ったから出発は延期されるのではと、オドゥは内心期待していたが、そうはならなかった。

「荷造りは……」

「必要ない。すべて領主が用意してくれる」

オドゥがいてもいなくても、里の暮らしには影響がない。けれど彼は弟や妹たちに囲まれた、にぎやかな暮らし以外知らない。里のみんなは顔見知りで、会えば必ず声をかけてくれる。里を離れる心の準備がまだできていなかった。

「入学は春だし、まだ先じゃないか。秋はいっぱいやることがあるよ。畑の収穫だって終わってない。保存食になる木の実を集めて、キノコは塩漬けにしておかないと。魔獣たちが冬眠する前に狩りだって……」

いつも陽気な父が彼を振りかえる。穏やかな深緑の瞳には何の感情も浮かんでおらず、オドゥは背筋がゾクリとした。わずかな殺気も感じさせず魔獣を仕留めるときの、静かな眼差しとそっくりだったからだ。

「父さん……」

青ざめて後ずさるオドゥに、父は困ったように眉を下げた。家長だからといって偉ぶることはなく、まとわりつくルルゥやユーリとじゃれて遊ぶ父は子煩悩で、ふだんは狩りを教える時の冷徹さはまったくない。

「オドゥ、お前は決して僕を許さないだろう。だから先に謝っておくよ……すまない」

「すまないって、許さないって何だよ。学園に行くだけだろ。五年かけて卒業して、父さんが満足するような仕事につけってことだろ。どこにも謝る必要なんかないじゃんか。それとも父さんは……」

オドゥの左目だけが深緑から、鮮やかな金色に色を変えて光る。

「僕に魔術学園の教育を受けさせるかわりに、家業を継がせないつもり？」

「……そうだ。『カラス』は僕で最後にする。お前だけでなくユーリやルルゥにも継がせない」

父の思いがけない言葉に、オドゥは目を丸くする。いつもふらりとでかけて里を留守にする父が、特殊な生業に就いていることは知っていた。高額な報酬とひきかえに他人の命を手中に収め、刈りとることだってある。

「どうして。だってそれがあるからカレンデュラの領主だって、父さんと仲良くしてくれるんだろ？」

「仲良く、か……」

自嘲気味につぶやいて、父の目は昏《くら》くかげりを帯びた。

「僕に何かあればカレンデュラの領主は、お前への援助を打ち切るかもしれない。そのていどの縁だ。王都に行ったらグレンという錬金術師に会え」

「錬金術師？」

イグネラーシェで育ったオドゥには、魔術師とか錬金術師とか、こないだから父が口にする言葉がわからない。

「ちゃんとした職に就いて、地位と身分を手にいれた男だ。僕とは違って……」

オドゥはいつだって獲物を仕留めるときの、父の強さや冷静さに憧れていた。なのに今、だれよりも強いと思えた父は、なぜこんなに弱々しく笑うのか。まるでおのれの無力を悟りきったみたいに。

「ユーリやルルゥを残して山をおりるのはイヤだ。行くならみんないっしょに……」

「それだけはできない」

父は断固として首を横に振る。

「だからオドゥ、僕を許さなくてもいい。生きるために僕が知る術はすべて教えた。お前は王都へ向かえ」

それは決別のときだった。容赦なく線を引かれ、オドゥは家族と引き離された。

「オドゥ兄ちゃん!?」

甲高い叫び声はユーリかルルゥか、よくわからない。首をめぐらせる前に、父の叱咤《しった》が飛ぶ。

「振り返るな、走れオドゥ!」

川の浅瀬を跳ぶように渡り、父とともに山道を駆ける。一瞬だけ、そう一瞬だけ高台でオドゥの足が止まる。振りかえった故郷の里では、川原にユーリとルルゥを連れて、長い髪を風になびかせた母が立っていた。それが彼にとっては家族の姿を見た最後になった。

魔道具は語る

レオポルドがガクリと膝をつくと、泥だらけだった魔道具のまわりに構築された魔法陣は、端から崩れてほどけるように消滅した。手の中にある〝迷い虫〟をにぎりしめて、彼は額を押さえて顔をしかめた。

魔道具には記憶が残る。〝レブラの秘術〟は複雑で精緻な魔法陣を立体的に構築することで、過去の事象を知ることができるが、使える者が限られている。

眉間にシワを寄せたレオポルドは、ひとつ息をつくとゆっくり確認するようにまわりを見回す。まばたきをするとそこはイグネラーシェの小川近くに張ったテントの中で、ライアスが心配そうに彼の顔をのぞきこんでいた。

「レオポルド、何かわかったか」

〝レブラの秘術〟は術者をかなり消耗させる。肩で息をする彼の声が震えた。

「ああ……オドゥはたしかにここで暮らしていた。だがあのカラスの使い魔は父親のものだ。使い魔を受けついだと……いったいどうして。それにあの水の魔石は……」

その疑問に対する答えは手の中にある魔道具も教えてくれそうにない。レオポルドは息を整えながら、見回りからダグが戻るのを待った。ライアスが即席のかまどを組みあげ、火の魔法陣を敷くとすぐに炎が燃えあがる。

季節は真冬でも、雪に閉ざされる北部のアルバーン領と違い、王都から南西のカレンデュラの大地は温暖で黒く渇き、澄みきった冬の空は雲ひとつなく晴れていた。

（だからこそこの地では、秋に降るヴィーガの雨が貴重なのだが……）

自然の営みはときに容赦なく、ひとびとに襲いかかる。レオポルドたち三人はカレンデュラ上空をドラゴンで突っ切って、土石流に襲われて滅んだとされる、オドゥの故郷イグネラーシェを訪れていた。

廃村イグネラーシェは秋と同じく、ひっそりとしたままだった。荒れ果てた畑と草が生い茂る小道があり、外見だけはきれいな白い家屋が点在するが、新年を祝う飾りを戸口に飾る家はなかった。

土石流の名残りなのか倒木や岩があちこちに転がるが、穏やかな川のせせらぎと野鳥のさえずり、山を吹く風の音だけが聞こえ、人の気配はいっさい感じられない。

「ずいぶんキレイになってるな。想像していたのとはだいぶ違っていた」

クレマチスで周囲の巡回にでていたダグが、テントに戻ってきてふたりに声をかける。

「ほかに何か魔道具は見つかりましたか？」

「いや。もっと川下を捜索したほうがいいかもしれんが、時間がないのだろう？」

「……ええ」

「まぁ、そう焦るな。このような場所でみる火はホッとするな。人の営みを感じさせる」

ダグはどっかりと焚火の前に座りこんだ。三人揃ったところでライアスがミスリルナイフを使い、手際よく肉を切って焼きはじめる。香ばしい匂いがあたりに漂うと、彼は自分の収納ポケットから小瓶をふたつとりだした。

「ひどい目にはあったが、リコリス女史からわけてもらったスパイスは絶品だぞ。一度味わうとクセになる」

その横でレオポルドは川から汲んだ水で、湯を沸かして茶を淹れる。

「カレンデュラの茶か?」

ひと口飲んでライアスが目をみはり、レオポルドは静かにうなずいた。カレンデュラの茶葉は摘んで手でもみ、それを蒸して乾燥させる。発酵させたりせず湯をそそいで蒸らし、砂糖などもいれずそのまま飲む。

はじめてオドゥに飲ませてもらったときは、ただの葉っぱから甘く優しい味がして、レオポルドは不思議だった。

「オドゥはイグネラーシェの話を楽しそうに語った。あれが偽りだとはどうしても思えなかった」

「それを証明するために、レオ坊はここへきたのか」

「それだけではありません……彼女のためです」

いつもより青ざめて見えるレオポルドが、平気で無茶をするのは子どものときからだ。大人になって節制するどころか、ごまかすのが上手くなっただけのような気がする。ダグはさっき魔導列車で移動中の補佐官から、彼にエンツが来ていたのを思いだした。

「ああ、彼女ルルスで倒れたらしいな。すぐに向かわなくていいのか?」

「テルジオがいうには〝魔力欠乏症〟だと。命に別状はないので目覚めたらエンツをします」

ライアスが心配そうに表情を曇らせた。

「ネリアが〝魔力欠乏症〟とは……ルルスの鉱床に魔素を抜かれたのか」

黄昏色の瞳が燃え盛る炎を見つめた。探していたパズルのピースは、おそらくここにはない。今のイグネラーシェに建つのは、土石流のあと修復の魔法陣が働いて再生した建物で、過去にオドゥたちが暮らした家ではない。

三人は昼間ずっと集落の周囲も含めひとしきり探したが、魔道具らしきものは見つからず、あったのは茶碗のかけらや布切れぐらいだった。ダグが肉をかみながら、ぼそりと口にする。

「ところでレオ坊から見て、オドゥはどんなヤツだ?」

「……何でもできた。器用で人当たりもよく、女子には優しくて、男子には面倒見がよかった」

空が黄昏時に色を変え、やがて夜のとばりが落ちてくる。ライアスはだまって茶碗に茶を注ぐと、湯気をたてる澄んだ茶の表面にふたつの月を映し、それをしばらく眺めてからぐいっと飲み干した。

「俺もオドゥのことは信じたい。だがあいつは……婚約してからだいぶ変わったな。俺は対抗戦で斬りかかってきた姿に、ようやくオドゥをひさしぶりに見た気がした」

オドゥは学園でも目立つ生徒だった。勉強もできたし上級生からも一目置かれていた。彼が変わったのは婚約したせいなのか、錬金術師団に入ったからなのか、ライアスにもよくわからない。

「変わったといえばお前もだぞ、レオポルド。彼女との暮らしはどうだ？」

「とても楽しい」

ライアスは持っていた肉の串をポロリと取り落とした。月の光を浴びて銀糸のような髪をきらめかせ、姿だけは精霊のような男は無表情に淡々と語る。

「こんな幸せがあっていいのかと思うぐらい幸せだ。たまに夢ではないかと不安になる」

「そ、そうか」

親友はどうやら真顔でノロケているらしい。落とした肉の串を拾い、浄化の魔法をかけてほおばれば、ちょっと味が薄くなっていた。それでもしっかりとかめば、コクのある脂といっしょに肉汁が滴る。

ライアスはしばらく無言で肉をかんでいた。それを全部飲みこんでから、彼は思いきってレオポルドに言った。

「お前はまずソラ並みの無表情をどうにかしたほうがいい」

炎をみつめるレオポルドの瞳の色が揺れた。ふいっと顔をそらして銀の髪をかきあげ、悩ましげに眉を寄せて言葉を紡《つむ》ぐ。

「お前が急に……彼女の話をするから」

ライアスはぽかんとした。どうやら顔色ひとつ変えないこの無表情な男は、ライアスから急に聞かれたことに動揺して、正直に答えてしまい、さらには自分の答えに照れているらしい。

（わかりにくいな……おい！）

調子が狂ったライアスは、ポリポリと頭をかいて天を仰いだ。このやっかいな親友の相手が、ネリアでよかったというべきだろうか、どうにも前途多難な気がする。

「あちち。感覚共有を切ったばかりだと、ドラゴンの舌には熱ぃな」

ダグはカレンデュラの茶をふうふうと吹いて口に運びながら、暗くなっていく山を見あげた。

「俺がオドゥに抱いた印象は……何でも丁寧にやる子だと思った」

「丁寧に？」

「ああ。何をやるにしても粗雑さや荒っぽさがない。気候の変化にも敏感だし、まわりにいる人間にも気を配れる。不測の事態にどう対処するかも、ちゃんと考えている。そうだろう？」

「そう言われてみれば……」

オドゥが見せる気の配りかたは、ライアスにはできない細かさだ。

「それはな、元はといえばあの子の暮らしが、丁寧だったってことだ。精霊たちに守られて感謝する……俺たちが忘れがちな約束事も、きちんと守って生活していたのだろう」

「私もオドゥからその話を聞いて、イグネラーシェに憧れました」

自然そのものが、子どもたちの格好の遊び場となる。小さな里を守る大人たちは、キビキビと働いていた。

「この里では山で狩りをして川で魚を釣り、畑で家族が食べられる分だけの作物を育て、子どもたちも木の実やキノコを集めていたらしい。だが王都の魔術学園に子どもを入れる余裕はなかったそうだ」

「ダグ、それもオドゥから聞いたのか？」

「本人と援助していたカレンデュラの領主からだな。領主はオドゥの父親に弱みでも握られていたのかもしれん。記録にない隠れ里ってのにも、事情がありそうだった。それとあの子の婚約者だった令嬢だが……」

今度はライアスとレオポルド両方が反応した。

「ラナのことか？」

「もう嫁いだと聞いたが」

「俺はその令嬢は知らん。オドゥは元々カレンデュラ伯の娘婿か、家令となる予定で領主から援助を受けていた」

「何だって⁉」

オドゥと婚約していた相手の名に、ダグはあっさりと首を横に振る。ライアスは彼がそんなに早いうちから、打算の入り混じった婚約をしていたことに驚いた。

将来有望な魔力持ちの子を早いうちから、囲いこもうとするのはどの貴族も同じで、レオポルドも身に覚えがある。寒さが厳しく作物が育ちにくいアルバーン領や、災害に見舞われやすいカレンデュラ領では魔力が重視される。

「領主の世話になり、入学準備をしていたというのは……」

「優秀ならば娘婿に、あるいは家令として取り立てる予定で、オドゥは身ひとつで領主館に預けられた。礼儀作法から厳しくしつけられ、飲みこみも早く、領主一家からの評判はよかった。けれどあの年は領全体が壊滅的な被害を受けた。領主は援助を打ち切り、学園に通わせられないと伝え、あの子はひとりでカレンデュラを出発した」

カレンデュラの領主には、ライアスとレオポルドは何度も会っている。災害に見舞われやすい領だから、いつも会うたびに感謝の言葉を伝えてくる好人物だ。

決してオドゥに落ち度はない。ただ領主があてにしていたのは父親の働きで、オドゥは当時、能力が未知数の子どもだったというだけだ。レオポルドがぽつりとつぶやく。

「……オドゥが婚約したラナも、貴族の令嬢だったな」

「だからあれだけ必死に、自分をすべて作り変える勢いで、いろいろなことを身につけたのか。錬金術師として成功するだけではダメだったのか?」

学園でのオドゥはだれよりも人気があった。その彼が最終的に選んだのが貴族のラナだった。何も持たない彼が手っとり早く地位と身分を手にいれる手段……それに令嬢たちのあしらいかたは、彼は最初から身につけていた。

「わからない。さんざん援助を引きだしたあとに、しびれを切らしたラナから婚約破棄したという話だ」

ライアスもレオポルドも、それについてオドゥと話をしたことはない。どうしたとたずねても、はぐらかされるだけだからだ。ダグが肩をすくめた。

「信じても裏切られる。そういうことが何度も続けば、だれだって用心するようになるさ」

「かもしれないが……」

ライアスが納得いかないでいると、レオポルドは眉間にシワを寄せてきつく目を閉じた。オドゥ・イグネルをグレンに紹介したのは自分だ。そしてそのふたりが〝ネリア・ネリス〟をこの世に送りだした。

「オドゥの望みは家族をとり戻すことで、だからグレンという協力者が必要だった」

――〝ネリア・ネリス〟はその過程でできた、ただの副産物……けれどハッキリとした意思を持っていた。

「それは……デーダスでの彼女にかかわることか？」

「………」

慎重にたずねるライアスの問いに、レオポルドは口を閉ざした。彼女の根幹に関わることは、まだだれにも告げられない。無言になった彼のかわりに、ダグが首を伸ばして里を眺めた。

「この里だけを見てもわかりにくいが、こうやって再生した廃屋を観察すると気づくこともあるな」

「何をです？」

レオポルドの問いに、ダグは左ほほの傷をポリポリとかきながら、気づいたことを話した。

「レビガルもでるようなこんな山奥で、建物にかけられた修復の魔法陣はしっかりしている。魔獣除けの結界だって働いている。自然発生的にできた村ではなく、魔力持ちがここに住み着いたと考えるのが妥当だ」

「それは確かに」

ライアスも腕組みをして考えこむ。この里の不自然さはそこにある。

「オドゥだけでなく彼の父親も含め、里で暮らす人間は魔力持ちだったのだろう。けれどおよそ魔力持ちらしくない、素朴《そぼく》すぎる生活だ。ではなぜここで暮らす必要があった？」

難しい顔をしたレオポルドが、ぽつりとつぶやく。

「身を隠す必要があった……」

「身を隠す？　何からだ？」

「ドラゴンから？　いや違う……人里離れた山奥で、カレンデュラの領主以外知る者もいない……」

ライアスの瞳に危険な光が宿る。

「カレンデュラの領主を改めて問いただすか？」

「面談での反応を見るかぎり、正直に答えるとは思えない」

「まぁ、そうだろうな」

ダグもうなずいてカレンデュラの茶をすすった。湯気が立ちのぼる茶に映る月を眺め、彼はすっと目を細める。

「俺はクレマチスで全国を飛び回ってたからな。これによく似た茶を飲んだことがある」

「よく似た茶?」

「とくに発酵させない茶の飲みかたは、茶葉の産地で見られるものだ。俺が飲んだのは、タクラの貿易商のところでだったかな。サルジア産だという高級な緑茶だった。だが今飲んでいるほうが味はいいな」

「サルジア産、ですか」

つぶやくレオポルドの頭の中で、もつれてこんがらがっていた糸が、するするとほどけていくようだ。

「そうだ。人目を避けた暮らしだからこそ、もともと持っていた文化や習慣は、色濃く残っていると考えたほうがいい。人はドラゴンなんていなくたってその足で、どこまでだって歩いていけるんだからよ」

(……ああ、そうか)

レオポルドはようやく確信した。サルジアからやってきたのは、建国の祖バルザムやグレン・ディアレスだけではなかったのだろう。歴史に名を残さず、ひっそりと生きることを選んだ者だっていたに違いない。

「家の建てかたや配置……それと里の者たちの暮らし。カレンデュラの気候は温暖で雨が多く、サルジアとよく似ている。イグネラーシェの成立がいつかは不明だが、サルジアから来た者にとっては暮らしやすかったのだろう」

親友とはいえ師団長を務める彼らから見ても、オドゥの能力は疑いようがない。むしろカレンデュラの厳しい自然で磨かれたともいえる。イグネラーシェに住み着いたのは、サルジアでも高位の魔力持ちだったのだろう。


「アルバーン師団長、ネリアさんが目覚めました!」

そのタイミングで、ルルスにいるテルジオから飛んできたエンツに、レオポルドのまわりには遮音障壁が瞬時に構築される。目くばせだけで察したようで、ダグとライアスに断る必要はなかった。

「容態は?」

聞き返す声が思ったよりも硬くなった。

「落ち着いておられます。魔術師団長のエンツを待っているようですが、まだ本調子ではないかと。それとオドゥの『カラス』が彼女についています。こちらはどうされますか?」

「ルルゥは放置でいい。手短に済ませる」

テルジオからのエンツを切り、月を見あげたレオポルドは深呼吸してから、婚約者に向けてエンツを唱えた。

二回目のエンツ

わたしが目覚めると見慣れない豪華な内装が目にはいった。こんなとき自分がだれだかわからなくなる。自分の部屋や家のおこたでうたた寝をして、見上げる天井とはあまりに違うから。デーダスでも居住区でもない。

(いつもとちがう……見覚えがない……ここはどこ?)

ぼんやり見あげていると、目鼻立ちの整った青年がわたしの顔をのぞきこんだ。

「ネリアさん、気がつかれましたか」

頭の中に『テルジオ』という名前が浮かぶ。そうだ彼はテルジオで、そしてわたしはネリア・ネリスだ。

「あ、テルジオさん……わたし……?」

声がかすれてちゃんとでない。起きあがろうとしたわたしを、彼はあわてて止めた。

「まだ起きあがらないほうがいいですよ、医術師の見立てでは魔力欠乏症だそうです」

「魔力欠乏症?」

聞き慣れない言葉に目を丸くしていると、テルジオが簡単に説明してくれる。

「体から魔素が抜けた状態ですね、魔力ポーションを飲めば回復しますから心配いりません」

「魔素が……抜けてる?」

わたしはハッとした。自分の中にあれだけ無尽蔵にあって、ふだんは抑えこんでいるはずの、〝星の魔力〟が今はほとんど感じられない。

「ルルスにある魔石鉱床って特殊な場だと言いましたよね。そこらじゅうに存在する魔素が、ここでは凝集し結晶化します。だから採掘できるんですが……まわりは不毛の砂漠でしょう?」

「うん……」

「この地に生息する魔物は、魔素を逃がさないよう硬い殻を持っています。でないと魔石鉱床に魔素を吸われます。魔力持ちも同じで、ふつうはだるさを感じる程度ですが、相性がよくないと具合が悪くなることがたまにあって」

「あ……わたし、硬い殻なんて持ってないから。それで倒れたの？」

でもテルジオだって同じ魔力持ちなのにぜんぜん平気そうだ。

「ネリアさんの場合、体質的に合わなかったのでしょう。〝魔石亭〟という宿をとりましたから、今日はルルスで一泊していただきます」

「そっか……魔石鉱床との相性がよくなかったんだ……すごくキレイだったのに」

つぶやく声が自分の声じゃないみたい。乗っていた魔導列車は、わたしの使っていたコンパートメントを切り離して出発したらしい。明日には別の魔導列車に連結してタクラに向かうという。

「さっきまで体温もかなり低めでした。魔力ポーションを枕元にご用意しています。ネリアさんが倒れたことは、魔術師団長にも知らせました。目覚めたらエンツを送るとのことです」

「うん……」

ふとんを被る体に震えが走る。わたしは三重防壁の維持にも、言語読解の術式にもたくさんの魔素が必要で。だから星の魔力とつなげられた。もしも魔力が抜けてしまったら……わたしはこの世界で活動できない。


『魔力持ちは数日間何も食べなくとも平気だ』

『ムリだよ、そんなの』


グレンからもよく言われて、そのたびに言い返していた。違う、そうじゃない。本物の魔力持ちだったら、環境に存在する魔素もうまく体内に取りこんで、自分の魔力として循環させることができるのに。

レオポルドみたいな魔術師は魔術を展開するとき、その場にある魔素をうまく利用して魔力の枯渇《こかつ》を防いでいる。わたしだけがまわりの環境から、魔素を取りこむことができない。その事実にあらためて愕然とする。

（そうか、わたし壊れものなんだ……）

わたしの中にはグレンが〝星の魔力〟とつなげた、パイプのようなものがあるだけ。何かの拍子に、わたしとこの世界とのつながりは簡単に切れる。ときどきレオポルドが慎重になる、その意味がようやくわかった。

「マイレディ……ナナ」

布団をかぶっていたら空中からふわりと、低めだけれどよく通る声が降ってきた。

「レオポルド」

「魔力枯渇を起こしたと聞いた」

気づかうような声は、どこまでも穏やかで優しい。冬の月に照らされて、今の彼はイグネラーシェで何かを探している。

「うん、魔力ポーションいっぱい飲んじゃった。レオポルドがぐびぐび飲むの、いつも注意してたのに」

「魔力ポーションは飲み慣れぬと酩酊する。自分とまったく同じ属性というわけではないからな」

「それでかな……まだ気持ち悪いよ……」

エンツ越しにホッとしたのか、彼が息を吐く気配がする。

「ピアスをいったん外したほうがいい」

「え……」

「私の魔力をこめたピアスは、倒れたときに魔法陣が発動してきみを助けた。きみの魔力に合わせて設計したものだから、今の魔素が抜けている状態では負担になる。魔力が回復してからまたつけるといい」

「わかった。そうさせてもらうね」

「魂までも含めてきみを守るという決意をこめたものだ。婚約の贈りものを兼ねていたが、まさかすぐに出番があるとは。本当にきみは目が離せないな」

彼がこめかみを押さえて嘆くのが目に浮かぶようで、わたしは布団をかぶって小さくなる。

「ううう、ごめんなさい」

「私は魔法陣を刻むぐらいしか能がないから……ライアスのように造形の才があればよかったのだが」

……ん？

「えっ、すごくキレイな魔法陣だよ。毎日うっとり眺めているんだから！」

毎日といってもまだ二日だけど。レオポルドは淡々とした口調で続ける。

「今回倒れてわかったことだが……きみの魔力はほとんどが〝星の魔力〟だということだ。それがないと生命活動の維持すら難しい」

「うん、ようやく自覚した。ごめんねレオポルド」

……こんなわたしが婚約者で。続く言葉は口にしなかったのに、エンツからぼそりと低音ボイスが降ってくる。

「泣くな」

「泣いてなんか」

本当に泣いてなんかいない。なのに鼻の奥がツンとして涙がでそうになる。〝星の魔力〟とつながっていなければ、ただ生きて呼吸することさえ難しいなんて、それで生きているって言えるんだろうか。

「ナナ……」

けれどわたしの名前を呼ぶこの人がいる。だからわたしはこの世界とつながっていたい。

「ここで呼びかけるとか、反則だよ。今はライアスとイグネラーシェを調査しているんでしょ？」

「……そうだ。まだ現地で調査中だ」

今度はちゃんと答えてくれた。

「何かわかった？」

「オドゥを助けたダグ・ゴールディホーンが同行している。ライアスの父親だ。彼の話では濁流の中から脱出して、オドゥに父の形見である黒縁眼鏡を届けたのは、父の使い魔だった黒いカラスらしい」

「カラスって……ルルゥ？」

ルルゥは今もわたしについて、ルルスの町でのんびりしているらしい。

（倒れたところ、ルルゥにも見られたのかな……それなら、オドゥもどこかでそれを知ったかも）

「私は学園時代から、オドゥがルルゥを世話するところを見ているが、親子で同じ使い魔と契約する例は聞いたことがない。それにダグの話では、あの眼鏡は何かを封じていると。呪具に近いものかもしれない」

「呪具……ユーリの報告では、あの眼鏡は使い主を限定する血族設定があるらしいの」

「血族設定だと……それは……」

「うん。わたしにもわかるように説明してくれる？」

わたしはレオポルドの言葉を待った。

「設定自体は難しくない。魔道具が持ち主を選ぶということだ。家業のような代々決まった職に就く者などは、相続の際に血族設定をして争いを防ぐといわれている」

「オドゥはやっぱりサルジアと通じていたの？」

「まだその確証はない。イグネラーシェはたしかに存在したし、オドゥはそこの生まれだ。だがイグネラーシェ自体が、存在を秘した隠れ里で、サルジアから逃げのびてきた落人の里だと考えられる」

「落人の里……」

秘境みたいな山里で、ひっそりと暮らす一族。使い魔と契約して特殊な術を使い、血族設定のある魔道具を使いこなす。オドゥが……じゃない、里の成りたち自体が特殊だったのだ。

「王都で報告したら調査団を派遣しよう。イグネラーシェは再評価される必要がある。それに……オドゥが望まなくてもきちんとした弔いを」

「うん」

はじめて見たときは言葉を失うだけだった景色は、わたしの脳裏にも焼きついている。何かしたくても何もできず、ただ受けとめるだけしかできなかった。けれどそれが今、レオポルドを動かしている。

「ルルゥがきみについていることも、テルジオから報告を受けている……ナナ」

名前を呼ぶ声に、わたしの心臓がドクンと跳ねた。

「わかっているのはそこまでだ。きみはまず休め。そしてふだん通りでいい。そばにいてやれなくてすまない」

「そんな……レオポルドはじゅうぶんしてくれているよ！」

「だがきみがルルスで足止めされたのは幸運だった。手配が間に合ったようだ……気にいってもらえるといいが」

「手配？」

「明日になればわかる。おやすみ、ナナ」

エンツを切られそうになって、わたしはあわてて彼に呼びかけた。

「あのね、レオポルド」

「何だ」

「魔石鉱床、とってもキレイだった。いつかレオポルドともいっしょに行きたいな」

「……死にかけたのにか？」

「それでもだよ。新しい魔道具のアイディアも思いついたの。それに蜘蛛のドレスを着て、あそこで踊りたい」

「………」

沈黙が返ってきて、しばらくして不安になったわたしは、そおっと彼に呼びかけた。

「レオポルド？」

「またきみは、とんでもないことを思いつくな」

「えっ」

魔石鉱床で踊ってみたいと、言ったのは変だったろうか……。でもあれだって人の手が造りだした景色で、あっちの世界だったら世界遺産なみの場所だと思う。彼はため息をついた。

「心に留めておく。もう寝ろ」

「うん、おやすみなさい」

もっと聞きたいことも話したいこともあったけれど、わたしの体力も限界だった。目を閉じただけで魔石鉱床に魔力を奪われたときと同じように、深い闇に吸いこまれるような眠りに落ちた。


「マイレディ……ナナ」

レオポルドが呼びかけるとすぐに、距離のせいかそれとも布団越しだからか、くぐもった声が返ってきた。

「レオポルド」

声が聞こえることにホッとする。倒れたと知らせを受けたときは、師団長室で人形のように崩れ落ちたあの瞬間を思いだし、レオポルドの全身が総毛立った。少し考えれば彼女が、魔石鉱床に弱いことは予想できたはずなのに。

「魔力枯渇を起こしたと聞いた」

「うん、魔力ポーションいっぱい飲んじゃった。レオポルドがぐびぐび飲むの、いつも注意してたのに」

思ったよりもハキハキと返事があり、レオポルドは安堵《あんど》のため息をつく。それから細々とした注意をしたが、彼女のほうも危なかった自覚があるのか、反発することもなく神妙に聞いていた。

そしてやっぱりイグネラーシェとオドゥのことをたずねてくる。彼女が気にする理由もわかるだけに、レオポルドはできる限り詳しく答えた。

なるべく安心させるように言葉を選べば、彼女のほうも不安を紛らわすように、とりとめのないことをしゃべりだす。魔石鉱床の美しさ、あらためて彼と行きたいということ、なぜかドレスを着て踊りたいとまで言いだした。

（タクラで足止めされたおかげで、手配が間に合ったな……）

あいづちを打ちながら、レオポルドはホッと胸をなでおろした。彼女は公式の場ではいつも師団長のローブを着る。自分がエスコートするためのドレスを贈るなど、男の見栄だという自覚はあった。

ネリアの声が眠そうにくぐもり、エンツを終えたレオポルドは、さっそく索敵の魔法陣を展開した。

「今夜中にカタをつけたい。そろそろ夜行性の魔獣が動きだす」

「腹ごなしに魔獣狩りか……いいだろう」

うなずいたライアスの瞳に凶暴な光が宿り、サッとかまどに敷いていた火の魔法陣を収束させると、あたりは暗闇に包まれた。竜騎士のスキル感覚共有を発動すれば、ドラゴンの感覚が流れこんでくる。

切り立った崖から流れ落ちる滝、魔獣が通る獣道……それに展開した索敵の魔法陣から得た情報を合わせる。レオポルドたちはかなりの正確さで、山に棲むモノたちの動きをつかんだ。

ドラゴンが獲物を探すときと同じ目つきで、ライアスは青い瞳で山を見る。今の彼には漆黒の闇に息づく者たちの気配が、手にとるようにわかる。口の端を持ちあげた彼の横顔には、まるで肉食獣のような凶暴さが浮かぶ。

「大きな巣が近くにある。この一帯が縄張りのようだ」

さきほど食べた肉の味が、まだスパイスの香りとともに舌に残っている。

――天空の覇者たる竜王の力を知らしめろ。体の芯からそんな声が聞こえた。


グルルルゥ……。

テントのそばで翼をたたみ、休んでいたミストレイがピクリと動き、金の双眸《そうぼう》をすがめた。

「ミストレイ、視えるか」

ライアスの言葉に竜王は首を伸ばして山中をうかがう。巨体を持ち岩に擬態する魔獣レビガルは、イグネラーシェが滅んで狩る者がいない今となっては野放しだろう。群れとなって暴走すれば、山を崩し川の流れを変える。

「イグネラーシェの役割は表向き、レビガルを監視し、そして退治すること。裏では〝カラス〟を用いた諜報活動など、きな臭い稼業を請け負っていたと思われる。ここが拠点なら王都で実態がつかめないのも道理だ」

ライアスの説明にダグが答えた。

「王都に〝カラス〟はもともといた。竜騎士たちはドラゴンの目を通して、それを知っている」

イグネラーシェのまわりにはレビガル避けの結界が張られているが、いずれ魔法陣を動かしている魔石が力を失えば、村は魔獣たちにあっけなく踏みつぶされてしまう。

「オドゥの話ではイグネラーシェの男たちは、集団でレビガルを狩った。近くに監視用の活動拠点があるはずだ」

まずはレビガルの巣を探す。魔獣が行動範囲を変えていなければ、風下に拠点として使える岩場か洞穴を見つけられるはず。そこならば土石流に巻きこまれず、何か見つけられるかもしれない。

「レビガルデミグネイシスアバンガミヤデムレスファイルモミボイグ……必死に覚えたのにオドゥには笑われたな。『そんな呪文、僕らは使わない』って。あいつに習った体術が役に立つかな」

ライアスが学園生の早口言葉をそらんじれば、レオポルドは邪魔にならないよう自分の髪を束ねた。

「いくぞ」

体内に流れる魔素を使う身体強化は、術式を編む魔術よりも先に発達した。厳しい環境で生き抜くには、人の体はもろすぎたからだ。レオポルドが短くひとこと発し、それを合図に三人は走りだした。

風の属性を持つ者は、俊敏さや身の軽さにも秀でている。ライアスはせまい岩場を足場にし、勾配《こうばい》のきつい山を風のように駆けのぼる。遅れてレオポルド、その後ろにダグが続く。

昼間は岩に擬態して動かないレビガルは、夜は狩りをするため活発に動きまわる。巣と思われる場所に近づいたとたん、バキバキと木をなぎ倒しながらレビガルが襲ってきた。

ライアスが腰の剣をなぎ払えば、レビガルの周囲に展開した魔法陣から雷が降りそそぐ。魔獣はその巨体からは想像もできないほどの俊敏さで横っ飛びに跳んだ。

ヴォオオオォ！

爪に抉《えぐ》られた大量の土砂が降ってくるが、レオポルドが転移陣で全員を脱出させて捕縛陣を放つ。同時にミストレイの咆哮が大地を震わせ、レビガルの足元で竜巻を起こして足場を崩した。

踏みしめていた地面がなくなり、バランスを崩したレビガルは、捕縛陣に絡めとられて動きが鈍くなる。左腕に風圧ですべてを押しのける〝風の盾〟を展開したライアスが、当たったらまちがいなく骨が砕ける勢いで、振りおろされる尻尾を弾きながらレビガルの間合いに飛びこみ、弱点である小さな甲羅に鉄槌のような一撃を食らわせた。

ビイイイグウワアァ！

レビガルが耳をつんざくような甲高い声で怒り、ダンッ、ダンッと大木のような足で踏みしめて暴れだし、ダグは地面に転がって、踏みつぶされるのを避けた。

続いて二撃、三撃と身体強化したライアスが重い雷撃をくらわせると、水晶よりも硬いとされる甲羅にビシビシと亀裂が入る。レオポルドは捕縛陣を強化しながら、亀裂に炎を走らせる。

山全体を震わせるような絶叫が響いた瞬間、レオポルドの喚んだ氷槍がレビガルを深く貫き、崖に串刺しにした。どうと地面を揺るがせ土煙をあげて巨体が倒れ、ライアスが落ちた甲羅のカケラを拾いあげて軽口をたたいた。

「魔術学園でお前がバラバラを、レビガルに変えたことを思いだしたぞ」

「これほどの大きさは珍しいな」

「素材としてミストレイに回収させたいが、今回は時間が惜しい」

それから巣を中心にして周囲を探索した三人は、巣をみおろせる高台にあり、体が大きなレビガルには入れない洞穴を見つけた。レオポルドが光り玉で照らせば、内部は昼間のような明るさになる。

使われていたのはもう十年以上前だろう。それでもライアスの目は岩の一部に色の変わった場所をみつけた。

「ここならば大人が数人潜むことができるな。火の魔法陣を敷いた跡もある」

「狩りで使うのは原始的な魔道具だと、オドゥはいっていた」

うなずいてレオポルドも術式を紡ぎはじめる。山での狩りにいちいち魔道具を持って、移動していたとは考えにくい。狩りの道具や生活に使うものは、山中に置きっぱなしにしたものもあるはずだ。それを探して洞穴の床から壁に術式を走らせ、くまなく魔術の痕跡を追っていく。

「オドゥの眼鏡があれば苦労しないのだが」

レオポルドはため息をついたが、じきにめくらましの魔法陣を見つけだした。狩人の常としてこういった場所で保管している品物には、部外者が勝手に荒らさないように罠をしかけていることも多い。

慎重に魔法陣を解除して罠をとりのぞけば、きちんと口を紐でしばり、保全の術式をかけた麻袋がでてきた。中に入っていた魔道具を回収し、レオポルドは立ちあがる。

「これでイグネラーシェの調査は終えた。王都へ帰還する」

「休んでからにしたらどうだ?」

王都からカレンデュラまで飛び、イグネラーシェを捜索したあとは、レビガル退治をして洞穴まで調べた。体調を気づかうライアスに、レオポルドは首を横にふった。一刻も早く……気持ちのほうが急いていた。

ニーナの合流

魔石の町ルルスにある宿、魔石亭の朝食はひき肉と細かく刻んだディウフを重ねて炒め、それを敷きつめてオーブンで焼いたもので、使われている食材は素朴でも、手をかけて用意したとわかるものだった。

砂漠でも育つという塩気のある多肉植物のサラダは、葉に水を蓄えていて歯ざわりもよく、プチプチした食感も楽しい。テルベリーのジュースは濃厚で、わたしがコクコクと飲んでいると、テルジオがホッとしたように笑う。

「ネリアさんが元気になってよかったです」

「まだ本調子じゃないというか、だるさは残ってるけどね。砂漠での食事がこんなに豪華でいいのかな」

「魔石亭は酒場にちょっとしたステージもあって、夜は弾き語りなども楽しめるんですよ。全国から人が集まるのは、魔石鉱床があるおかげですね」

宿の食堂は朝食をとる人たちでにぎわっている。夜のステージは楽しめなかったけれど、朝はまた砂丘の上をライガでひとっ飛びして、風が作りだす自然の景色を楽しみ、魔石鉱床やルルスの町見学はいい思い出になった。

「また今度ゆっくりきたいな」

「いいですね、次はぜひ魔術師団長とごいっしょに」

「そ、そうだね……」

やっぱり照れる。照れてしまう。レオポルドと話したエンツの、終わりのほうはよく覚えていないけど、心配してくれた彼に、なんか甘えまくった気がする。ダメじゃん、わたし！

つぎの魔導列車を待つあいだ、駅前をぶらぶらして魔石ランプを買い、駅で王都に送る手配をした。ルルスの魔石鉱床自体は二百年ほど前に発見されたらしいけれど、グレンはそこをわざわざ通るように魔導列車の線路を敷いた。魔石を動力源とする魔導列車を動かすためとはいえ、砂漠を突っ切る難工事だったらしい。デーダスの家でよくケンカしたおじいちゃんが、そんなにすごい人だとは思わなかったよ。

テルジオといっしょにホームで、到着する魔導列車を待っていたら、乗りこむ前にすごい勢いで列車を降りて、わたしに突進してきた人物がいる。王都の五番街で服飾店を経営するニーナだった。

「ネリィ、やっとつかまえたわ！」

「ふぇっ、ニーナさん⁉」

いつもまとめ髪にしていた黄緑の髪はおろし、若草色の瞳をパアッと輝かせた彼女は、秋の夜会シーズンを成功させて、ドレス作りがひと段落したタイミングで、故郷の幼馴染とマウナカイアへ新婚旅行にでかけたはず。

そう思ったらニーナの後ろで、こんがり日に焼けた彼女の夫ディンが、麦わら帽子をかぶって手を振っている。どうやらマウナカイアから王都に到着してそのまま、魔導列車に乗ってわたしたちに合流したらしい。

「あらあらぁ、ちょっと。本当にステキなピアスね。まぁ話はタクラまでの道中で、ゆっくり聞かせてもらうわ」

「へっ？」

さっそくピアスに目を留めたニーナはキラリと目を光らせ、テルジオにも朗らかにあいさつした。

「アルバーン魔術師団長より依頼を受けて参りました。彼女の衣装一式、制作を依頼されております」

「ああ、彼から知らせは受けてますよ。よろしくお願いします」

テルジオにも話が通してあるらしく、わたしはようやく気がついた。

「もしかしてレオポルドが昨夜言ってた、『手配した』ってニーナのことだったの？」

「そうよ。『いつも使う店がよかろう』ですって。なんと休暇中のミーナに私たちの実家伝いに連絡がきて、ミーナからマウナカイアにいる私にエンツが飛んできたってわけ。ふふん。私がどれだけあわてたかわかる？」

「ちょうど帰ろうとしてたの。ミーナがね、『ネリィのことならニーナも張り切るでしょ』ですって。帰りは魔導列車じゃなくて海洋生物研究所の転移陣から、カイって人に送ってもらって、ソラという子が出迎えてくれたけど、めちゃくちゃかわいかったわ。創作意欲が刺激されちゃった」

「えっ、まさか旅行を切りあげたんですか？」

エンツの向こうでミーナはクスクスと笑っていたといい、ニーナは自分用の収納鞄をポンポン叩いた。

「ドレスは『ミストレイ』を使い体にフィットして、ラインをきれいに見せるものを中心に、ネリィらしい妖精っぽさも生かしたいわね。マウナカイアでレイクラさんからいろいろ教えてもらったし、動植物のスケッチもたくさんしたの。鮮やかな柄を王都でも流行らせたいわ」

「おおー、すごいですね」

パチパチと拍手するわたしの全身に、ニーナはササッと鋭い視線を走らせる。

「まずは秋とサイズが変わってないかチェックするわよ」

「ひぃ⁉」

そして彼女は何か異変を感じたのか、思いっきり顔をしかめた。そういえばレオポルドに『あーん』って、食べさせられてばかりだった。ついでに言うと門外不出の魔道具にも、しばらく乗るのをさぼっていた。

「まさかあなた、そのままであの美形の隣に、立とうなんて思ってないでしょうね？」

「わ、わた、わたしは突っ立ってるだけですから！」

わたしがちっこくて目立たないのは、自分でもよく知っている。みんなきっと眉目秀麗で精霊の化身と評される、長身のレオポルドを見るはず。そう、飾りたてるならむしろ彼のほうが、見栄えがすると思うし！

「もちろんパートナー用の衣装だって提案するわよ。紳士服のバーナード・スミスに協力を仰ぐつもり。今回は下着からぜんぶ作るし、カップのサイズもきっちり採寸するわよ。こっちは依頼されるのをずっと待ってたんだから！」

気合いのはいったニーナは、すでに目が据わっている。わたしはびっくりして聞き返した。カップのサイズ？

「えっ、レオポルドが下着まで注文したんですか？」

「そうじゃないけど、『ミストレイ』を使ったドレスは体にピッタリしてて、きれいなラインをだすには下着も重要なの。夜会のときはネリィが自前でそろえたから、これでも妥協したのよ」

そういえば夜会のときは、下着は既製品で済ませたっけ。気を利かせたテルジオがニーナを促した。

「あ、では私は席を外しますから、採寸はコンパートメントでじっくりとなさってください」

「ええ、さっそく取りかかります。さぁネリィ、さっさと脱いでちょうだい！」

澄ました顔でうなずいたニーナは、わたしを引きずるようにして、気合十分で魔導列車に乗りこもうとする。

「ひいぃ。ここにミーナさんもアイリもいないなんてぇ！」

「だいじょうぶよ、さわるのは手袋越しだし。あ、そうそう。ミーナとアイリのことなんだけど」

わたしの悲鳴に彼女は平然と返すと、思いだしたようにつけ加える。

「そういう問題じゃ……って、ふたりがどうかしましたか？」

コンパートメントにふたりきりになったとたん、ニーナはコソッとわたしに耳打ちした。

「タクラでユーリやオドゥ先輩といっしょにいるみたい」

……何ですと⁉

そしてやっぱりわたしはニーナに、問答無用で脱がされてサイズを細かく測られ、その数値をこっぴどく叱られたのだった。くぅぅ……みんなレオポルドのせいだもん。みんな『あーん』が悪いんや！

潜伏

マール川の河口があり、古くから発展していたタクラの港は、世界有数の港湾都市だ。グレンの開発した魔導列車より、魔導船は早く発達した。船は水に浮かべれば、魔導回路で推進力を与えるだけで進む。

ドラゴンのおたけびが聞こえる王都とちがい、タクラの朝は海鳥イールの鳴き声とともに夜が明け、水平線に朝日がのぼると同時に一日がはじまる。大型の魔物がいる外洋を航行する魔導船は、それ自体が動く要塞のようだった。

「ひっくしゅっ」

自分の工房で作業台に向かっていたオドゥは、ぶるりと身を震わせる。デーダスにグレンが築いたものより狭く、むきだしのパイプが壁や天井に張りめぐらされた工房には、実験器具が雑多に積まれていた。

「オドゥ、風邪ですか？」

ムズムズする鼻をさするオドゥを、深緑の瞳をした青年が振りかえった。真っ赤な髪をこげ茶に、同じく瞳を深緑に染めただけで、ユーリの印象はがらりと変わる。着ているくたびれたセーターは、市場で買った中古品だ。

「いや、なーんか背筋に悪寒が走って。どっかで僕のこと噂してるのかなぁ」

「心当たり、ありまくりですよね。それより何してるんです？」

オドゥの手元では鉱石の欠片が、サラサラと砂のようにこぼれて山を作っている。何枚もならべた薬包紙それぞれに、赤や青、黒色の砂山ができていた。

「や、気分転換。結晶錬成の練習っていうか、微量金属の配分で鉱石の色が変わるんだ。雪の結晶と同じで生成温度のちがいで形も変わる。おもしろいよ」

「眼鏡とぜっんぜん関係ないじゃないですか」

唇をとがらせて文句を言うユーリに、オドゥはしれっと言い返した。

「だって眼鏡の対価は竜玉じゃんか。工房を維持するにも、食っていくにも金がいるし」

「そんなのが収入源になるんですか、色のちがう砂時計は作れそうだけど」

パラパラと手から鉱石の欠片を払い落とし、オドゥは魔法陣の術式を解除した。

「絵の具の顔料にならないか、ミネルバ書店のダインに掛けあってる。人工的な宝玉を安定して生産するには、技術を磨かないとね。魔力ポーションがぶ飲みして、脂汗たらして錬金しても割に合わないし」

「ふうん、考えとしては合理的ですね。それにしてもオドゥが学園に入る前にも婚約してたなんて驚きですよ」

「カレンデュラ伯には親切にしてもらったよ。婚約といっても子どもだからさ、やることはお嬢様の機嫌をとるだけで、妹の子守りと変わんなかったし」

ユーリにとっては王城育ちのコンプレックスを刺激されることもあるが、世慣れたオドゥの話は刺激的でおもしろい。それに城ではこぼせないグチも、貴族ではない彼になら話せた。

「僕もテルジオから『婚約だけならいいのでは』って、入学したばかりの新入生の釣り書き見せられちゃって」

「あはは、それで城から逃げだしたのかぁ」

「両親が学園生同士の恋愛結婚って、プレッシャーきついですよ。学園で出会えるとは限らないのに」

肩をすくめてため息をついたユーリは、薬包紙ごと砂山のひとつをとりあげ、魔法陣を展開して術式をあやつる。

「わ、これも魔素を流すと、ちっちゃいゴーレムができる」

「な、おもしろいだろ」

指をひらめかせると手のひらで鉱石ゴーレムが踊りだし、ユーリもふふっと笑ってつい遊んでしまう。鉱石の生成はユーリもオドゥに教えてもらったけれど、興味があるのはやはり、動きを司る命令系の術式だった。

「おもしろいけど……単純な命令しかできないから、あまり実用性はないですね。それより眼鏡を作らないと。ネリアはもう王都を出発しましたよ」

「いや、術式は解読できたし、あとは枠の内部やレンズに構築するだけだけど……けっこう難しいね、これ」

オドゥの前にはひん曲がった金属製の枠の残骸が、正確に言うと三十八個転がっている。

「もうめんどくさいから、そのかけてる眼鏡くださいよ」

「え、僕が何も見えなくなるじゃん」

「それ、度なんて入ってないですよね?」

投げやりに言うとユーリは、暇つぶしに袋から竜玉をだして、コロコロと手でもてあそぶ。最初はワクワクした眼鏡作りも、同じ作業を見続けるのに飽きてしまった。

「〝血族設定〟を解除できれば渡せるけどね。ユーリも素材で遊ぶなよ」

「退屈なんですもん。そういえばこっちでルルゥを見かけませんね。王都へ置きっぱなしですか?」

「……ルルゥはネリアについてる」

「へぇ?」

魔法陣を構築しながら、年上の錬金術師はめんどくさそうに答え、ユーリは眉をあげた。ネリアに妙な執着を見せるわりに、彼女の婚約が決まっても、オドゥの態度はあっさりしていた。

「うわっち」

刻んでいた術式が弾け、持っていた金属製のつるを放りだすと、オドゥは手をぶんぶん振った。そして三十九個目の失敗作を前に、彼は盛大なため息をついた。

「まいったな、グレンだったらうまく作れたのかなぁ、これ」

「素材との親和性もあるかも。国内では手に入りにくい材料なのかな。ネリアだとどうなんでしょうね?」

手元をのぞきこむユーリの言葉に、オドゥは自分の黒縁眼鏡を指でつまみ、少し透かすようにして刻まれた魔法陣をにらみつけた。

「ネリアにはぜったいムリだろ、この魔導回路。マジで言ってる?」

「そうですけど……ネリアってレオポルドに『杖を作る』って宣言しましたよね。グレンの設計図があったとして、それをまずしっかりと読みこんで、正確にきちんと刻まないと、杖ができあがらないのでは?」

ユーリの指摘にオドゥも真面目な顔で考えこむ。

「うーん、そうすると杖ができるのが先か、レオポルドの寿命が尽きるのが先か……ってとこか」

「うわ、彼がおじいちゃんになる前にできればいいけど。さてと、素材を仕入れるついでに昼食を買ってきます」

くたびれた深緑のセーターを着たユーリは立ちあがり、すり切れた茶色のコートを羽織ると、マスケット帽を目深にかぶった。

港は貿易品を積んで入港する大型船や、そのあいだを行き交う小型の輸送船で交わされるエンツ、そのまわりを飛ぶ海鳥のイールの鳴き声や、港で働く労働者たちや、交易品をあつかう商人たちの掛け声でいつもにぎわっている。

いつもはお団子にしている黄緑の髪をおろし、毛糸の帽子を深くかぶったミーナは、ラベンダー色のショートカットに白いイヤーマフをつけたアイリに注意した。

「アイリ、海鳥のイールには気をつけて。あいつらダルシュにつけたパンを狙ってくるから」

「はい」

ミーナとアイリはタクラ港の一角にある屋台から、ダルシュと呼ばれるスープを買ったところだ。たっぷりの魚介と刻んだ根菜を入れて煮こみ、ミルクをいれた濃厚なスープは、港町で働く労働者に人気がある。

「はいよ、ダルシュふたつお待ちどお。パンはひとつずつでいいのかい?」

「じゅうぶんよ!」

ミーナが叫べば屋台の店主はカラカラと笑い、スティック状のキトルもスープに挿して渡してくれた。

「お嬢さんがたにはそれじゃ足りないね、よかったらキトルもつけとくよ」

「やだ、ありがとうおじさん!」

「ありがとうございます!」

小麦粉を練って薄く伸ばした皮にチーズをくるみ、油で揚げたキトルはカリカリの生地をかむと、チーズがトロリと流れだす。ミーナは、ホカホカと湯気をたてるダルシュをすすり、キトルをかじってアイリに笑いかけた。

「アイリのおかげね、あの店主ったらダルシュを渡すときにウィンクしてたじゃない」

「ええ、陽気なかたですね。これ、とってもおいしいです」

「でしょう。港町は活気があっていいわよねぇ、潮の香りがするし。イールの鳴き声はちょっとうるさいけど」

ふたりはまずニーナとミーナの実家であるベロア子爵家に顔をだして新年を迎えたあと、早々にタクラへ戻って宿に滞在している。今は工房にする物件を探して、港のあちこちを巡っているところだ。

昼食は宿に戻らず屋台で済ませることにして、ふたりはダルシュを飲みながら相談する。

「なかなかこれ、といった物件はないわね。だだっ広い倉庫みたいなところは多いけど、布や染料といった素材をきちんと保管できて、職人たちが通いやすい場所となると難しいわ」

「マール川沿いの上流には染織工房が集中してますが、港の近くも便利ですよね。さっき見た倉庫はどうですか」

「それなんだけどねぇ……私の勘がこういうのよ、『ニーナは喜ばない』って」

ミーナはパンをダルシュに浸し、食べながらため息をついた。

「やっぱりそういうの、わかるものなんですか」

「ニーナは静かなところが苦手だし、港の近くがいいの。問題は光と工房からの見晴らしね、窓がないとぜったいダメだわ」

昼間の自然光と夜にともす魔導ランプの明かりでは、布の色がまったく違って見える。作業するなら自然光をふんだんに採りいれられる窓があるところがいい。

ニーナが作る服にはいつも物語がある。彼女が新しいストーリーを生みだせるよう、景色を一枚の絵として楽しめる大きな窓がほしい。港を見渡せる窓から空や海を眺められて、刻々と移り変わる色彩を楽しめるといい。

「染料を合成するなら、光がはいらない部屋も必要です。それに素材の保管庫も」

「困っちゃったわね」

すぐに見つかるだろうと思っていたのに、毎日港を歩きまわってもこれといった物件は見つからない。最初は観光気分だったミーナたちも、焦りを感じていた。アイリはスープを飲み干すと立ちあがった。

「私、ちょっとそのへんを散歩してきますね」

「あまり遠くにいっちゃダメよ、アイリは可愛いんだから」

「だいじょうぶですよ、こう見えて護身術はひととおり習いましたから」

にっこりとミーナに手をふって、浄化の魔法をかけたカップを屋台に返すとアイリは歩きだした。

ニーナと幼馴染のディンがついに結婚したという知らせに、ニーナたちの両親は大喜びした。里帰りするミーナといっしょに、ベロア家を訪れたアイリも大歓迎されたが、それと同時に大騒ぎになった。

ラベンダー色の髪と潤むような大きな紅の瞳を持つ美少女が、タクラ郊外の農村に突然あらわれたのだ。ショートカットにした短い髪からは白い襟足ときゃしゃな首筋がのぞき、立ち居振る舞いも楚々《そそ》として美しい。

アイリにひとめ惚れしたミーナの従兄弟たちが、毎日プレゼント攻勢をしかけてきて、年明け早々にふたりはタクラへと逃げだすはめになった。ミーナにまで謝られて、アイリは何だか申しわけなかった。

「ごめんねアイリ、落ちついてすごせなかったわよね」

べつにミーナの従兄弟たちがイヤなわけではなく、みんな優しくて頼もしくていい人たちだった。それなのにアイリがはじめて自分で買った詩集の話をしても、それを買えてどんなにうれしかったかは、うまく伝わらなかった。

「そんな……ウチにきてくれたら、アイリちゃんを働かせたりしないのに」

残念そうな顔をされた瞬間、自分でもどこかがっかりした。

(もういちどだれかを、好きになることなんてあるかしら)

そんなことを口にすれば、ニーナやミーナにはきっと笑われるだろうけど。アイリはそっとため息をついて、きた道をふりかえる。ちょっと散歩するつもりが海沿いをだいぶ歩いた。

(そろそろミーナのところへ戻ろう……)

そのときアイリがさっき通りすぎた細い路地から、聞き覚えのある声がした。

「そこを通してくれないか」

(……え?)

でもまさか彼がここにいるはずがないし、きっと空耳にちがいない。半信半疑で振りかえり、そっと路地をのぞくと帽子をかぶった品のいい青年が、ガラの悪そうな数人の男に囲まれている。

格好だけは港で働く男たちと同じような、厚手のチェック地のシャツに深緑のセーター、じょうぶで保温性の高いズボンで、くたびれてすり切れた茶色のコートに、小さなつばつきの帽子をかぶっている。

「その素材をおとなしく渡せば通してやるよ」

「お前みたいな若造が持つにはすぎた代物《しろもの》だ、それの価値もわかってねぇだろう」

男たちに囲まれた青年はどこか気弱そうで、それなのにのんびりと笑う。

「まいったな、これを持って帰らないと『お使いもできないのか』って兄さんに怒られるんだ」

「いいから……渡せよっ！」

いっせいに男たちが動き、ゴツい金属のサックをつけた拳をふりあげた瞬間、助けを呼ぶよりも先にアイリは駆けだしていた。捕縛陣をくりだすのは慎重にしないと、彼までも縫いとめてしまう可能性がある。

（彼が本当に彼ならなら……助けを呼ぶのはまずいわ！）

護身術ぐらいは習ったとはいえ、アイリだって実際に戦うのははじめてだ。できるだけ小さな魔法陣を放ち、まず手前にいたひとりの動きを止めた。海で働く男たちなのか、顔や服からのぞく胸元や腕にも刺青がある。

青年も素早い動きで男たちの拳をかいくぐり、背の高い男の腕をひねりあげ、首筋にビシッと手刀を叩きこむ。


『死角を狙え。いざというときは腕を伸ばすよりも、脚のほうが相手に届く』


護身術のダグ先生に教わったとおり、アイリは自分の脚に身体強化をほどこすと、捕縛陣にかかった男の股間を思いっきり蹴りあげる。青年はおどろいたように彼女をみた。

「ぐぉっ！」

ひと声うめいて悶絶した男を盾にして、場に飛びこんだアイリは、もうひとりの首にまわし蹴りを食らわせる。

「きみに助けてもらうのって、これで二度目だね」

青年ののんびりした口調に、アイリは相手がだれかも忘れて怒鳴りつけた。

「なぜあなたがこんなところにいるんですか……ユーリっ！」

不意を突かれた男たちは乱入したのがアイリひとりと知ると、とたんに余裕をとりもどした。鎖をじゃらつかせながらリーダーとおぼしき男が下卑《げび》た笑いを口の端に浮かべた。

「ここらじゃ見ねえような上玉だなぁ、おい」

「ああ、金になる顔してやがる」

無精ひげを生やした男があいづちを打ち、じり……と左右から間をつめる。そのうしろでアイリが回し蹴りをくらわせた男がヨロヨロと立ちあがり、目をギラつかせて殺気をみなぎらせた。

ユーリをかばうように彼のまえに立ったアイリは、紅の瞳でキッと男たちをにらみつける。

「あいにくあなたたちの金づるになる気はありません。倒れた男たちを連れてさっさと引き取りなさい！」

ところが男たちはアイリに引くどころかむしろ、ヒュウと口笛を吹いて感心したようにうなずきあった。

「気まで強いたぁ……最高だぜ、オイ」

「あぁ、ぜったい人気でるな」

「えっ……」

「あのさ、きみらの相手は僕だよね。この子は逃がしてあげてくれないかな」

男たちの反応にとまどうアイリのうしろから、青年の困ったような声がした。けれど彼らはすでにアイリしか見ていない。ジャラジャラと鎖の音をさせ、リーダーとおぼしき男がペッと唾を吐いた。

「逃がすわけねぇだろうがよ」

「お前はとっとと消えちまえ、ただし素材は置いていけ」

アイリの背後からはぁ、とため息が聞こえる。

「ややこしいことになったなぁ」

「ユーリ、何人まかせられますか？」

男たちをにらんだままでアイリが問えば、あきれたような声で返事があった。

「何人てきみ……お嬢様なのに、こんなことに首つっこむわけ？」

さっと目を走らせユーリを襲った男たちを観察しながら、アイリはつっけんどんに答える。

「もうお嬢様ではありません。それに王子様にいわれたくないわ。その言葉、そっくりそのままお返しします」

通路に倒れているのはふたり、アイリが股間を蹴りあげた相手とユーリが手刀をたたきこんで沈めた指サックの男だ。

アイリが回し蹴りをくらわせた男は何とか立ちあがり、首を押さえて目をギラつかせている。そのほかにリーダーとおぼしき鎖を手に持つ男、そして無精ひげを生やした男の五人。

（武器を持っているかもしれない、もしもそれが魔道具ならやっかいね……）

首を押さえた男は殺気をみなぎらせてアイリをにらんでいるし、リーダーがジャラジャラと鳴らす鎖も気になる。

「右はまかせます！」

「あ、ちょっと！」

いうなりユーリがとめるよりも早く、アイリは鎖をジャラジャラさせていたリーダーにむかって動いた。逃げることは考えなかった。すぐそばには自分が必死で助けた命がある。

あのときはすべてを失っても、彼を助けられるならそれでいいと思った。それにあのときは、動けないことが悔しくてしかたなかった。

『迷うな。相手を殺すつもりでやれ。でなければ死ぬのは自分だ。一瞬の迷いが命取りになる』

（殺すつもりで……いまならば自由に動ける！）

恐怖よりもその想いのほうが勝った。アイリが描いた防壁の魔法陣に、うすら笑いを浮かべていたリーダーが真顔になる。

「魔力持ちか……」

男が手にした鎖の先端から炎があふれだし、無精ヒゲがあわててさけぶ。

「おい、ヤケドさせたら商品にならないぞ！」

「へっ、治癒魔法があるだろうが。金はかかるがまずはしつけを……ぎゃあああ！」

絶叫はユーリがすばやく展開した遮音障壁にのみこまれた。アイリが得意な風魔法を発動させ、鎖の炎を勢いよく燃えあがらせたのだ。鎖から逆流した炎に包まれて、火だるまになったリーダーがゴロゴロと転がる。

自分に力がないとわかっているアイリは、うまく手加減ができない。だからこそ攻撃は容赦なかった。血相を変えた男たちの耳に彼女の凛とした声がひびく。

「違法に改造した魔道具をお使いのご様子。どうやらしつけが必要なのは、あなたたちのようですね」

「このっ！」

「ふざけやがって！」

転がる男の手には、焦げた鎖が貼りついている。それを中心に魔法陣を展開し、アイリは電撃を呼ぼうとした。

「雷ではなく風を喚んで」

肩に手が置かれてささやかれた言葉に従い、アイリはあわてて術式の一部を書きかえる。魔法陣が発動すると同時に、竜巻が巻き起こり、場に展開した転送魔法陣から大量の水が降ってくる。

「うわっぷ！」

「しょっぺぇ！」

「ひいいぃ！」

むせかえるような潮の香りがして、アイリは喚ばれたのが海水だと知る。傷口にはただの海水さえ刺激になる。男たちから悲鳴があがり、次の瞬間には彼女の視界から彼らの姿が消えた。


周囲の景色が変化したことで、男たちを逃したのではなく、転移したのは自分たちだと気づく。動悸と震えが今になってやってきて、アイリは胸を押さえてぶるりと身を震わせた。こげ茶の髪をした青年が彼女をふりかえる。

「ありがとうっていうべきかな。そういえばきみ、魔術師志望だったね。風魔法が得意だし竜騎士にだってなれたかもな。じゅうぶん実戦で戦えそうだ」

「……魔術師団長は厳しいかたとうかがってましたから。護身術の先生は元竜騎士でしたし」

言い返して自分にサッと浄化の魔法をかけたアイリは、キッと青年をにらみつける。

「それより逃げようと思えば転移できた。あなたはわざと襲われましたね」

「……ご明察。彼らにちょっと聞きたいことがあってね」

言い逃れは許さない。そんな気迫で問いつめれば、青年は軽く肩をすくめた。見覚えのあるしぐさは、彼がまだ少年の背丈だったときに何度も見た。あのときの彼はアイリが思っていたよりずっと大人だった。すっかり背が高くなった今の彼は、落ち着いたこげ茶色の髪に深緑の瞳で、〝赤〟をまとったときよりずっと大人っぽい印象なのに、表情だけはイタズラを見つかった子どもみたいだ。

「あなたがサルジアへ行かれることと何か関係が？」

詳しいことはわからないが、王都新聞に載っていたことを持ちだせば、彼は帽子をとって少しきまり悪そうに、こげ茶色の髪をくしゃりと乱した。アイリは慎重に問いを重ねた。

「ずっと疑問に思っていました。あの日あなたはわざと研究棟で襲われたのでは？」

すっと目を細めた彼が何を考えているか、それだけでアイリにはわかってしまう。あの日呪いの色で染めた糸で刺繍したハンカチを、彼に渡したのはアイリだ。事件が起こるまえに時が戻せたらと何度も願った。

『きみにずっと謝りたかった』

けれど秋祭りの晩に七番街の工房で彼がささやいた言葉……呪いに手を貸したのはアイリなのに、未成年だったし家門を離れることが条件だったとはいえ、いまの自分が置かれている立場は厚遇《こうぐう》すぎる。

「サルジアに助けを求めるよう、あなたは私の父を追いつめた。父にも後ろ暗いところはあったけれど、あなただって襲撃を防ごうと思えばできたはずです。なぜ自分の身を危険にさらしてまで……」

つめ寄るアイリを、厳しい顔をしたユーリが両手を挙げてとめた。

「そこまでにしてくれ。あれはわざとじゃないし、きみを巻きこむつもりはなかった。これ以上首を突っこんでほしくない。きみはキレイな布に囲まれて刺繍を刺せる、穏やかな暮らしを手にいれたはずだろう」

強い口調でいわれ、あっとなったアイリは、青ざめて唇をギュッとかみしめた。刺繍をさせる穏やかな暮らしは、失ったすべてと引き換えに、彼が彼女のためにわざわざ用意したもの。ユーリは頭を振って帽子をかぶりなおす。

「僕のためにきみが危ないことをする必要はない。お使いがあるからもう行くよ。うまい昼飯を買わないと」

アイリはハッとして次の瞬間には、自分の腕をするりとユーリの腕に絡ませた。

「何……」

「それならすこし戻ったところに、ダルシュのおいしい屋台があります。そこで買ったらどうかしら。ミーナも待たせていますし、送ってくださるでしょう？」

ここで会ったからには絶対に、アイリは彼を逃がすつもりはなかった。


「あらアイリ、帰ってこないから心配したわ。もう少しでエンツを送るとこよ。そちらのかたは？」

屋台の近くでベンチに座っていたミーナは、のんびりと言ってアイリの連れを見る。だれかはわかっているだろうに、何も言わない彼女にユーリも苦笑いを浮かべる。

「こんにちはミーナ、これでもがんばったんですけど、あっさり見破られちゃいました」

彼の格好は港で働く男たちとあまり変わらない。厚手のチェック地のシャツに深緑のセーター、じょうぶで保温性の高いズボンを身につけ、くたびれてすり切れた茶色のコートに、小さなつばつきの帽子をかぶっている。

「あら服だって似合ってるし、街にもよく溶けこんでるわ。靴は新品みたいだけど」

しっかりとした厚底のブーツは、濡れた場所でも滑らないよう、靴裏に深い溝が刻んである。水も入りにくく港や船の甲板で作業するのに向いている。

「靴はサイズがあるから中古は難しくって。既製服は肩が凝るけど、中古なら生地がこなれていて着やすいです」

「体に合わせて仕立て直しましょうか、ぐっと動きやすくなるわよ」

王子様らしい感想に、ミーナは笑って提案した。ふだんから話しやすい彼女は、ユーリもつい頼りにしてしまう。

「ホントですか、それは助かります。あ、でも貸してくれた本人に断らないと」

「なら今からいきましょう。せっかくここで再会したんですもの、私たちを招待してくださいな」

ユーリの腕に手をかけたままのアイリが口をはさむ。いつになく強引な彼女にミーナは眉をあげ、けれど何も聞かずに立ちあがった。

「そんな格好をしてるってことは訳アリよね。いいわ、いっしょにいくわ。ウチにとってはだいじなスポンサーだもの」

ミーナたちが港へ通じる戸口から工房に入ると、空腹でイライラしていたオドゥは文句を言ってふりかえった。

「ユーリ、昼飯を買うのに時間かけすぎだろ……って、ナンパしてたのか？」

ラベンダー色のショートカットをした美少女と、黄緑の髪を肩までおろした若草色の瞳をもつ女性に、ユーリは挟まれていた。どちらもあか抜けていて、王都からきたと思える女性たちだ。

「やめてくださいよ、収納鞄の工房をまかせているミーナとアイリに、ぐうぜん再会したんです。こちらは僕の先輩、オドゥ・イグネル」

「おじゃまします」

「私の先輩でもあるわね、こんにちはオドゥ先輩」

ぺこりと頭をさげたアイリにオドゥはうなずいてから、ミーナを見て眉を寄せる。

「きみ……魔術学園にいたっけ？」

学園でオドゥは、ミーナたちの一年先輩にあたるけれど、在学中の接点はない。ミーナはツンとして答えた。

「いたけど中退しました。学園でお話したことはほとんどないわ」

「中退？」

「五番街の〝ニーナ&ミーナの店〟と言えばおわかりになるかしら」

眼鏡のブリッジに指をかけて考えるオドゥにヒントをだすと、彼はポンと手のひらに拳を打ちつける。

「あーベロア姉妹か。髪をおろしてるから、わからなかった」

「先輩はよくお店にもいらしてたじゃないですか」

ふぅとため息をついてミーナが指摘すれば、オドゥはニヤリと笑って肩をすくめた。

「女連れのときは、エスコート相手しか見ないことにしてる」

「ホント女の敵ですね」

ミーナににらみつけられても、オドゥは平然とウィンクを返す。

「やだなぁ、僕は彼女たちの味方……つまり心の支えだよ。困ったときはいつでも親身に相談に乗るからね。ただし対価はもらうけれど？」

困ったことに女性連れのときは、オドゥは相手を楽しませることに心を砕き、エスコートに徹している。その相手が毎回違うにしても、マナーは完璧だった。

（だからこそ厄介な人なのよね……）

ミーナはコートを脱いで工房を見回した。むきだしのパイプが壁や天井に張りめぐらされ、作業台には実験器具が雑多に積まれている。細いハシゴのような階段がずっと上に伸び、ほかにも部屋がありそうだ。

「ここは錬金術師団の工房なの？」

「いや、僕個人の工房。港から輸入される素材をここで仕分けする。相場によっちゃ転売で利益をだす。取り引きするにも根無し草より、店を構えていたほうが信用になるからね。今は家出息子をかくまってる」

その家出息子は肩をすくめて、手に持ったダルシュ入りの袋を掲げた。

「ダルシュを買ってきたんで、まずは食事にしましょうよ。キトルも熱いうちに食べたほうがいい」

「キッチンをお借りできたら私がお茶を淹れますわ」

アイリが言えばオドゥが首を横に振って、豆の袋やミルが置いてある台を指さした。

「そんなたいそうなものはないよ。コーヒーならそっちのすみにある」

どうやら自分で焙煎した豆を挽いて、コーヒーを淹れるらしい。お茶の淹れかたしか知らないアイリは困った。

「私にできるかしら」

「あとで僕がやるよ。食後にコーヒーを飲もう」

ユーリはそう言って、買ってきたダルシュを袋から取りだし、作業台に並べた。みんながいる部屋だけでも、そこの広さがあるけれど人数分の椅子はない。ミーナとアイリを椅子に座らせ、オドゥたちは木箱に腰をおろした。

お腹がいっぱいのミーナたちは、キトルだけをかじり、いつもは話好きなオドゥも黙々と、ダルシュに浸したパンをほおばる。会話らしい会話もなく、四人は淡々と食事を終えた。

ユーリが加熱の魔法陣を敷いてポットのお湯を沸かし、量りとった豆を焙煎してから、ミルに入れて挽《ひ》く。

「いい香りね」

「コーヒーの淹れかたはソラに習ったんだ」

ミーナが若草色の瞳を輝かせれば、ユーリもくすぐったそうに笑う。瞳の色が深緑なせいで、ユーリはいつもよりずっと落ち着いて、純朴な印象を与える。ふわりと漂う香りにリラックスして、ミーナは話を切りだした。

「工房もあとで案内してもらうけど。まずはクローゼットで服を見せてもらえる？」

「服？」

けげんそうな顔をしたオドゥにミーナはうなずく。

「そう。ユーリの服を加工するの。大劇場でやる〝早変わり〟って知ってる？」

「ユーリの……っていうか、あれは貸しただけで僕の服だけどね。何度か見たことはある」

「あれは服がバラバラになるのよ。変装もだけど動きやすいように、切れこみやタックをわからないよう加えるの。魔力を使うと痕跡が残るけど、それなら布を回収して収納ポケットにしまうだけ。便利だと思うけど？」

オドゥは眉をあげた。

「そこまでやる必要ある？」

「やるなら徹底的によ。私たちはいつも人目をひく服を作るけれど、逆に風景になじんで目立たなくする服だってできるのよ。いつまでこうして潜伏してるつもり？」

ミーナの問いにオドゥは、自分の眼鏡を指さしてため息をついた。

「ユーリに依頼されて、僕の眼鏡と同じ魔道具を作ろうとしている。だが思いのほか難しくてね、何度やっても失敗する。師団長たちがタクラに乗りこんできたら、発見されるのは時間の問題だろうな」

「ならできるかぎり協力するわ、私たちも休暇中だもの」

オドゥが眼鏡のブリッジに指をかけ、探るようにミーナの顔をみた。

「……対価は？」

「この工房を私たちに使わせてほしいの」

ユーリが淹れたコーヒーを、ゆっくりと味わって飲み終えたミーナは、アイリたちを下層に残しオドゥの案内で工房を見学した。三層構造になっている建物で、ミーナはまず二階にある保管庫に目をつけた。

「保管庫はたっぷり収納できそうね。湿気対策もしてあって空調もいい感じ」

「おほめの言葉どうも」

ミーナたちが入ってきた港に通じる一階は、素材の下処理を行う作業部屋だった。ついでに水場もあって、かんたんな調理もできるようになっている。三階には寝室があり、市場があるタクラ中層に通じている。

「二階には窓もあるのね」

「保管庫として使っているから、そこのカーテンはいつも閉めてるんだけどね」

二階は空間を広くとってあり大きな窓がある。閉ざされていたカーテンを勢いよくあければ、タクラ港が一望できた。飛び交うニールの鳴き声、航行する船が鳴らす鐘の音、市場のざわめきが風に乗って運ばれてくる。

「理想的ね」

「でもさぁ、協力してくれるのは助かるけど……あのアイリって子、ユーリのことが好きだろう？」

つぶやくミーナの横に立ち、港を見下ろしながらオドゥがたずねる。ミーナはそんな彼をじろりと見あげた。

「さすがモテるかたは、女心がおわかりになるのね」

「職業体験のときに、ちらっと見ただけだけどね。あとはさっき食事したとき、目線の動きかなぁ」

ミーナは窓の外に目をむけた。真っ白なニールが甲高く鳴いて、海の青空の青をバックに羽ばたいている。

「あの子、一生懸命仕事もするし勉強熱心だけど、男の子が工房にたずねてきても、私の実家で従兄弟たちに歓迎されても、困ったようにほほえむだけなの。デートぐらいしてもいいと思わない？」

「相手は王太子だぜ？」

「今はただのユーリでしょ。今だけだけどね……」

真顔で問うオドゥに、ミーナは肩をすくめた。


ふたりが一階に戻ると、ユーリと話していたアイリが顔をあげる。

「オドゥ先輩、私にその眼鏡を見せていただけませんか？」

オドゥが自分の眼鏡を外して渡せば、魔道具にふれたアイリは、紅の瞳でじっとそれを観察する。

「見ただけでは魔道具とわかりませんね。この細工は……サルジアの〝隠し魔法陣〟かもしれません」

「何だって?」

ぽつりとつぶやかれたひと言にオドゥが眉をあげた。

「私の母はサルジアの貴族出身でしたから、家にはサルジアの魔道具がいくつかありました。かの国の貴族は一見、それとわからないような魔道具を身につけました。この加工技術はサルジア独自のものです」

「なぜそんな特殊な加工を?」

ユーリの問いに、アイリは眼鏡を手に持ったまま説明する。

「サルジアでは魔力は精霊の力とされ、おおっぴらに使えるのは皇家に連なる者だけです。本来の機能をわざと隠すんです。エクグラシアの魔道具は何に使うかハッキリしていて、これとはまったく違います」

「……待ってよ」

明らかに混乱したようすで、オドゥは話をさえぎった。

「その眼鏡は父さんの形見だ。たしかに特殊な細工けど……サルジアの魔道具ってどういうこと?」

眼鏡をオドゥに返したアイリが、紅の瞳をまたたいて首をかしげる。

「私にはわかりませんけれど、古い物でしたら本当に貴重な品です。オドゥ先輩のお父様はサルジア出身ですか?」

「そんなわけない。父はカレンデュラの領主とも親しかったし、イグネラーシェの民は先祖代々そこに住んでいた」

「……それはどれくらい前からですか?」

「何だって?」

アイリの質問の意味がわからず、聞き返すオドゥに彼女は説明した。

「私の母も身ひとつで、エクグラシアに嫁ぎました。サルジアは二千年の歴史がある国ですし、国交がないだけで人の行き来はあります。イグネラーシェに人が住み着いたのは、どれくらい前からですか?」

「何百年も前だと思う。それにイグネラーシェはシャングリラよりさらに南西で、凶暴な魔獣もでる山奥だぞ」

信じられないという顔をするオドゥに、アイリは首を横に振って真剣な表情で続ける。

「生きていくことさえできたら、どこでも問題ありません。サルジアからの落人ならば、できるだけ遠く人目につかない場所に行こうとするかも。あの国は呪術で人を縛りますから……」

「呪術で人を縛る……」

オドゥは手に持った眼鏡をぼうぜんと見おろした。話を黙って聞いていたユーリが、はじめて口をひらく。

「その眼鏡のこと、グレン老も知っていた可能性がありますね。そうでしょう、オドゥ」

留守番する副団長

エクグラシアの第二王子カディアンは、朝起きてすぐに奥宮の庭で、オーランドと日課の鍛錬を終えた。

「ふむ、体もしっかりと温まりましたな」

「あのさ、俺は錬金術師団に入団するから、もう竜騎士になる修業はしなくてもいいんじゃ……」

おずおずとカディアンが言えば、銀縁眼鏡のつるをクイッと持ちあげ、オーランドはキラリとレンズを光らせた。

「レオポルドもアガテリスを駆ります。錬金術師がドラゴンに乗っても問題ありますまい」

「へっ⁉」

サーッと青ざめたカディアンに、眼鏡を外してケースにしまったオーランドは、さらに追い打ちをかける。

「アーネスト陛下やユーティリス殿下にも相談したところ、『かまわん』『カディアンならやれるだろ』と仰せで」

「父上に兄上まで⁉」

いつのまにかカディアンの知らないところで、彼の竜騎士修業が決定していた。ガシッと両の拳を打ちつけ全身から闘気がみなぎるオーランドは、背丈が何倍にも増したように見える。

「不肖《ふしょう》ながら私、父に代わりライアスの鍛錬も行いました。必ずや殿下を竜騎士以上の竜騎士にしてみせます！」

「いや、俺は……」

それよりも花のスケッチをしたり、メレッタの花飾りを編んだりしたい。それを口にする前に、オーランドの青い瞳がギッとカディアンを見すえた。

「構え！」

「はひっ！」

反射的に体勢をとったカディアンに、すかさずオーランドが肉薄する。

「でやあああぁーっ！」

「ひぃいいぃっ！」

鍛えあげた拳が矢継ぎ早に繰りだされ、その素早い動きにカディアンは悲鳴をあげた。

「いやっ、とうっ、ていぃっ！」

「いやっ、待って。やめてっ！」

泣きそうになりながらも、鍛錬のおかげでカディアンは、全部ガシガシと受けとめる。すべて受けきったところで、オーランドの目が野獣のごとくギラついた。

「まだまだぁっ！」

「うごおぅっ！」

オーランドの拳がみぞおちに決まり、カディアンはふっ飛ばされて、庭の木にぶつかって転がる。腹をさする彼に補佐官は鬼の形相で、指をバキバキ鳴らしながら近づいた。低い声でうなるように呼びかける。

「お立ちください、殿下。それでも〝赤の儀式〟をこなした王族ですか」

「ひぃいぃ！」

いつもなら静かな奥宮の庭で、カディアンの絶叫と打撃音が連続して響きわたる。昼間は学園があり、放課後は研究棟で錬金術師団の仕事をするため、オーランドの特訓が朝だけで済んでいるのが救いだった。

「ふたりとも熱心だこと」

「ああいう時のオーランドは、ふだんと別人だな」

リメラ王妃がほぅ……とため息をつきつつお茶を飲み、アーネストもうなずいて朝食のパンをぱくりとかじる。毎朝のように庭で行われる訓練を、室内から見守るのが国王夫妻の日課になった。

ネリアをはじめ、主だった錬金術師たちが不在のため、研究棟の業務はどうしたって、カーター副団長が中心になる。というかヌーメリアとヴェリガンも、まだタクラ郊外にある樹林地帯から戻らず、彼とソラしかいない。

朝から研究棟の工房で副団長は黙々とポーションを作り、ビンにつめて箱に並べていた。それがいっぱいになると竜騎士団から預かった防具に、倉庫からせしめてきた素材を使って、効果付与の実験をはじめた。

「素材をケチらんでいいのは助かるな。今回は火竜との戦闘でダメージを負った防具が多い。熔けた装甲に自己修復の魔法陣を再構築するぞ。オドゥ……」

ここにいない、片腕になりつつあった一番弟子の名を呼び、副団長はチッと舌打ちをした。

「いかんな、無意識に弟子を頼りにしすぎていた」

見習いを含め七年のキャリアがあるオドゥは、コミュニケーション力もあり仕事もできて使い勝手がいい。今はユーリといっしょらしく、ネリアたちに合流したらそのままタクラから、サルジアに向けて出発するだろう。

「オドゥめ……それをいいことに、ギリギリまで仕事をせんつもりか」

サルジアに向かう王太子一行には、魔術師団からは前魔術師団長のローラ・ラーラ、竜騎士団からもひとり竜騎士が同行する。錬金術師団からだせるのはオドゥぐらいしかいないのだ。

けれどそれを見越したかのように、ネリアからは魔術師団長に協力するだけでなく、クオード自身もオドゥの研究室で何か気づいたことがあれば、独自に調査するようエンツで命じられた。

『何でもいいの。ずっとオドゥのすぐ近くにいたカーター副団長から見て、気になったことを教えてちょうだい』

（オドゥは私を手伝う以外は、ほとんどの作業を一階の工房で行っている。独自に入手するものもあるが、素材の流れはソラが把握している。私の目から見て気になったことか……）

オドゥの研究室には本や文献が数多くならんでいた。あとは劇のパンフレットや小物がいくつか。見ようによっては殺風景な部屋だが、副団長は情報の流れに注目した。調べると本の大半は、二番街にあるミネルバ書店で購入されていた。おそらくテーマを決めて、それに関する文献を集めるよう依頼していると思われる。

（ならばやつの目的については、ミネルバ書店に問いあわせるのが早かろう）

仕事を終えたら世界中の本が集まるといわれる、ミネルバ書店に行くことにして副団長はソラに指示をだす。

「ソラ、秋に収穫した素材から、防虫剤に必要な成分の抽出をすませ、保管しておくように。それで素材庫のスペースがだいぶあくだろう。あいた場所には竜騎士団からの素材を詰めるからな」

「わかりました」

こくりとうなずいたソラは風をあやつり、ネリアがよくやるように風選で素材から不純物をとり除く。木精であるソラは地の属性だが、竜王の保護下にあるエクグラシアでは、風の影響も受けているのだ。

こまごまとした雑用をソラがこなす横で、カーター副団長はミスリル鎧の効果を確認したり、アムリタ薬品に卸す防虫剤の原料を準備したり、ポーションの作成もこなしたりした。

「ふむ。ソラひとりと私がいれば、たいていのことは何とかなるな」

遅めの昼食をとるのに気分を変えるかと、師団長室でネリアの椅子にどっかりと座り、置いてあった収納鞄の術式を眺め、それからグリドルで思いついた改良点を書きだす。何だか師団長気分も味わえて得した気になる。

「わははは、順調順調。だが何かすっかり忘れているような気がする……」

午後は魔術学園から戻ってきたカディアンも手伝いにくる。天井まで届く壁一面の本棚を、ぐるりと見まわしていると、とことことやってきたソラが、小首をかしげて澄んだ水色の目をまたたいた。

「カーター副団長、お昼はカレーです」

「うむ。カディアンが楽しみにしておったからな」

このオートマタはあいかわらず、ネリア以外にはにこりともしない。それを考えると魔術師団長のほうが、だいぶ愛想はいい。なにしろ副団長の言葉に耳を傾け、ときにはあいづちまで打つのだから。

(むしろ彼からは敬意をもって、接してもらっているような……これもネリス師団長が来てからか？)

そんなことを考えながらソラをぼんやりと眺め、副団長はとつぜん思いだして叫んだ。

「あぁっ⁉」

「？」

水色の髪を揺らしてソラが振りかえり、カーター副団長は威厳を保って咳払いをする。

「うおっほん、何でもない」

「そうですか」

カレーを運んでお茶を淹れるソラを、彼はジトリとした視線で見守りながら、ネリアが夏に研究棟へあらわれるまでに、抱いていた野心を思いだした。

(待てよ。あの小娘がいない今ならば……)

自分が師団長となったら資料庫に保管してある、グレンが遺した研究資料を精査し、素材を好きなだけ使って研究するつもりだった。結局ネリアが新師団長となったものの、やれていることは望んだこととあまり変わらない。

彼女のおかげで研究棟の資金繰りは改善し、錬金術師たちの地位も向上しつつある。今では予算獲得のために雑用を引き受けることもなく、研究に関してはわりと自由が利く。

それですっかり忘れていたが、彼にはどうしても研究したいものがあった。今は生意気なユーリも、何を考えているかわからないオドゥもいない。ヴェリガンやヌーメリアだって留守にしている。

(こっ、これはソラを好きなだけ観察する……千載一遇のチャンスなのでは⁉)

そのことに気づいて一気に心拍数が上がった副団長の前に、戻ってきたソラが紅茶のカップをコトリと置く。

「どうぞ」

「うむ」

副団長は内心の興奮を抑えて、重々しくうなずくと紅茶をグビリと飲む。ソラは師団長室の守護精霊コランテトラの木精である、エヴェリグレテリエの魂を封じこめた自動人形。グレンの最高傑作とされるオートマタだ。

(関節の駆動系もだが、筋肉の収縮も見たい……皮をはぐわけにもいかんだろうが、服を脱がせるぐらいなら……)

目が血走ってギラギラしだした副団長に、部屋のすみに戻ったソラはふしぎそうに小首をかしげた。

「ソラ、ちょっと……その、だな」

「何でしょう？」

(どうやって動くのか知りたい。動きを司る術式に、肝心の魂を封じた精霊契約の魔法陣も……見たいっ！)

指をわきわきと動かし考えこんでいたら、いつのまにかソラがスッと寄ってきて、副団長は飛びあがった。

「紅茶のおかわりは？」

「もらおう！」

またぐびぐびと紅茶を飲みほし、ふーっと息を吐きだして、副団長は忙しく頭を働かせた。カラになったカップに、またとぷとぷとソラが紅茶を注ぐ。それをまた勢いよくあおる。

――ぐびぐび。

――とぷとぷ。

いつも塔でレオポルに淹れてもらうときと違い、まったく紅茶を味わっていない。副団長の頭はソラのことでいっぱいだった。芸術品としか思えない精巧な機械人形。造形の美しさだけでなく、滑らかな動きもすばらしい。

(だがどうやって。ただ『調べさせてほしい』ではソラも応じぬだろうし……うぅむ)

――ぐびぐび。

――とぷとぷ。

飲みすぎて副団長のお腹がタプタプになったところで、ソラはカラになったティーポットを手に、こてりと首をかしげた。副団長はすごくノドが渇いていたようだ。もしかしてカレーが辛かったろうか。人間の味覚はオートマタの体ではわからないので、調味料はきっちり量るか、いつもならアレクに味見をしてもらっていたのだ。

「ぐうぇっふ、ふぅー。あの、ソラちゃん?」

「ソラちゃん?」

派手なげっぷとともに、勇気をだして話しかけたものの、こちらに向けられる澄んだ水色の瞳を、副団長は見返すことができずに目を泳がせる。ぱちりとまばたきをして、ソラは彼を見守っている。

「ふ、服を脱いで、すすす寸法を計らせてくれるかな?」

「なぜですか?」

「なぜって……そっそっそ、それはアナが、ソラの服を作りたいと言っていて……」

とっさに思いついた、苦し紛れの言いわけをしている最中に、師団長室の扉がバアンと開いた。

「まあっ、あなた。なぜ私の考えていることがわかったの?」

「ふおおぅっ!?」

アナの声にびっくりした副団長は飛びあがって、椅子から転げ落ち床にひっくり返った。にこにこして師団長室に入ってきたカーター夫人のあとに、メレッタとカディアンが続き彼はうろたえる。

「ち、ちがうんだアナ。私は断じて変な目でソラを見たわけでは……ってメレッタ!?」

「……お父さん、何やってんの？」

「おっ、このにおい……今日の昼食はカレーか？」

うれしそうに声を弾ませるカディアンとは逆に、紫の瞳で父を見下ろすメレッタの声が、今寝っ転がっている床よりも冷たい。クオードはひっくり返ったまま情けない声をだした。

「私が呼びだしたのはカディアンだけだが……ってリメラ王妃陛下まで!?」

自分を見下ろす目が思ったより多く、最後にリメラ王妃まであらわれて、副団長は魂が抜けそうになった。

「いきなりごめんなさいねぇ。カディアン殿下があなたを手伝うって聞いて、大変そうだしメレッタも連れてきたの」

「まぁね、カディアンとお父さんだけじゃ、かわいそうかなって」

「俺はアナさんにメレッタを誘っていいかたずねたら、それを聞いた母上が見学したいって言いだして」

カディアンがオロオロと、副団長とソラとアナを順に見回す後ろで、リメラ王妃は上品に口元に手をあて、ほぅ……とため息をついている。繊細で優しげな顔立ちにはユーリの面影もあるが、それにしても美しい。

「わたくしはせっかくですから差しいれでも……と。午後は予定が空きましたの。ご迷惑でしたかしら？」

「とんでもございません……仰向けでのごあいさつとなり、こちらこそ失礼を」

カーター副団長の威厳が、みごとに崩れ去った。もういっそリメラ王妃のヒールで踏み潰されたい。国王一家と家族ぐるみのつきあいなど、レオポルドに教わっただけの、にわか仕込みの対貴族スキルではどうしようもない。

リメラ王妃はソラに茶菓子を渡し、アナがうれしそうに毛糸の束と、編針のはいった袋を持ちあげる。

「あとね、冬でもソラちゃんの服って変わらないけど、見た目に寒そうでしょ。かわいいカーディガンを作ってあげようかと。ソラちゃんのサイズならすぐ編めるし。ところであなた、何でひっくり返ったままなの？」

「……何でもない。お茶を飲みすぎたようだ」

精一杯の威厳を保って答える副団長にはかまわず、彼の頭上ではソラとアナが会話を交わす。午前中の業務は真面目にこなした副団長にとって、タイミングが最悪だったとしか言いようがない。

「カーディガンですか」

「そうよ。ネリス師団長が着ていた、ラベンダーメルのポンチョとおそろいになるよう、カディアンが柄をスケッチしてくれたの」

「ネリア様とおそろい」

カディアンが持ってきたスケッチブックを見て、ソラはパチパチとまばたきしながらデザイン画に見入った。繊細なタッチの鉛筆で描かれたソラには、色鉛筆で軽く彩色がしてある。

「俺なりにアレンジして、手袋や帽子も考えたんだ」

小物のデザイン画まで添えてあり、ポンチョと同じ柄のカーディガンを羽織った、ソラのイラストはホコホコして暖かそうだ。

「ステキねぇ。かわいくできたら、ネリアさんも喜ぶわよ！」

「ネリア様が喜ぶ……よろしくお願いします」

無表情でわかりにくいが、ソラは興味をひかれたようで、コクリとうなずいている。副団長はガバリと起きた。

「ならば採寸は私がっ！」

「お父さんはこの部屋から出てくれる？」

メレッタの冷たい声に、クオードの全身が凍りついた。そのまま動けずにいるとアナの優しい声が聞こえる。

「だいじょうぶよソラちゃん、すぐ済むから。服着たままでいいわよ」

「副団長は『服を脱げ』と……」

「んまっ、そんな必要ないわよ。あの人ったら早とちりしてごめんなさいねぇ」

ぽいっ。そんな感じで副団長たちはカレーごと、師団長室から工房へと追いだされた。それでもクオードはあきらめきれず、工房でも扉の前で地団駄を踏む。

「うぬぬぬ……せめて関節の接合部がどうなっているか、私にも見せんかぁ！」

「はいはい、お父さん。せっかく手伝いにきたんだから。で、何するの？」

いったん崩れかけた父の威厳を、再構築するいいチャンスである。副団長とて愛娘には、いくらでもカッコつけたい。クオードは腕まくりをして気合いを入れた。

「む。ではわが錬金術をとくと見るがよい！」

「終わったら、カレー食べていいですか？」

食い気が先にきたカディアンの質問に、メレッタはあきれた顔をする。もう父のことなど見てもいない。

「カディアンてば、学園で食べたじゃない」

「研究棟のカレーならいくらでも食べられる。あれは飲みものだ」

何だろう。イチャイチャしているわけではないのに、クオードはふたりの会話についていけない。おもしろくなくて、ぐぬぬ……となった彼は、修理待ちの魔導具が置かれた棚のカギを勢いよくあけた。

「お前らさっさと手伝わんか！」

「はっ、はいっ！」

あわてて副団長のところに飛んでいったカディアンに、メレッタがにっこり笑いかけた。

「よろしくね、カディアン」

（うわ、可愛い……）

手伝いとはいえ、ようやくメレッタと過ごせるから、ノートを手にしたカディアンの気持ちは浮き立つ。

「俺さ……城でも学園でも、あんまりほめられたことなくて。いつも『すごい』ってほめられるのは兄上で、俺は『殿下はそれでいいですよ』って。『それでいい』って及第点なんだろうけど、何やってもパッとしなくて」

「そんなことないと思うけど……」

たしかにカディアンは王子様だという以外に、学園で目立っていたかというとそうでもない。レナードやアイリのほうが優秀だったし、体術はグラコスが強かった。

「でも絵を描いたり、レース編みにもチャレンジしたりして気づいたけど、俺……手を動かすのが好きなんだ。だから魔道具の修理も楽しいし、やっぱりカーターさんはすごいよな」

（やだ、可愛い……）

くしゃりと照れたような笑顔がすごく可愛く見えてしまい、メレッタは唇をとがらせて文句を言った。

「……カディアンてばずるい」

驚いたカディアンは、あわてて彼女に食いさがる。

「なんで俺が『ずるい』んだよ。兄上にもよくいわれるんだ。どうしてなのか気になって……教えてくれよ！」

「知らないっ、ユーリ先輩のいう通り、ホントずるいわ！」

「えええええ!?」

ほほを染めてプイっとそっぽを向いたメレッタに、わけもわからずカディアンは青くなった。


採寸を終えたアナとリメラ王妃は、そのまま師団長室でソラの給仕でお茶を楽しんだ。

「魔術師団長がほんの小さいころ、よくここでレイメリアとお茶をしましたの」

親友のレイメリアは細い指でカップを持ちあげ、ころころとよく笑った。だれにも言えない内緒話をして、ここで過ごしたのは、もう二十年も前になる。琥珀色の目を細めて、リメラ王妃は懐かしむようにほほえんだ。

「んまっ、ステキですわねぇ。ソラちゃんとそっくりだったのですって？」

「もっと愛らしい子でしたわ。元気いっぱいで部屋にいるより、中庭で白いモフモフと遊んでいることが多くて。師団長室の内装はとくに変わらないから、当時を思いだしますわ」

「古い建物には、時が止まったような感覚がありますわね。ソラちゃんがいるから、なおさらでしょう」

アナは袋から毛糸玉と編み棒を取りだして、さっそく編みはじめた。手際よく輪を作り、それがリズミカルにつながっていくさまを、王妃は感心して眺めた。

「器用でいらっしゃるのね。メレッタさんの髪飾りも、アナさんが編まれたとか」

「手を動かすのが好きなんです。無心になれますもの。だから同じ手を動かすでも頭を使わないといけない、お料理は苦手ですわ」

「あら、わたくしも料理はしませんわ」

リメラ王妃はクスクスと笑って応じる。気のいいアナと話すのは、彼女にもいい気分転換になった。

「カディアンからよく話を聞かされます。ぜひ家庭円満の秘訣もおうかがいしたいわ」

アナは編みながら首をかしげた。

（……あら。長い夫婦生活で家庭円満だったときがあったかしら？）

メレッタが生まれてすぐにクオードは、彼女の反対を押し切って錬金術師に転職した。それからしばらくアナは子育てに追われ、こうして編み物を楽しめるようになったのも、メレッタが魔術学園に入学してからだ。

でかければかならずケンカになったし、家にいるのがうっとうしいときもあった。魔術学園に入学したメレッタが、勉強に専念するため寮生活を始めたときは、おしゃべり相手にもならないクオードと、ふたりでどうしようかと思った。

「そうですねぇ……『手を動かすのが好きだ』と言いましたでしょ。私は自分の手を動かすだけでなく、クオードの手が動くところを見ているのも好きですね。彼の手は壊れた魔道具を、生きものようによみがえらせるんです」

アナは魔道具師として働く彼を好きになった。錬金術師となってからは家にもほとんど帰らなくなり、遠くなったと感じていたけれど、クオードはやはりクオードで、彼の本質は決して変わったりしていない。

「それに私は人が見ていないと、つい手抜きをしてしまいます。けれど彼は自分だけだろうが、だれが見ていようが、まったく変わりません。だから仕事の面では信頼できると思いますわ」

夏にクオードが料理を始めてから何かが変わった。王城にある高価な魔道具の修理だろうが、料理のめんどうな下ごしらえだろうが、彼は決して手を抜くことがない。柔軟な発想やヒラメキはなくとも、彼は魔道具の声を聴くことができる優秀な魔道具師で、それが仕事にも生かされている。

（そうねぇ、ソラちゃんのカーディガンができたら、クオードのために何か編んでみようかしら）

完成形を頭に思い浮かべて手を動かし、編み目を作ってそれをつなげていく。イライラしたり悲しかったりすると、キレイに編めないから不思議なものだ。

こんなふうに温かい部屋でハーブティーを飲みながら、穏やかな気持ちで編んでいくのは楽しい。肩が凝るのはわかっているのに、いつのまにか夢中になってしまう。話を聞きながらリメラ王妃はほほえんだ。

「ステキなご夫婦ですこと」

「んまっ、国王夫妻だって、ため息がでるほどステキですわ。先日の王都新聞では……」

このとき副団長はカディアンたちと、師団長室とは扉一枚へだてた工房で作業していた。ソラが行ったり来たりするので、自然と会話は耳に入ってくる。母の言葉を聞いたメレッタが、耳を赤くした父にかわいくウィンクする。

「よかったわね、お父さん」

「ふ、ふん。アナに言われんでもわかっとるわ」

クオードはぶっきらぼうに言い返した。

「それよりカディアン、あとで二番街にあるミネルバ書店へ行くぞ。オーランドに手配させろ」

「ミネルバ書店?」

意外そうに赤い目をまたたいたカディアンは、クオードの言葉に顔をひきしめた。

「魔術師団長からの依頼で、オドゥの研究室を中心に研究棟を調査する。やつはミネルバ書店とも取り引きがあり、詳細を調査する」

「わかりました。俺もイグネルさんと兄上が何をするつもりなのか、気になっていたんだ」


王都二番街にあるミネルバ書店は、魔導書から何から世界中の本が集められるだけでなく、出版も手がけている大型書店だ。一階は雑誌や流行りの小説があり、専門書や趣味の本は二階にある。

三階にはお茶を飲みながら読書を楽しむロビーに、著者による講演会や四番街の俳優による朗読会など、季節ごとに催しが変わるホール、製本師と本の相談をするカウンターなどがあり、ゆったりとくつろいですごせる。

そして今、三階にある結着点ではなく表玄関の車寄せに、一台公用の魔導車が乗りいれた。降りてきたのは短く整えた金髪に、銀縁眼鏡をかけた長身の男で、周囲に油断なく視線を走らせる。

「異常はないようです。カーター副団長からどうぞお降りください」

「ふむ、雪は積もるほどではないか」

続いて魔導車を降りたのは白いローブを着た壮年の男で、ローブにほどこされた銀糸の刺繍が、冬の日差しにキラキラと輝く。つぎは燃えるような赤い髪をした長身の青年が、車を降りてキョロキョロとあたりを見回した。

「ミネルバ書店……俺ははじめてだ。オーランドはよくくるのか?」

「ええ、私だけでなくテルジオもよく利用していますよ」

銀縁眼鏡をくいっと持ちあげてオーランドがいい。カディアンは魔導車に向かって手を差しだした。

「きみも来たことがあるんだろう、メレッタ」

「あるけど三階は行ったことないわ」

婚約者の手をとるだけで、カディアンはうれしそうに笑う。ちょっとドギマギして視線をそらしたのは、メレッタのほうだった。

副団長一行がズカズカと二階に上がり、クオードが奥にある重厚な扉をにらみつけていると中から扉が開き、明るいオリーブグリーンの髪でアームバンドをつけ、金の瞳に片眼鏡をかけた壮年の男性があらわれた。

「ようこそミネルバ書店へ。お越しいただき光栄です、カディアン第二王子殿下と婚約者様、カーター錬金術師団副団長、ゴールディホーン第二王子筆頭補佐官。当店で製本師をしております、ダイン・ミネルバと申します」

「よろしく頼む」

「うむ」

四人に向かってうやうやしく頭を下げたダインに、カディアンと副団長が重々しくうなずき、オーランドはぺこりと会釈《えしゃく》をする。

「ではダイン、案内を頼みます。邪魔が入らない静かな個室で相談に乗っていただきたい」

「かしこまりました。私どもでお役に立てればよいのですが」

三階に上がってすぐは、壁全体がぐるりと天井まで届く本棚になっている。椅子にかけて本を読むひとびとのあいだを、トレイを持ったスタッフや、台車を押したスタッフが静かに行き交っていた。

「すごいな……図書館みたいだ」

「蔵書数でいえば相当数ございます。あいにく稀少本の類は、依頼があれば売買を仲介するという形で、在庫自体は少ないのですが」

目を輝かせるカディアンにダインはにっこりと笑って答え、奥まった個室に三人を案内した。

「防音の魔法陣はほどこされておりますが、遮音障壁はご自由にどうぞ」

その言葉にオーランドが、慣れた手つきで遮音障壁を展開した。

「さっそくだがダイン、この三階に錬金術師オドゥ・イグネルが出入りしておろう」

カーター副団長にギロリとにらまれ、金色に光る目をまたたいたダインは、あっさりとうなずく。

「ええ、彼なら冬期休暇の前にもきましたよ」

「何の用で?」

「ああ、ええと……まずはお飲みものなどいかがですか?」

ダインがサーデで呼び寄せたメニューには目もくれず、カーター副団長は彼にずいっと迫った。

「もらおう。四人分、コーヒーだ。さっさと本題に入れ」

「あ、はい。では少々お待ちください」

エンツで注文を伝えたついでに、部屋をでていったダインはすぐに、いくつものガラスの小瓶が入った木箱を抱えて戻ってきた。

「こちらです。本の注文だけでなく、彼には以前から特注品のインクを納品していただいています」

「インク……だと?」

「そうです。顔料や溶媒の配合など、きれいな色のインクは作るのにコツが要りますから、錬金術師の知識を使った副業ですね。オドゥさんのインクは人気がありますよ」

インク瓶をひとつひとつ手に取り、カディアンは目を輝かせる。絵心がある彼にとっては心惹かれ、どれも使ってみたくなる色ばかりだ。

「イグネルさん……すごい。こんなインクは見たことがない。紙にのせてみたいな」

「ガラスペンもお持ちしますから、試し書きなさいますか。インクが乾くとまた風合いが変わります」

「いいのか?」

興奮を抑えきれない第二王子の求めに応じて、ダインが個室をでて紙を取りに行き、人数分のコーヒーも運ばれた。遮音障壁は維持しているものの、カディアンの注意はすっかりインクの試し書きに向けられた。

「わ、同じような緑でも違うんだな」

「ええ、発色が鮮やかなもの、色が分離する遊色が見られるもの、ガラス粒子に銀を蒸着させたラメ入りなども人気です。自分専用のインクがほしいと、淑女からのご注文もあるぐらいです」

「あやつめ、こんな稼ぎかたをしておったのか」

コーヒーをグビリと飲んで、副団長はカディアンが書いた試し書きを、食いいるように見つめた。

「ええ、前回いらしたときは、鉱石の生成ができるようになったとかで、岩絵の具も開発したいと言われました。輸入に頼るしかない顔料などは非常に高額ですし、画家ならば私どもも何人かご紹介できますからね」

「それだ！」

カーター副団長が力強く叫び、コーヒーのカップを、ドンと音を立てて机に置いた。

「はい？」

「私もやる。あやつは私の一番弟子だ。オドゥにできて私にできぬはずがない」

たぶんオドゥはゴーレム作りをしたときに、絵の具作りを思いついたのだろう。たとえばラピスラズリを粉にした顔料は、美しい青で退色もない。産地が外国で遠くから船で運ばれるから、絵の具ひとつが非常に高額なのだ。

そしてオドゥはユーリと出かけてまだ戻らない。ならば研究棟にいて開発に携われるのは……試し書きに夢中になっているカディアンに、クオードは猫なで声で話しかけた。

「当然カディアンもやるであろう？」

「やりたいですっ、こんなきれいなインクを自分で作れたら……それでメレッタにメッセージを贈りたい！」

「ちょっとカディアン！」

メレッタが赤くなる横で、カディアンは次々に試し書きをしながら、うれしそうに答えた。錬金術師団に入団を決めたときは思いもしなかった、自分の大好きなきれいなもの、かわいいものが好きなだけ追求できる。

そして金も稼げるのだ。何しろ錬金術師だから！

「決まりだな。では画家を紹介するがいい。そして高値で売れる絵の具について教えろ！」

「俺もがんばります！」

私利私欲にまみれたカーター副団長と、創作意欲にあふれたカディアン王子に、ダインはあっけに取られ、真面目な顔で待機しているオーランドと顔を見合わせた。

「こういうご相談とは思いませんでした」

銀縁眼鏡のレンズをきらりと光らせ、オーランドはキリリと応じる。

「最初の話ではオドゥ・イグネルの研究室で、こちらと取り引きした形跡が見つかり、その調査だったはずです」

「ははあ……ここには世界中から書物が集まりますからね。ではおふたりが正気に返ったときのために、そちらもリストにしてお渡ししましょう」

「お願いします」

副団長はインクの値段表を見ながら、ギリギリと悔しがる。

「それにしてもオドゥめ、このような収入源を隠しておったとは……防虫剤より断然稼げるではないか！」

「いや、単価は高いでしょうが、防虫剤のほうが数でますので……」

インクなら安く買える大量生産品があるし、わざわざ魔力をこめて色や香り、付加効果をつけたインクを用いた手紙を、日常的にしたためられる人間など限られている。

その点防虫剤はだれもが使うしリピーターも多いから、生産体制さえ整えれば売りあげは安定している。

「それもそうか。しかし調べていたら、腹も減ってきたな」

「では何か注文されますか？」

気を利かせたダインが、ふたたびサーデでメニューを呼び寄せるが、カーター副団長はまたもやメニューも見ずに、すごい勢いでまくしたてた。仕事しながら片手で持って食べられる、彼にとっての定番メニューがある。

「コーヒーおかわり、四人分。それと三番街の魔道具ギルド食堂から、マッシュトテポと甘辛いタレの鳥肉に、パポ茸のソテーがはさんであるパンを取り寄せろ！」

「か、かしこまりました」

「うむ、頼んだぞ。あれはときどき無性に食いたくなるのだ」

ちょうどそれが今だったらしい。ダインがちらりとオーランドを見れば、無言でほほえみが返ってくる。

「すさまじい……これが錬金術師団……」

すぐに手配を終えたダインのつぶやきは、遮音障壁に吸いこまれて消えた。カディアンが思いだしたように叫ぶ。

「あ、紙も追加で！」

「すぐお持ちします。便箋だけでなく、絵画用の紙もお持ちしましょうか」

「なら俺も行く」

「私も行くわ」

紙を取りにいくダインについて、妙な熱気がうずまく部屋をでたカディアンとメレッタは、ひとびとがゆったり読書を楽しむロビーを抜け、紙やペン、インクや絵具といった商品がならぶコーナーに向かった。

「あれ？」

ロビーにひとりの美しい令嬢がたたずんでいた。光が煌めくような金髪はゆるくカールし背中を覆う。エメラルドのような深みのある大きな瞳はこぼれ落ちそうで、紅をのせた赤い唇はふっくらとしている。

「サリナじゃないか」

「カディアン」

カディアンが目を丸くして話しかければ、サリナ・アルバーンもハッとしたように顔をあげる。

「領地からいつ戻ってきたんだ？」

「レオ兄様がアルバーン領に戻られてすぐに。今日はこちらの朗読会にお邪魔してるの。カディアンはデートかしら？」

ふたりで歩いていたら、そう見えてもしかたがない。カディアンとメレッタは照れたようにパッと距離をおいた。

「えっ、ちがうちがう。錬金術師団の用事だよ……なっ？」

「そ、そうね。サリナ様、こんにちは」

「こんにちは、メレッタ様」

やりとりを聞いていたダインは思いだした。

（そういえばサリナ様はレオポルド様の許婚でしたね。結局、別の女性と婚約してしまいましたが。あのかたは家の補修をやられたのでしょうか……）

慣れない手つきでレオポルドが家の手入れをする姿を想像して、ダインは少しだけほほえましい気分になる。

とはいえサリナは十七歳、学園生の多くは卒業パーティーまでに、自分のパートナーを決めるから、相手探しはすでに難しくなっている。

（サリナ様にふさわしいお相手となると……名乗りをあげる男などいくらでもいるでしょうが、公爵夫妻のお眼鏡にかなうかどうかですね……）

そんなことをダインが考えていたら、カディアンは手に持っていたインク瓶を、にこにことサリナに見せた。

「ここにオドゥ・イグネルという錬金術師の先輩が、インクを卸しているんだ。サリナも会ったろ？」

「えっ⁉」

「ほら、お祖母様の茶会で」

「あ、そう……だったわね」

びくりと身を震わせたあと、インク瓶に視線を走らせたサリナに、カディアンはうれしそうに語った。

「俺、職業体験で出会ったイグネルさんに憧れて、錬金術師になろうと決めたんだ。少し怖いけど頼りになる人だよ」

少しためらってから、サリナは意を決したように顔を上げた。

「あの、よかったら錬金術についてわたくしにも、教えてくれるかしら。オドゥ・イグネルさんのことも」

「サリナも錬金術に興味があるのか？」

意外そうに聞き返されて、サリナはもじもじと言葉を濁した。

「ええ、レオ兄様が婚約されたかたも錬金術師だというし……イグネルさんはどんな研究をなさってるの？」

カディアンはメレッタと手をつなぐと、サッと遮音障壁を展開して、サリナへ得意そうにささやいた。

「聞いて驚くなよ。なんと〝死者の蘇生〟についてだ」

「〝死者の蘇生〟ですって？」

予想外の答えにサリナは目を丸くする。隣で話を聞いているメレッタも、とくに驚いたようすはない。

「でもその動機は亡くなった彼の家族をとり戻すためだって。だから俺たちみんなで応援してるんだ」

「そうなのね……」

オドゥ・イグネルの評判は貴婦人たちのあいだでは芳《かんば》しくない。見た目は平凡、取り立てて特徴はなく、王城でも魔道具修理などの雑用をする目立たない男。身分も後ろ盾もなく、金を稼いでは研究につぎこんでいる。

それでも対価さえ用意すれば、どんな願いでもかなえてくれると、一部の女性たちに熱狂的な人気があるという。親身に相談に乗ってくれるし、話術も巧みでエスコートのマナーも洗練されている。

四番街にある大劇場では彼と劇を見るために、女性たちが競い合ってチケットをとるという。

（これだけ聞いても、彼がどんな人物なのかわからないわ……）

「意外ね、錬金術師ならもっと華やかな……それこそ〝不老不死〟の研究でもしそうなのに。このあいだのお茶会でも、彼の指先から宝石がこぼれるようだったわ」

「あぁ、うん。細胞の組成や成長なんかも研究しているから、応用はできると思うけど。それにオドゥ先輩は宝石作りより、ゴーレムの研究に関心があるらしくって」

「中庭で暴れていたあのゴーレム？」

まっすぐに自分に向けられた、深く昏い緑の瞳をにらみ返し、あの場でサリナは彼の手を払いのけた。だってあの中庭で彼とサリナは……。けれどひとつ下のカディアンは、素直に彼を慕《した》っているらしい。

「そう、先輩は土属性が強いから、そういう研究もできるんだよ。俺は風属性が強いからライガかな。兄上やメレッタともいっしょに研究できるし、卒業がすごく楽しみだ」

そう言って遮音障壁を解いたカディアンは、メレッタにほほえみかけた。少しだけまぶしそうに目を細めて、サリナはそばに控えていたダインのほうを向いた。

「ダイン、わたくしも彼が作ったというインクを見たいわ」

内心の驚きは表にださず、ミネルバ書店の製本師はにっこりとうなずく。

「取ってまいります。少々お待ちを」

「サリナ、こんなところにいたのか」

「お父様」

ニルス・アルバーン公爵がサリナを探しにやってきて、娘といっしょにいるカディアンとメレッタのふたりに眉をあげる。けれど礼儀正しく第二王子にあいさつをした。

「新年おめでとうございます、カディアン殿下。城下にでられるのは珍しいですな。これも婚約者殿の影響でしょうか」

聞きようによっては平民出身の婚約者への、あてこすりともとれる内容に、カディアンは堂々とうなずいた。

「ああ。メレッタと婚約して、俺にはまだ学ぶべきことがたくさんあると痛感した。今も見聞を広めている最中だ」

「ですがドラゴンに守られ、魔術師がそれを支えるエクグラシアにおいて、いささか錬金術へ傾倒しすぎでは？」

渋い顔で苦言を呈した公爵に、第二王子はこれも笑顔で切り返す。

「それについては俺も不明を恥じている。職業体験で錬金術を体験するまで、その魅力も重要さもわからなかった。その点は王家よりも、アルバーン公爵家に先見の明があったな。レイメリア殿もレオポルド殿も、親子二代で錬金術師を相手に選ばれた」

「なっ……」

アルバーン公爵に対して、このような物言いをする者はいない。幼いレオポルドはひきとったものの、公爵家はグレンをレイメリアの配偶者として認めなかった。ギリッと公爵が歯を食いしばったところで、ダインがインクの木箱を抱えて戻ってきた。

「お待たせしました、サリナ様。数年前は鮮やかな色彩や、香りつきのものが主流でしたが、今は心の内を表すような繊細な色味が好まれます。淑女の皆様は色の変化を楽しまれますよ」

ダインは試し書きなどしなくても、サリナが選びやすいよう色見本帳も用意していた。香水瓶のような装飾のガラス瓶に、貼られた美しいラベルでもだいたいの色は想像できる。

「まぁ、北のアルバーン領にこもっていると、王都の流行には疎くなりますわね」

オドゥ・イグネルのインクは繊細な色合いが淑女たちに人気だが、とくに彼の名前はだしていない。〝宵闇の夢〟〝秋の慕情〟〝高原の風〟といった詩的なネーミングが受けていた。

「これは……？」

「そちらは〝カレンデュラ〟……緑深き山をイメージしたものになります」

「……これにしますわ」

サリナは細く白い指で、深く濃い……どちらかといえばくすんだ色をなぞり、そのインクを選んだ。

「お包みしますか？」

「ええ」

「ダイン、めんどうをかけたな」

「いえ……それよりもこの季節に、公爵閣下が王都にいらっしゃるとは思いませんでした」

公爵のねぎらいに、ダインが片眼鏡を外してそう答えると、ニルス・アルバーンは口をへの字に曲げた。

「ミラが突然、〝聖地巡礼〟とやらにでかけてしまった。領地にくすぶっていても出会いはないし、サリナに気晴らしをさせたくて王都にでてきたが……茶会や夜会もないから退屈でな。こうして朗読会に連れてきたのだが」

この時期の王都にいる貴族はまばらで、城勤めの者や領地への移動がおっくうな老人ぐらいしかいない。

「左様でございますか……でしたらタクラへ足を伸ばされてはいかがです？」

ふと思いついてダインが提案すると、アルバーン公爵はけげんそうに眉をひそめた。

「タクラだと？」

「王太子殿下と錬金術師団長が滞在されるこの冬は、タクラが社交の中心でしょう。異国から輸入される染料や素材を用い、マール川の水を使った染織工房もあります。つぎの流行はタクラから生まれるかもしれません」

「ふむ」

夫人どうしは仲が良くないが、アルバーン公爵自身はそれほど、アンガス公爵を意識したことはない。〝魔力のアルバーン〟に〝社交のアンガス〟、役割がそれぞれ違うのだ。むしろミラがいないほうが訪問しやすい。

「サリナ、アンガス公爵を訪ねてみるか？」

「いきなり訪ねたら、ご迷惑ではありませんか？」

「かまわぬ。アンガス公爵は姉上と同級だ。ひさしぶりに昔話をするのもよかろう」

メレッタを連れて部屋に戻ったカディアンは、カーター副団長たちにアルバーン公爵親子と会った話をした。

「アルバーン公爵はこれからサリナを連れてタクラへ向かうって。ネリス師団長に教えたほうがいいかな？」

「そうですか……」

オーランドが考えこむ横で、メレッタはぽすんと席に座ってため息をついた。

「ちょっとうらやましいわね。私もタクラに行ってみたいわ」

「俺たち、まだ学園の授業があるもんな」

タクラまでは魔導列車で四日かかる。往復だと八日……卒業を控えて単位はほぼ取り終えているとはいえ、魔術学園の授業だってあるから、そんなに長く休めない。

マール川があり交通の便がよかったから、タクラまでの長距離転移陣は設置されていない。あったとしても、師団長クラスの魔力が必要になる。けれどオーランドは銀縁眼鏡をキラリと光らせて、意外なことを言った。

「いえ、行くことはできますよ」

「何だって？」

聞き返すカディアンに、彼は簡単に説明する。

「強行軍になりますが、ドラゴンを使えば可能です。学園が終わった夕刻に出発して夜通し飛び、週末に二日間滞在し、また学園が始まる休み明けの朝に戻ってくるのです」

「それならたしかに行けるけど……」

カディアンは驚いて目を丸くした。タクラまでドラゴンで移動するなんて、思いつきもしなかった。

「ミストレイとアガテリスがタクラに飛ぶことになっています。もちろん竜騎士団長と魔術師団長に、同行の許可を得なければなりませんが」

それを聞いてがっくりとカディアンは肩を落とす。

「やっぱりそうか。師団長たちに許可を得るなんて、そんなのムリに決まってる」

「……おや？」

銀縁眼鏡のブリッジに指をかけたオーランドは、レンズをキラリと光らせて口の端に挑戦的な笑みを浮かべた。

「ユーティリス殿下なら、きっとどうにかします。彼らを納得させる理由を、殿下もご自分で考えられては？」

「ぐ……」

言い返せずにカディアンは唇をかみ、ギュッと拳を握りしめた。師団長たちを納得させる理由……たしかに彼の兄ならば、無理矢理にでも思いつきそうだ。

(兄上なら、きっとどうにかする。それにひきかえ俺は……)

「ひとりでは無理でもメレッタさんと考えれば、何か思いつくかもしれません。期限はシャングリラに戻った師団長たちが、ドラゴンでタクラに出発するまで。彼らの説得を含めてお任せします。やってみますか?」

つまりはふたりで考えろということだ。カディアンがハッとして顔をあげれば、真剣な表情のメレッタと目が合う。真正面から紫の瞳に見つめられたら、息をするのも忘れそうになる。

「私、やってみたいわ」

「メレッタ……」

そうだ、ふたりで考えればあるいは。自分たちはもうすでに、不可能を可能にすると言われる、錬金術師の卵なのだから。それに生真面目なオーランドは、こういうときに冗談は言わない。つまり本気だということだ。

第二章　港湾都市タクラへ

カディアンとメレッタの挑戦

届かないと思っていたものに手が届いた瞬間、超えられないと思っていたものを超えてしまった瞬間、人はこんな顔をするのだろう。研究棟の中庭で第二王子のぼうぜんとした表情に、オーランドはそんなことを考えた。

彼の体はカディアンの拳にふっ飛ばされ、中庭のベンチに激突したばかりだ。身体強化は使えても、オーランドは風魔法による防御ができない。衝撃で横隔膜が硬直し、しばらく息ができなかった。

「オーランド、俺……」

心配そうに眉を寄せてカディアンは、ゆっくりした足取りで、そろそろと近づいてくる。まるで今にもオーランドが飛びかかるのではないかと、警戒しているようだ。

「届くとは思わなかった。俺、勝てたのか?」

「ええ。私は王城勤めの文官で、ライアスとは根本的にちが……ゴホッ」

言いながら、オーランドは腹を押さえたままむせた。

「オ、オーランド⁉」

「だいじょうぶ、です……グッ」

吐き気がこみあげ、脂汗がにじみ出そうになるのを懸命にこらえる。どんなにとりつくろっても、カディアンの目に浮かぶ気づかうような視線に、おのれの無様《ぶざま》さを自覚する。こういうとき自分が〝兄〟なのだとつくづく思う。

どれほど体を鍛えても、どれほど稽古を重ねても、相手が〝弟〟だと感じると、ギリギリのところで踏みとどまってしまう。向こうはそんなことおかまいなしに、がむしゃらに突っこんでくるのに。

それでいてこっちを打ち負かしてしまうと、ぼうぜんとしてとほうに暮れたような表情を浮かべるのだ。まるで目の前に倒す敵がいなくなって、目標を見失ってしまったような顔で。

一度目はライアスだった。十二歳で魔術学園に入学して受けた魔力適性検査で、風の属性がないとわかったとき、手元のファイルに何やら書きこんでいるロビンス先生に、オーランドはそれでもすがった。

「訓練で属性を伸ばすことはできませんか?」

丸眼鏡に口ひげがトレードマークのロビンス先生は、ユーモアのセンスもあって生徒たちに人気がある。落ちこんでいる生徒がいれば、穏やかに冗談も交えながら励ましてくれる。

だがその時の彼は違っていた。小さくため息をついたあと、オーランドの青い目を見てきっぱりと告げた。

「残念だがね、ハッキリ教えたほうが君のためだろう。属性を伸ばせる子はその属性の〝芽〟を持っている。不安定で変幻自在な魔力を、その方向に誘導してやるのだ。だが君にはそれがない」

「訓練をしてもダメなんですか?」

ロビンス先生はパタリとファイルを閉じた。

「君の魔力は安定していて体格、骨格ともに恵まれている。望めばどんな職業にもつけるよ……竜騎士以外はね」

「でも僕は……」

それきり言葉がでてこなかった。たった今出た結果を塗りかえられるなら、何度だって検査を受けただろう。

「君のお父さんは竜騎士だったね。君も竜騎士になりたかったかい?」

――なりたかった、なんてものじゃない。なるものだと思っていた。

竜騎士になるため弟もつき合わせて、毎朝欠かさず鍛錬をした。いまだに発現する気配のない風魔法も、学園に入れば使えるようになる……そう信じていた。

月の光より冴え冴えとした白銀のミスリル鎧、ドラゴンの背ではるか地上を見おろし、天高く飛ぶ竜騎士たち。家に遊びにくる父の同僚たちはみな気さくで、幼いオーランドをかわいがり、時には稽古をつけてくれた。

自分もあんなふうになるのだと……。そのあと先生と何を話して、どうやって帰ったのかも覚えていない。ぼんやりしていたところで、ささいなことから弟のライアスとケンカになった。

むしゃくしゃしていた気持ちがそのまま拳にうつったのだろう、手加減せずに殴り飛ばした弟の顔が苦痛にゆがむ。ハッとするヒマもなかった。次の瞬間にはごうという音とともに、オーランドの体が庭にふっ飛ばされていた。

気がついた時は庭にひっくり返って、澄み切った青空を見あげていた。きっといつものパトロールだろう、おたけびをあげながら舞う白竜はうんと高く飛んでいて、乗っているのがダグかどうかもわからない。

「兄さん、ホントにごめん。俺、うっかり魔力を使っちゃったみたいで！」

空のような蒼玉の瞳を持つ弟のライアスが、蒼白な顔でオーランドをのぞきこんでいた。泣きそうな顔で必死に謝る弟の後ろで、家からでてきた母のマグダがのんびりと言う。

「あらあら、そろそろライアスにも魔力制御の腕輪がいるかしらねぇ」

「俺、そんなつもりじゃなくて。兄さんがケガするなんて！」

――ケガ？

いつも兄弟げんかをすれば、真っ赤な顔で悔しそうに向かってくる弟が、今日に限ってはオロオロと母の顔を見て取り乱している。痛みはまったく感じず、オーランドがあたりを見回せば、金の髪がパラパラと落ちていた。額に手をやると前髪の一部が短くなっていて、指に赤い血がつく。マグダがしゃがんで額の傷をしらべた。

「ざっくり切れたわけじゃないし、だいじょうぶよ。かまいたちが目に当たらなくてよかったわ」

「かまいたち……」

かまいたちは風の属性。そういえばライアスがはしゃぐと、そのまわりでときどき木の葉が踊る。

「俺っ、消毒薬とってくる！」

バタバタと家に駆けていく弟を見て、オーランドは悟った。不思議と悔しくも悲しくもなかった。

（あいつは竜騎士になれるんだ……）

二度目は……そう、サラサラした輝く銀髪に黄昏色の瞳をした少年で、長い手足はまだひょろりと細い。こんな小さな子にまさかと思ったが、オーランドはあっさり負けた。

（まるでミスリルみたいだな）

初対面でそう感じた、月の光を閉じこめたような銀色は、竜騎士たちが着る鎧の色と同じ。ライアスと同級生だというが、体格は成長期前の子どものそれで、声も澄んだボーイソプラノをしている。

細い体にそれほどパワーがあるとも思えず、最初は軽くいなすつもりだった。オドゥに体術を教わったらしく、体の大きさを生かして懐に飛びこみ、くりだす打撃は強烈だった。小さな拳に風魔法を乗せていたとは後で知った。

「まいった。俺も弱くなったな……」

鍛錬も大切だがオーランドはそのころ、文官になるための勉強時間を増やしていた。体がなまったのかとメニューの見直しを考えていると、レオポルドは首を横に振る。

「ちがう。あなたはとても強い。だから僕は勝てた」

それだけでさらりとした銀髪から光がこぼれ、大きな黄昏色の瞳はいつもより強い光を放つ。

「どういうことだ」

「強い人には負けたくない、から」

意味がわからなくて聞き返したオーランドに、色素の薄い唇をキュッとかみしめ、レオポルドはぽつりと答える。

「負けるのは悔しい。踏みつけにされるのは、絶対にイヤだ」

そういって拳を握る姿に、やっぱり悔しいとは思えなかった。レオポルドは淡々としていて、ライアスのようにぼうぜんとはしていなかった。自分の勝利を知ってもなお、強くなりたいと思っている顔だった。

(俺は負けても悔しくないから、強くなれないんだろうな)

オーランドはふと思った。フラフラと立ちあがった彼に、ライアスと手合わせを終えたばかりのオドゥが、浄化の魔法で汗を飛ばしながら話しかけてくる。

「オーランド兄さん、負けちゃったね」

「ああ。すごい一撃だった」

「ま、ね。あいつとんでもない化け物になるよ」

そういってオドゥは銀髪の少年に視線を向ける。レオポルドはというと、今度はひとりで受け身の練習をはじめて、ころころと地面を転がっていた。

「あきらめないんだよな、あいつ。体が軽くてすぐ投げ飛ばされるからさ、受け身をかなり練習してた。今じゃライアスだって手こずることがある。魔術を組み合わせたら、どんな攻撃が飛びだしてくるかわからない」

「オドゥでも手強《てごわ》いと思うのか」

言いながらオーランドはレオポルドの動きを観察している。入学した当初から強く、彼も一目置いているオドゥはうなずいて汗をぬぐう。

「ああ。ライアスよりもね。いまごろ観察したって遅いと思うよ」

「なぜそう思う」

城で働く文官をめざしているライアスの兄は、オドゥにとっても頼めば勉強も教えてくれ、とても頼りになった。遠慮なく拳のぶつかり合いを、挑んでくるのだけは勘弁してほしいが。

そのオーランドは、ライアスよりレオポルドのほうが手強いというのがふしぎだったらしい。聞かれたオドゥは深い森の奥にひっそりと存在する、底知れぬ淵のような静かな瞳で、答えを待っている彼を見あげた。

「身体的能力が上か下かじゃなくて、勝負は勝つか負けるかだからさ」

「どういうことだ？」

ふっと息をつき、学園で覚えた浄化の魔法を使って、オドゥは汗を飛ばして頭を振る。

「ちょっとズルなんだけどさ……僕はこうやって手合わせをしながら、ライアスの裏をかいて、僕に対する苦手意識をすりこんでいる。けれどレオポルドにはそれが効かない。あいつは何でもよく見ているんだ」

オドゥ・イグネルはごくふつうの平凡な容姿の少年だが、ライアスと手合わせをするときは相手の裏をかき、出し抜いて動きを止めて叩きのめす。そんなことを平気でやっていても、レオポルドが相手となると話は別だ。

「僕にはレオポルドの裏はかけない……あいつを出し抜くには何か別の要素がないと」

オーランドは驚いたように目を見開いた。その表情にオドゥはうっかり口が滑ったことを悟る。父の教えはどうしてもオドゥの耳に残っていたが、同級生がみんな敵に見えるなんて、思っていても言わないほうがいいのだろう。

『やっかいなのは魔術師を相手にする場合だ』

「驚いたな。いつもそんなことを考えているのか？」

「そういうわけじゃないけど、身近だからね。動きとかも観察しやすいし……ついクセなんだ」

そういってオドゥは、鍛錬場のすみに生えるガトの木で、枝にとまる一羽のカラスを見あげた。

「今ここにいる全員が敵になったら、どうやって生き延びるかを考えろ……父さんにそう教わった。勝つのって結局、生きるってことだからさ。父さんは負けちゃったけど」


「オーランドさん、だいじょうぶ？」

研究棟の中庭で学園時代の記憶にひたっていたオーランドは、明るい茶髪に紫の瞳を持つメレッタという少女から、のぞきこまれてハッと我に返った。彼女は横でオロオロしている婚約者をじろりとにらむ。

「カディアンてば、やりすぎじゃない？」

「えっ、だっていつもは俺のほうが、ぶっ飛ばされるのに」

風魔法が使えるカディアンは、防御のときに風の守りが発動する。ライアスと同じで激しい戦闘に身をさらしても、それほどダメージを受けない。いくら体を鍛えても格闘の技術を学んでも、オーランドには得られなかったスキルだ。

「夏よりはだいぶ強くなられました。まだまだ殿下は強くなりますよ」

苦笑しつつ取りだした眼鏡をかけ、レンズをきらりと光らせて保証すれば、カディアンはうれしそうな顔をする。

「へへっ、毎日鍛錬したもんな。キツかったけど。少しは兄上に追いつけたかな」

「ユーティリス殿下の実力は、たいしたことはありません」

あっさりと言うオーランドに、カディアンは目をむいた。第一王子はだいぶオドゥに、鍛えられたようだった。

「えっ⁉」

「あのかたは……ごまかすのがうまいだけです。鍛錬もそれほどしていません」

「ウソだろ⁉」

本気で驚いているらしいカディアンに、オーランドは冷静に指摘した。

「考えてもみてください。毎日鍛錬などしていたら、錬金術師団で研究する時間はありません」

「そりゃそうだけど……俺、兄上に勝てたことなんて一度もないぞ？」

ふしぎそうに首をひねるカディアンに、オーランドはふと昔オドゥが鍛錬場で語ったことを思いだす。


『ちょっとズルなんだけどさ……僕はこうやって手合わせをしながら、ライアスの裏をかいて、僕に対する苦手意識をすりこんでいる』


「苦手意識があるのかもしれませんね、無意識に体が委縮するような」

「そうなのかな……けど兄上はいつだってすごいんだ！」

「あのかたがすごいのは、あなたがいるからですよ。カディアン殿下」

それでもカディアンは自信がなさそうに眉を下げた。

「俺も、少しは兄上に近づけたかな」

「そうですね、今の調子で努力されれば。いつかは」

「いいなぁ、私はひとりっ子だから、お兄さんとか憧れちゃう。ユーリ先輩もすっごくステキよね！」

弟というヤツはいつだって、キラキラした目で一心に自分を追いかけてくるくせに、追い越してしまった時には、もうこちらを見ていない。まっすぐに前を向いて、未来を見つめて走っていく。

だがぼうぜんとして、とほうに暮れたような表情をされるぐらいなら、きっとそのほうがいい。それに追い越されまいと、必死に努力した自分の人生だって、振り返ってみれば悪くはない。

オドゥみたいに意識して刷りこんだつもりはなかったが、ライアスはいまだにオーランド相手だと緊張するようだ。いつか追い越される、そうわかっていて相手を鍛えあげる。

『たのむよ。僕はちょっと危なっかしいことがしたくてね。今はカディアンがいるから安心だって思える。あいつさ、いい顔つきになってきたろう？』

オーランドにも覚えのある感覚だが、彼に依頼してきた赤髪の青年はその顔に、ふだんは見せないやんちゃな表情を浮かべていた。その危なっかしいことはちょっとどころではなく、きっと国を揺るがすようなことだろう。

賢いユーティリスと素直なカディアン、どちらが王位にふさわしいかという問いに答えることは難しい。ただ歴史というものは一本の線しかなく、途中にいくら分岐や選択肢があろうと、紡ぎだす未来はひとつしかない。


『勝つのって結局、生きるってことだからさ』

なぜかオドゥの言葉がオーランドの頭をかすめた。あんなに印象に残る少年を、どうして忘れていたのだろう。王都新聞で金の竜騎士や銀の魔術師の活躍を目にしても、そういえばオドゥはどうしているかなど思いもしなかった。


師団長室に戻ったオーランドは銀縁眼鏡をかけなおして、ふたりにだした課題についてたずねた。

「さて、そろそろ師団長たちが戻ってきますよ。タクラに行くために、いい考えは浮かびましたか?」

「う……」

言葉に詰まるカディアンの横で、メレッタはほほに手を当ててため息をついた。

「うーん。ネリス師団長にエンツを送ってみるとか、ユーリ先輩にエンツを送ってみるとか考えたんですけど……そうじゃなくて、私たちが魔術師団長と竜騎士団長に同行することを、ふたりに納得させろってことですよね」

「そうです」

「お父さん、何かいい考えない?」

書類を読んでいたクオードは、ギッと顔をあげてグワッと文句を言った。

「私はそもそも外泊など許可しておらん!」

そのひと言にメレッタはぷくうと、ほっぺをふくらませてむくれた。

「何よ、お父さんのケチ!」

「副団長と呼びなさい。それにドラゴンに乗る許可など下りるわけがなかろう!」

「そんなのやってみなけりゃ、わからないじゃない！」

「うるさい、うるさい、オーランド、ちょっと話がある」

副団長がメレッタとの話を打ち切って、オーランドに合図を送れば、銀縁眼鏡の補佐官はうなずいた。

「では、こちらで」

「カディアン、私たちは作戦会議よ。相手は難敵……それにチャンスは一度きりだわ」

「あ、ああ」

オーランドがカーター副団長と話すため、慣れた手つきで遮音障壁を展開すると、メレッタとカディアンもそのまま師団長室の片すみで作戦会議をはじめた。もしも父たちの話が聞こえたら、ふたりとも腰を抜かしたろう。

「オーランド、どこまでやるつもりだ」

「どこまでとは？」

銀縁眼鏡のつるをくいっと持ちあげたオーランドに、副団長はギロリとした視線を向けた。

「とぼけるな。錬金術師の仕事も前倒しで教えているが、竜騎士修業にタクラ行き……カディアンをどこまで鍛えるつもりだ。王太子の対抗馬として育て、国王にでもするつもりか」

「…………」

「メレッタも巻きこまれることになる。答えろ！」

副団長の気迫にオーランドは、息を吐くとかぶりを振った。きちんと筋を描いてなでつけていた髪に手をやり、金髪を指で崩すと、体格のいい彼は弟の竜騎士団長とよく似ていた。

「そこまでは考えていませんが『国王になれる人材を育てろ』、そう陛下と王太子殿下から命じられております」

「ユーリもかんでいるのか。あやつは王太子になったばかりだろう」

カーター副団長はけげんそうに眉をひそめた。もともとこまっしゃくれたガキだが、意図がさっぱりわからない。

「対抗馬ではなく、セットとして考える……と。王子ふたりがそろって錬金術師となり、協力しあって国の中核を担う。どちらが欠けても国政が回るよう、同等の能力を身につけさせろと仰せです」

「だがあれは……王位への欲などないと表明するために、メレッタをパートナーに選んだのだろう」

カーター副団長は苦み走った顔で、メレッタと話しこむカディアンを見た。多少流されやすいが、彼が根は素直でまじめな少年であることは、副団長も理解している。

「あれは一介の錬金術師として働き、娘に尽くすと言っておった……」

クオードに認められるために研究棟で働くのは、メレッタを支えるためだ。オーランドが課す鍛錬にも耐え、メレッタと過ごす時間を確保すると何をするでもなく、彼女の反応ひとつに喜んだり落ちこんだりあわてたり……。

ひたむきに任された仕事に取り組み、クオードにこき使われることすら、自分が役に立てるのがうれしいと、照れくさそうに喜ぶ。国王アーネストそっくりの赤い瞳をキラキラさせて言われれば、クオードとて気分がいい。


『カーターさんはホントにすごい』


第二王子の望みはきっと平和な日常だ。メレッタを見守って錬金術にたずさわって、研究棟の中庭でみんなといっしょにグリドルを囲む。……そんな日常を。

少し顔を伏せたオーランドがかける銀縁眼鏡のレンズが、窓の明かりをきらりと反射した。

「その点については、カーター副団長にもご覚悟いただきます。〝王族の赤〟であるカディアン殿下に用意されているのは、王位か公爵位のみ。当然メレッタ嬢も……」

「王妃か公爵夫人か……」

実直なオーランドの言葉が、ひとつひとつ重くのしかかる。どさりとカーター副団長は椅子に腰をおろした。ギラギラした双眸はそのままに、ザラリとしたあごをなでる。朝に剃ったはずのヒゲは、少しだけ伸びていた。

「はい。成人すれば殿下も理解されるかと思いますが、今はまだ心の内に留めていただきたく……」

「ふつうならば幸運だと、喜ぶべきなのだろうな」

錬金術師団に入団を許可されたとき、そびえたつ王城に圧倒され、クオードは当然野心を抱いた。一介の錬金術師ではなく、だれからも認められる存在になりたい。そのために功績を……さらなる地位を望んだ。

実務をとりしきり、副団長となってからは、いずれは師団長にとグレンの背中を必死に追いかけた。

努力すればいつかきっと……と願い続けたもの。それさえあれば彼をバカにした先輩魔道具師を見返せる。妻のアナだって自分を尊敬する。だがそれは娘の将来とひきかえに転がりこむのではなく、自力で手に入れるはずだった。

三番街にある小さな二階建ての、それでも庭がある自分たちの家。そこでの穏やかな暮らしが、終わるというだけでも耐えがたいのに、その先に娘の幸福があるのかもわからない。

オーランドが濃く青い瞳で、考えこんでいた彼の顔をのぞきこむ。

「何があろうと我々補佐官が全力でサポートいたします。私たちはそのためにいるのです」

「すべてはエクグラシアを……存続させるためか」

吐き捨てるように言えば、オーランドはふっと眼鏡の奥にある目を細めた。

「それもありますが、そのために重要な役目を担う〝契約者〟が、それでも幸せな人生を送れるよう、見守るのも私たちの務めです。カディアン殿下が何より望むのは、メレッタ嬢の幸せですから」

「メレッタの幸せ……」

クオードはもういちど、話し合っているふたりを見た。ああでもない、こうでもないと言いながら、首をひねっているところを見ると、まだいい考えは浮かんでいないようだ。

鍛錬の疲れかカディアンは大あくびをして、あわててメレッタに謝っている。どこかホッとさせる気の抜けたしぐさに、クオードは肩の力を抜き、眉間に寄せたシワをもみほぐした。

「レイメリア殿はだから、グレン老と籍を入れなかったのか。そこまでの覚悟であられたか……」

「…………」

つぶやくクオードを無言で見守るオーランドに、彼はギリッと歯ぎしりをさせて毒づいた。

「王族の務めなどくそったれだ。だがあれはもうすでに私の弟子だ。死ぬまで面倒を見てやる」

「ご協力感謝いたします」

オーランドは副団長に深く頭を下げ、遮音障壁を解除すると、ふたりのほうへ歩いていった。

「何かいい考えは思いつきましたか?」

にっこりと話しかけるオーランドを、恨めしそうに見上げるカディアンの横で、メレッタはハキハキと返事をした。

「私たちが『連れてってください』とお願いするのではなくて、師団長たちから同行を依頼してもらえるのが理想かなって、カディアンと相談してました」

「ほう」

オーランドは感心した。どうやって実現させるかを、ふたりは考えはじめている。試しに提案しただけのつもりが、ひょっとしてひょっとするかもしれない。

「それで師団長たちが何か困っていたら、『それを解決する』という理由で、ドラゴンに乗せてもらえるかなって」

「たとえば？」

「それを今考えてる」

カディアンがテーブルに肘をついて身をかがめ、赤い髪をグシャグシャにした。

「私たちが『役に立つ』と、師団長に思わせなくちゃいけないわ」

「俺たちができるっていっても、学園で習う程度の魔術か、付け焼刃の錬金術ぐらいしか……」

「もちろん魔術師団長も竜騎士団長も錬金術はしないけど、タクラにはネリス師団長がいるもの。私たちの錬金術じゃ相手にされないわ」

「ほかには……ドラゴンのエサやりとか？」

できそうなことを考えて、カディアンは情けない声をだした。その場合は食後にする運動の相手も、セットになるがしかたない。竜騎士団の職業体験で彼は、頭をつつこうとするドラゴンたちから、逃げるのに必死だった。

「エサはやってみたいけど、まずは状況を整理しましょ」

メレッタは自分の鞄から取りだした、ノートとペンケースを師団長室のテーブルに置き、そこにひろげた。

「ネリス師団長はサルジアに渡る準備のため、タクラに向かってる」

「うん」

「ユーリ先輩はオドゥ先輩といる。自由行動でエンツを送っても連絡がつかない」

サラサラと書きだされた内容に、カディアンは肩を落とした。

「そうなんだよ、俺も兄上といっしょに行きたかった。イグネルさんの工房、俺だって見たいのに」

「カディアンが送っても連絡つかないの？」

「うん」

「じゃあそれは置いといて。あとは師団長たちの動きね。彼らはオドゥ先輩のことを調べている」

メレッタは下線を引いた場所の横に、『師団長』と書いてそこから矢印を書く。

「俺もちょっと調べてビックリした。まさかインクまで作ってるなんて思わなかったし」

「まだまだ出てきそうよね。師団長たちがふたりがかりで調べるって、オドゥ先輩何やったの？」

「それは俺もわからない」

「そうだ、アルバーン公爵もタクラに向かうことになったのよね。でもそんなの知らせて終わりだし」

メレッタはノートに書きだした内容を眺める。王子様と副団長の娘とはいっても、師団長たちの役に立つとは思えない。竜王ミストレイならば、じゅうぶんカディアンとメレッタを乗せて飛べそうだけど……。

「うーん。こういうときは……」

「こういうときは？」

カディアンだけでなく、父の副団長まで興味津々とメレッタを見守っている。師団長室にいる全員の顔を見まわしてから、彼女はバチンと父に向かってウィンクをして、サッと椅子から立ちあがった。

「学園に行くわ。私たち学園生だもの。じゃあね、お父さん」

「お、俺も行く」

あわててカディアンが後を追っていき、師団長室にはオーランドと副団長が残された。

「それでは私も……」

退室しようとしたオーランドは、そこでガシッと副団長につかまった。何しろ娘から可愛くウィンクされるなんて、彼の長い人生ではじめてのことだ。さきほどまでとは打って変わって、クオードは上機嫌になる。

「み、見たかメレッタのウィンクを。うちの娘は世界一かわいいよな！」

すっかり舞いあがった副団長から、オーランドはその感動を延々と聞かされる羽目になった。

放課後ともなれば、魔術学園も閑散としている。校門をすり抜け急ぎ足で歩くメレッタに、カディアンはようやく追いついた。

「メレッタ、学園の図書館で調べものでもするのか?」

「まさか。さすがにそんな時間はないわよ。聞きこみをするの、聞きこみ」

「聞きこみ?」

「私たち、ひとりだけ知ってるじゃない」

「だれを?」

首をひねるカディアンを、メレッタは振り向いて得意そうに、自分の人さし指を顔の前に持ってくる。

「じゃあヒント。竜騎士でもないのに、わざわざマウナカイアに招かれて、ドラゴンに乗せてもらった人物」

「あっ……そういえばマウナカイアで!」

そこまで言われたら、さすがにカディアンもパッと気がつく。姿を消したネリアを探すため、人魚たちの転移魔法陣を解読するために呼ばれた人物。ドラゴンの背に乗ってあらわれた、魔法陣研究の第一人者といえば……。

「そう。ロビンス先生よ」

シャングリラ魔術学園初等科教諭、ウルア・ロビンスの部屋は本館の裏手で、木立に囲まれてひっそりと建っている。突然やってきたふたりを、ロビンス先生は嫌な顔もせず自分の部屋に招きいれた。人数分のマグにお茶を淹れ、マグを手にゆったりと椅子に座ったロビンス先生は、メレッタの話を聞き終えると自慢の口ひげをなでる。

「せっかくだがね、今回私はきみたちの役には立てそうにないな」

あっさりと言われて、カディアンはがっくりと肩を落とした。

「そうですよね……」

彼がマウナカイアに呼ばれたのは、ユーリがメモした転移魔法陣から、人魚の王国カナイニラウの位置を割りだすためだ。タクラに解読が必要な魔法陣はないし、夏と違って今は学園の授業もある。けれどメレッタは先生がだしてくれたお茶を飲みながら、かわいらしく小首をかしげた。

「そういえば母が王都新聞を読んで大騒ぎしてました。魔術師団長が送った紫陽石のピアスは、ロビンス先生が手を貸されたとか」

「そうだ。もしかしてきみらも私に頼みに来たのかね」

ロビンス先生はうなずいてから、メレッタとカディアンの顔を交互に眺めた。

「えっ、いいんですか？」

カディアンがパッと顔を輝かせて、ロビンス先生のほうへ身を乗りだした。

「ふむ。刻む自信があるのなら、魔法陣のデザインぐらいしてもいいが。メレッタ・カーターに贈るなら紫水晶かね？」

「はいっ、お願いします！」

「カディアンたら、今はその話じゃないでしょ。ロビンス先生、タクラへ届けたいものはありませんか？」

話が脱線しそうになったカディアンを注意して、メレッタはロビンス先生にたずねる。

「タクラへ届けたいもの？」

「そうです。魔法陣でも情報でも、何でもいいです。あて先はネリス師団長でも、ユーリ先輩かオドゥ先輩でもかまいません」

「ほほう、きみたちが運び屋をやってくれるというわけか」

おもしろそうに口ひげをいじるロビンス先生に、メレッタはにっこり笑った。

「そうです、『ロビンス先生から本人に直接渡すように頼まれた』と言えるようなもの。それを頂きたいんです」

「さて……きみたちの期待に添えるようなものは、すぐに思いつかないが」

丸眼鏡の奥でつぶらな瞳をクリクリさせて、それでも考えてくれるロビンス先生に、カディアンがおそるおそる質問を切りだした。

「あの、ところで先生はサルジアの〝隠し魔法陣〟ってご存知ですか？」

カディアンが質問した内容にロビンス先生は、意外そうに目を丸くする。

「……知っているよ。私も数回しか見たことがないがね。きみはどこでそれを？」

「いえ、俺も直接見たことはなくて。魔道具にそれとわからないよう仕込むものだと聞きましたが、先生が描かれる極小魔法陣とはどうちがうんですか?」

「まず作るための道具がちがう。私が開発した極小魔法陣は、ただ小さく描いただけだ。〝隠し魔法陣〟を刻むには専用の道具がいる」

「専用の道具がないと、作れないってことですか」

「おそらく。サルジアの〝隠し魔法陣〟はね、小さなものではないんだ。命令が複雑になるほど、刻む術式が増えて魔法陣が大きくなるのは、きみも知っているだろう」

「はい」

カディアンがうなずくと、ロビンス先生は部屋いっぱいに、古代文様で彩られた魔法陣を展開する。

「このような大きな魔法陣を特殊な技術で、手のひらに載るほどの小さな品に、それとわからないように刻む。複雑な事象すらも思いのままに操れる、精霊の力を行使するためのアーティファクト、いわば神器に近い特殊な魔道具だ」

ロビンス先生の説明に、カディアンは目をみひらいた。

「ネリス師団長が師団長会議で魔術師団長にプロポーズしたのは、ピアスの製作に手を貸した先生もご存知だと思いますが、彼女は『杖を作るためにサルジアに行きたい』と発言したんです。杖作りにあちらの技術が必要だと……」

「何だって?」

こんどはロビンス先生が驚く番だった。魔法陣を収束させ、納得したようにうなずく。

「驚いた。彼女はグレンを頼らず、自力でその結論に達したのか。それなら魔術師団長があれだけの品を用意したのもうなずける。ただの杖ではない……いわばアーティファクトをくれようと言うのだから」

「そんなすごいものだったの?」

師団長会議の内容をはじめて聞いたメレッタにたずねられ、カディアンはうなずいた。

「うん。杖の設計図はグレン老が遺していたらしいけど。それで王城でもかなり話題になったって、オーランドが教えてくれた。錬金術師団長はサルジアとの交流どころか、技術協力までとりつけるつもりかって」

「ネリス師団長なら、やっちゃいそうよね」

ふだん接していても、ネリス師団長がそんなにすごい人物だとはとても思えない。マウナカイアで彼女に頼まれて、フォトの使いかたを教えたのは、ほかでもないメレッタなのだから。親しみやすくて食いしん坊で、抜けたところもあるけれど、彼女の瞳が宝石のように強く輝くとき、ぜったい何かが起こるのだ。

「それに兄上がほしがっているオドゥ先輩の眼鏡にも、それが使われているんじゃないかって」

「えっ、あの眼鏡？」

話を聞いていたメレッタが、きょとんとして目を丸くした。

「そういえばマウナカイアでも、ユーリ先輩はふざけて眼鏡をかけていたわね。どう見ても似合わなかったけど」

「オドゥ先輩とは錬金術師団にいる、オドゥ・イグネルのことかね？」

「そうです」

ロビンス先生は窓辺で冬の裏庭を眺めた。魔石タイルが使われていない地面には雪が積もり、葉が落ちて裸になった樹々の間から、木漏れ日が射しこんでいる。

「私が魔法陣を研究するのは、それが願いを紡ぐものだからだ。精霊との対話は太古から試みられ、魔法という恩恵がもたらされた。魔道具にもさまざまな願いがこめられる。それは決して呪いのようなものであってはならない」

「ロビンス先生？」

ふしぎそうに首をかしげるメレッタに、ロビンス先生は丸眼鏡の奥から優しく笑う。

「少し待っていたまえ。効果があるかはわからないが一筆したためよう」

それからロビンス先生はライティングデスクに向かい、ひきだしから便箋と封筒を取りだした。メレッタとカディアンはマグから紅茶を飲みながら、カリカリとペンが紙を滑る音を静かに聞いていた。

ユーリとオドゥ、それに師団長たちにあてた手紙を書き終えてそれぞれ封筒に入れると、ロビンス先生は〝受取人指定〟の魔法陣で封をする。受けとった本人でなければ、封を切った瞬間に燃えあがる魔法陣だ。

「サルジアとエクグラシアは、調べてみれば多くの共通点がある。かの国を反面教師として、自由を求めた民が造りあげたのがこの国だ。〝大地の精霊〟の力はこの国にも流れている。いい結果がもたらされることを祈っているよ」

メレッタは感激して立ちあがった。何かが起ころうとしている、その目撃者になれるかもしれない。

「ありがとうございます、ロビンス先生。やったわね、カディアン！」

「俺は何も……メレッタが魔術学園に行こうって言いだしたからだ」

「そんなことない、カディアンが〝隠し魔法陣〟のことを聞いてくれたからよ！」

今にも手を取り合いそうなふたりに、ロビンス先生は軽く咳払いをして封筒を渡す。

「これなら確実に本人に渡る。それでも『手紙は預かるから帰れ』と言われたら、レオポルド・アルバーンにはこう伝えたまえ」

ふたりは真剣な表情で、ロビンス先生の言葉を聞き漏らすまいと、彼の言葉に耳を傾けた。

精霊はそうして溶けていく

冬を迎えて社交シーズンを終えた貴族たちは領地にもどり、王都十番街は閑散としている。レオポルドたちはイグネラーシェの調査を終えて王都に戻り、前宰相のヒルシュタッフを訪問した。

かつては〝国王の懐刀〟として、王城の文官たちを震えあがらせた男は、来客の知らせに顔をあげた。数ヵ月前までは、仕事を支える大勢のスタッフに囲まれていたが、今となっては彼を訪問する者はいない。ひさしぶりの来客に会うため、ヒルシュタッフは鏡で自分の姿を確かめた。

（どうしようもなく落ちぶれたものだ）

髪には白髪が増え、紅の瞳はどんよりとして精彩に欠く。彼らに虚勢を張ってもしかたあるまい。それでも背筋を伸ばし、彼は応接室に向かった。

「アルバーン魔術師団長にゴールディホーン竜騎士団長か。今さら私に何用かね」

「おひさしぶりです、ヒルシュタッフ前宰相」

「突然の訪問をお許しいただきたい」

国王自らがここに来ることはないだろう……それを理解していてもなぜか、ヒルシュタッフは落胆した。

『陛下、じゃ堅苦しいな。公務の時以外はアーネストと呼んでくれ。子ども同士もおなじ年だろう、父親の気持ちを相談できる相手がほしかったんだ』

――照れたように笑うあの男にほだされた。

心によぎった考えをふりはらい、蒼玉の瞳を持つ竜騎士団長を眺めた。夏に言葉を交わしたときは好青年としか感じなかったが、しっかりとした大人の男らしい顔つきに変わっていた。まさしく竜王を駆る者にふさわしいたたずまいだ。

（どこで間違えたのか……）

王太子となるはずの少年は聡明だが、身体的な弱点を抱えていた。魔術師団長となったレオポルド・アルバーンは、錬金術師団長であるグレン・ディアレスと、血をわけた親子でありながら折りあいが悪かった。

ふたりが協力しあえばアルバーン公爵家の威光は、王家をしのぐほど増しただろうに現実はそうならなかった。ヒルシュタッフがはじめて危機感を覚えたのは、竜騎士団長が代替わりしたときだ。

――新王のための布陣。頼りない王太子でも、それを支える師団長たちがいれば、その治世は安泰《あんたい》となる。そこに彼の居場所はあるのか。宰相が使える力など限られていた。そんなときにマグナスから相談を受けた。

『どこか地方の貴族でいいから、怪しまれることなく王城に出入りできる、正式な身分を手にいれたい』

存続が危ぶまれる領主家など、探せばいくらでもある。リコリスの名を挙げたとき、男の目が妖しく光った。

『ヌーメリア・リコリス……あの有名な〝灰色の魔女〟ですか？』

歴史あるリコリス一族は、古く王城の庭で薬草園を任されていた薬師の家系で、薬草栽培に適した土地を与えられていた。現在の領主は評判がすこぶる悪く、交代しても領民に不満はでないと思われた。

『名前だけだ。本人は研究棟の地下にひきこもったままで、故郷には顔すらださん。名ばかりの契約婚でも、後ろ盾になってやるといえば、素直にうなずくのではないか』

新しくやってきた錬金術師団長はぽけっとした感じの小娘で、それをとりこもうという動きもあり、ヌーメリア・リコリスの名も何度か聞こえた。マグナスが笑ったとき、背筋がぞくりとしたのを覚えている。

『故郷なら呼び寄せられるでしょう。グワバンに近いのもありがたい。あそこには私の商会がありますからね』

ところがマグナスが王都を離れたスキに、思わぬ形で第一王子が牙をむいた。彼がマグナスの助けを借りて塗りつぶした、不正の証拠を暴いたのだ。まさかあんな子どもにと思ったが、王子はもうとっくに成人していた。彼が失脚すれば王都で育った娘のアイリにも影響がおよぶ。なりふりかまっていられなかった。

——夢から醒めたような気分で、ヒルシュタッフは目の前に並ぶ、綺羅綺羅《きらきら》しい師団長たちをあらためて眺めた。金の竜騎士に銀の魔術師……貴婦人たちがほほを染めてそう呼ぶのを何度か聞いた。

「私が知っていることは、あらかた話したはずだが」

「あなたに聞きたいことがある。わが父グレン・ディアレスのことだ」

黄昏色の瞳が強い光を放ち、魔力の圧がヒルシュタッフにも感じられた。

「ずいぶん個人的なことをたずねられる、あなたのお父上についてだと？」

ヒルシュタッフが軽く驚いて目をみはれば、銀の魔術師は淡々と問うてきた。

「グレンという人物について、あなたの見解を聞かせてもらいたい」

「……さて。グレン老と私に接点はなく、研究棟への立ち入りも許されなかった。あそこは建国の祖バルザムが用意した、王家が守る禁断の地でもあるからな」

ヒルシュタッフが慎重に言葉を選べば、こんどは竜騎士団長が口をひらく。

「第一王子を狙うために、サルジアの者たちは危険を冒して研究棟への侵入を試みた。王城でもチャンスはあったはずだ。ほかに彼らの興味を引くものが、あの研究棟にあったのではないか？」

魔術師団長が自分の父親についてたずねる。腹芸は苦手だった竜騎士団長が、内面を探るような質問をする。

（奇妙だな……このようなことで時の経過を感じるとは。とはいえ、まだ単刀直入すぎる）

ヒルシュタッフは老獪《ろうかい》な政治家の顔を取り戻し、紅の瞳でまっすぐにライアスを見た。

「だれでもグレンには関心を持つだろう。魔導列車や転移門を開発した彼の名声は知れ渡っている。彼の開発した魔道具は世の中を変えた。アルバーン魔術師団長のように強大な魔力を持つ者が、ようやく行える大人数の長距離転移。それを彼は魔石と魔導回路で可能にした」

「サルジアは、いやマグナスはグレンに関心があったのか？」

「私の記憶を探るかね？」

ヒルシュタッフも素直に答えるつもりはなく、ライアスはぐっと言葉につまる。息をついて首を横にふるレオポルドの表情は変わらず、銀糸のような髪が光を反射してきらめいた。

「脳に損傷を与えるつもりはない。アイリ嬢すら認識できなくなる可能性もある」

「甘いことだな」

あざ笑うように吐き捨てたものの、ヒルシュタッフはグレンに関する記憶を自分の中に探った。答える義理はないが、口を閉ざす必要もない。たいした記憶でもなかった。


即位したばかりのアーネストは早急に自分の足場を固めるべく、宰相となったヒルシュタッフを連れて、師団長たちと個別に面談をおこなった。彼はまず塔へ魔術師団長のローラ・ラーラを訪ねた。彼女はリルの香りがする紅茶を勧め、ゆったりとほほえんだ。

『地方と王都における魔力格差も、魔導列車のおかげで徐々に解消されつつある。魔術学園にもっと地方出身の子たちが進学できるようにしてもらいたいね』

『それは地方長官を務めていた時分から、私も感じておりました』

塔と中庭をはさむように建っている竜舎には、転移を使わずその足で向かった。竜騎士団長も気さくな人物で、元竜騎士のアーネストを迎えて豪快に笑った。

『なぁに、エクグラシアは竜が守る国だ。アーネストはとりわけドラゴンたちから人気があったからな。王城でふんぞり返ってないで、たまにはドラゴンへ乗りにこい。ヒルシュタッフ殿だって歓迎するぞ』

『いや、俺は結局自分の騎竜は持てず、アガテリス止まりだったし』

アーネストが苦笑いし、ヒルシュタッフもあわてて手をふった。

『私は職業体験で、ドラゴンたちの〝食後の運動〟についていけませんでした』

竜舎をでると中庭から、本城の裏手にある研究棟へ通じる通用口に向かう。通路の向こうにぽっかりとひらけた広場があり、三階建ての研究棟が木立に囲まれてひっそりと建っている。

『研究棟へいくのははじめてです。奥宮からだと近いですね』

『もともと王族の趣味部屋だった建物だ。はぁ……レイメリアが生きてたらなぁ』

歩きながらアーネストは昨年亡くなった従妹の話をして、いつもの気弱そうな顔をのぞかせた。

はじめて足を踏みいれた研究棟は、壁や柱に古びた建物の風格を感じさせた。通された師団長室も落ちついた雰囲気で、壁は天井まで届く本棚となっており、グレンの机や椅子のほかに、会議でもできそうな大きなテーブルが置かれていた。白い無機質な仮面をつけた男は、やってきた国王に首をかしげた。

『何の用だ』

声の鋭さにビクリとしたヒルシュタッフの横で、アーネストが緊張したようすで答えた。

『即位式に出席してくれた礼と、宰相を務めるヒルシュタッフを紹介しにきた。グワバンで地方長官をしていた実務派だ』

『ヒルシュタッフと申します。王都で働くのは魔術学園を卒業して以来です』

『そうか』

仮面の男はうなずき、それきり師団長室に沈黙が流れた。それだけだった。


（そういえば目の前にいる青年は、レイメリアという女性と、グレンとのあいだに生まれたのだったか）

ふと思いだしてヒルシュタッフは口をひらいた。

「サルジアは死んだグレンよりも、彼が抱える者たちに関心を寄せていた。マグナスはヌーメリア・リコリスをほしがり、〝カラス〟という人物のことも話していた。ネリア・ネリスの情報も要求された」

「カラス？」

静かな部屋に落ちたつぶやきは、レオポルドのものだった。端正な顔立ちの青年からは、こうしていても強い魔力の波動を感じる。これに似た波動を仮面の男から感じて、冷や汗をかいたのはもう遠い昔だ。

「グレンのかわりに素材を調達する子飼いの者がいて、カラスの使い魔を持つことから、そう呼ばれると聞いた。グレンが死に、マグナスはその者がどうしているか気にしていた」

マグナスから聞いたときは半信半疑だったが、ふだんから無表情なレオポルドはともかく、ライアスまで顔色ひとつ変えない。だからヒルシュタッフは確信した。たかが宰相では知ることのできない、何かが研究棟にはある。

（〝カラス〟は本当にいるのだ。それをあの王子が……）

「ユーティリスに手を貸したのは〝カラス〟だろう。お前たちは後手にまわり、術は完成するところだった。マグナスは勝利を確信していた。それを命がけで防いだのはわが娘だ。第一王子にはしてやられた」

吐き捨てるようにヒルシュタッフは続ける。ここ数ヵ月の鬱屈した感情が噴きだした。痛みを感じるほど強く拳を握りしめれば、爪が手のひらに食いこんだ。いつもヒルシュタッフを頼っては、めんどうなことを丸投げしてきた国王の信頼には、しっかりと応えてきたつもりだ。

聡明と評されるあの王子が、宰相を警戒しだしたのはいつからか。やはりサルジア皇太子暗殺事件の後からだろうか。それよりもっと前……第二王子と自分の娘が親しくなるよう動いたのが、どこかで彼に伝わったのか。

「魔道具にしか関心がなさそうに見えて、用意周到に私やサルジアとの関係まで調べあげた。そうか〝カラス〟……マグナスでさえその力を認めていた、そやつが第一王子に力を貸したのだな」

「王太子は間違ったことはしていない。道を誤ったのはあなたのほうだ、ヒルシュタッフ。それに彼は姿を見せないだけで、成年王族としての務めはきちんと果たしていた」

銀の魔術師が淡々と告げれば、金の竜騎士もうなずく。ギリ……と奥歯をかみしめながら、ヒルシュタッフはふと、精霊の化身とも評される、涼やかで整った顔を歪ませたくなった。

「これ以上知りたければ、第一王子に聞け。グレンのことは〝カラス〟が知っている」

サルジアがほしがるものはすべてグレンの元にあった。あののんきな国王だってそれを知っていたにちがいない。最後にヒルシュタッフは精一杯の毒をこめて、銀の魔術師に言葉の矢を放った。

「シャングリラ魔術学園に留学してきたサルジアの皇太子は、グレンに……そしてそなたへの接触を試みた。あの皇太子はだから死んだ。サルジアへの裏切り行為とみなされたのだ！」

彼の期待どおり、黄昏色の瞳が驚きに見開かれた。

軟禁状態の孤独な暮らしが、ヒルシュタッフの精神に負担をかけていると判断し、レオポルドたちは王城のラロア医師に連絡してから竜騎士団に戻った。興奮した前宰相から、これ以上の情報は引きだせないだろう。

「生きものが飼えるよう申請してみよう。六年前の事件か……リコリス女史から詳細を聞けるだろうか。前宰相が口にした件、レオポルドは知っていたか？」

「いや……当時は私もまだ見習いだったから。私かグレンに接触するのは、皇太子でも難しかったろう」

ヌーメリアが書いた報告書や、毒物の分析結果については閲覧可能だが、当時は、〝赤の儀式〟に参加した皇太子を見かけたぐらいで、とくに言葉を交わした記憶もない。

「皇太子と親しかったユーティリスに話を聞くしかないか。それより研究棟の〝カラス〟はいつからいたと思う？」

王城全体の警備を担うライアスの問いに、レオポルドは眉をあげる。

「オドゥが研究棟に出入りするようになったのは十年前だろう？」

だが竜騎士団長は首を横に振った。

「そうではない。グレンが研究棟を与えられたのはもっと前だ。きちんとした記録はないが、ドラゴンたちは〝カラス〟をたびたび目撃している。竜騎士団では〝カラス〟の存在を、以前から認識していた」

レブラの秘術で得た情報では、カラスの使い魔を使役していたのはオドゥの父親だった。オドゥによく似てはいるが、野生動物に近い獰猛《どうもう》さを漂わせていた、より鋭い眼差しで精悍な顔つきの男。

「ではオドゥの父親も王都で〝カラス〟をしていたと？」

「おそらくグレン老とオドゥの父親は旧知の仲だ。あいつが研究棟への出入りを許されたのは、お前の紹介状だけが理由ではないだろう。ならばグレン老はイグネラーシェの存在と、滅亡についても知っていたことになる」

ライアスはきつく目をつむってため息をついた。憧れだった竜騎士、それを束ねる師団長の職についた誉れはあるが、同時に平和でない日常も見えてくる。戦わずして国を守るための努力は、その多くが人に知られることはない。

「……彼女を巻きこむことになるな」

レオポルドが漏らしたつぶやきを拾い、ライアスが彼をふり向いた。

「彼女をサルジアに行かせるよう、進言した俺を恨むか？」

「行くと言いだしたのは彼女だ。それを止める手立てはない」

彼女に〝ネリア・ネリス〟として生を与えてから、もうとっくに巻きこんでいるのだ。

「イグネラーシェの件、オドゥに真実を伝えるか?」

「あの眼鏡を調べるには伝えるしかない、と思っている」

ライアスの問いに、グッと眉間にシワをよせたレオポルドは、考えてから静かに返事をした。六年前に起きた事件の調書を持ってこさせる間に、レオポルドはヌーメリアとテルジオにそれぞれエンツを送った。

「リコリス女史はすでにローラ・ラーラの要請でタクラにむかっているらしい。テルジオが手配済みだそうだ」

エンツを終えたレオポルドがライアスに告げれば、調書から目をあげて彼がうなずく。

「ならば都合がいい。事件のあらましはこうだ、ユーティリスが魔術学園に入学したと同時期に、サルジア皇国から皇太子リーエンを留学生として迎えた。ふたりはすぐに打ち解けて仲もよかった」

調書によれば皇太子リーエンは、さらりとした黒髪と黒い瞳を持ち、レクサという名の従者とともに、寮でほかの生徒にまじって生活していた。

「ユーティリスが調べものを手伝ったり、課題をいっしょに取り組んだり……まぁ、俺たちと変わらないな」

「レクサという従者は毒味役でもあるのか。食べ残しをつつく皇太子など奇妙に見えたろうな」

食堂でレクサが毒味した後で食事をするリーエンは、食べ残しをつつくように見えたと調書には書いてあった。

状態異常を防ぐ魔法陣や解毒の魔法陣を使えば、あるていどの毒には対処できる。ドラゴンを頂点に抱くエクグラシアでは、だれかの身代わりで死んでもいい人間などいない。より血統を重んじるサルジアとちがい、貴人の毒味役はこの国には置かれなかった。ライアスが疑問を口にした。

「毒味役を置いていたにもかかわらず、毒殺されたのか?」

「レクサは途中で本国に返され、かわりにべつの人間が派遣されたとある。護衛も兼ねた成人の男で……」

調書をめくるレオポルドの手がとまった。古びたフォトだが見覚えのある顔だった。

「マグナス……いや、呪術師マグナゼか」

「ユーティリスはここでやつと面識があったのか。あいつらに聞くことが増えたな」

「陛下に報告したら、いったん研究棟に戻る。準備をしたらすぐ出発する」

レオポルドが報告を終えて居住区に戻れば、水色の髪と瞳のオートマタがすぐに姿を見せた。

「おかえりなさい、レオ」

「ソラ……彼女は無事か？」

問いかけにソラはこてりと首をかしげ、ギュッと拳をにぎり右腕をあげて曲げてみせる。

「こうして私は動けますし、契約が切れていないのですからご無事です」

ネリアがいつもやるしぐさを真似て、ソラはどうやら力こぶを作っているらしい。オートマタがやっても筋肉は盛りあがらないが、そのしぐさがレオポルドのほほを緩ませた。

居住区のリビングで、ソファーに足を投げだしてすわり、レオポルドはぼんやりと天井をみあげた。

（サルジアの皇太子は本当にグレンや私に接触しようとしたのか、調書では触れられていなかった……）

もし事実ならば皇太子にとっても命がけで、まわりには知られないよう細心の注意を払っただろう。

「ソラ、知りたいことがある」

「何でしょうか」

呼びかければソラがすっと近寄ってきて、レオポルドの顔を上からのぞきこんだ。

「研究棟に〝カラス〟が出入りするようになったのはいつからだ？」

「カラスですか、気づいたときにはおりました」

「気づいたときとは？」

レオポルドはまばたきをする以外、無表情なソラを見あげた。

「気づいたときです。コランテトラの木にはいろんな鳥がきます。実がなる時期は朝から騒がしく、梢に巣を作られそうになったことも一度や二度ではありません」

「…………」

どうやら聞きかたをまちがえたようだ。さらりとした銀の髪をかきあげて、レオポルドは質問を言い直した。

「オドゥ・イグネルが連れている使い魔の〝カラス〟は、いつから研究棟に出入りしている」

ソラがまばたきをすると、澄んだ水色の瞳がまつ毛に一瞬だけ隠れる。

「ルルゥはオドゥが連れてきました。よくオヤツをあげて研究棟の窓から飛ばしています。けれど以前は『ルルゥ』という名ではありませんでした」

レオポルドはさらに何年前かとたずねようとして、建国と同じくらいの歳月を生きている木精には、十年や二十年などたいした差ではないことに気づく。

「以前とは……グレンが研究棟に来たばかりのころか？」

「いいえ、グレンが研究棟にくるよりもずっと、ずっと前です」

その答えにレオポルドは目をみひらいて、勢いよくソファーから身を起こした。カラスの寿命は七～八年、長くても二十年ぐらいだ。魔力を与えることで、使い魔の能力を開花させたにしても長すぎる。

もしも〝カラス〟が、はるか以前から王都の空を飛んでいたとしたら。父から子へ引き継がれた使い魔、それがオドゥの父からオドゥへの、一代限りでないとしたら。レオポルドは心に浮かんだ疑問を口にした。

「あれはふつうのカラスではないのか？」

「あれは『ルルゥ』です。いまの私が『ソラ』なのと同様に」

「どういうことだ？」

使い魔にする動物は、魔力持ちの魔力への親和性が高いものが選ばれる。親和性が高いとはつまり、より精霊に近しい個体だということだ。主が名をつけることで、その性質が変化するのは〝精霊契約〟に似ている。

中庭のコランテトラから生まれた木精を、魂として封じたソラはネリアと契約したときに髪と瞳の色が変化した。ナイフさばきなどオートマタの機能は変わらないが、ネリアの求めに応じてほほえみ、お菓子作りまでするようになった。今のソラは、以前よりずっと家庭的だ。

「ルルゥも変化している、ということか。あれも精霊なのか？」

「ちがいますが、それに近いです。精霊はもともと実体を持ちません。われわれが実体を持てば、精霊としての記憶は失われていきます。それほどに体を持つことがもたらす、情報量は多いのです」

オドゥの肩に止まったり、ネリアの手からクッキーを食べたり、ルルゥには実体がある。

「精霊とて体を持てば重力につかまり、風が吹けば暑さ寒さを感じます。食事を摂《と》らねば体を維持できず、飢えやノドの渇きを覚えます。精霊の身には必要なかった情報が増え、記憶を上書きしていくのです」

「オドゥの『ルルゥ』が精霊だったとしても、その記憶は失われているということか」

ソラはこくりとうなずいて、窓から中庭のコランテトラを見た。

「そうなります。私にも木精としての記憶は芯にありますが、グレンやレオがいた日常、ネリア様のお世話をした時間が、また新たに〝ソラ〟としての私を作っていきます」

実体を持たない精霊はいつのまにか生まれ、また消えていく。もしも精霊が体を手にいれたならば、それは有限の命を持つ者ではないけれど、とてもヒトに近しいものとして存在する。

「グレン様から与えられたのは人形の体ですから、私は食事も必要とせず感覚もありません。記憶を失う速度はルルゥより遅くとも、いずれはただのオートマタと変わらなくなります。精霊はそうして世界に溶けていくのです」

ひんやりとした居住区で、ソラはささやくようにつぶやいた。目の前にいるオートマタをしばらく眺め、レオポルドは自分の右手を持ちあげる。光のかげんで色を変える黄昏色の瞳が、真剣な光を帯びた。

「ソラ、精霊の記憶は失われても、魔道具としての記憶はあるはずだ。師団長室を守ってきたオートマタには」

やがて銀の魔術師は決意すると、その指で複雑な形をした魔法陣を、立体的にソラのまわりに構築していった。

「いけません、レオ。〝レブラの秘術〟は術者を消耗させます。時の迷路に迷いこんだらレオとて無事では……」

「それほど昔ではない。グレンの死の真相、師団長室が閉じられたいきさつについて知りたい」

ソラの忠告にも耳を貸さず、レオポルドは魔法陣を操る手を止めなかった。とくに〝精霊契約〟は大量の魔素が動く。魔道具に魔素が流れた瞬間を追うのは、そんなに難しいことではない。

やがて複雑に編まれた魔法陣が光を放ち、レオポルドの意識はソラの中へ吸いこまれていった。

まばたきをすれば、居住区の一室でグレンはソラに背を向けて作業していた。額に噴きでる汗を拭い、息を切らして胸を押さえる姿は、どう見ても体調が悪そうだ。グレンは振り向いてオートマタを呼ぶ。

「こちらへこいエヴィ、〝じゃくじぃ〟の操作を教えてやる」

「はい、グレン様」

作ったばかりのじゃくじぃの操作をひと通り教えてから、グレンは師団長室に戻った。どっかりと椅子に腰をおろし、目をつむって深く息を吐いて呼吸を整えると、あとからついてきたオートマタに、グレンは話しかける。

「……これでネリアを迎える準備はだいたい整ったな」

長いこと使われていなかった客用の寝室も、クロスやカーテンをとりかえて、新しいベッドをいれた。これで次は〝竜王神事〟までに、王都へやってくればよいだろう。

「あとはネリアを迎えにデーダスへ戻るだけじゃな。あの娘が喜びそうな菓子でも買って帰るか……」

「グレン様」

老人のひとり言にかぶせるように、オートマタが彼に呼びかける。グレンは閉じていたミストグレーの目を開き、血のような赤い瞳でじっと彼を見つめる、白髪のエヴェリグレテリエを見返した。

「なんじゃ、エヴィ」

「〝血の約定〟に基づきお知らせ致しますが……私との〝精霊契約〟はグレン様の死によって解除され、私はこの体から解き放たれます。そのときはもう間もなくかと思われます」

師団長室の守護精霊が言いだした内容に、グレンは眉をひそめた。

「そうだったな……ついに死相でもあらわれたか。『そのときが近い』、そう言いたいのか？」

何年ぶりかで会った息子の姿を、そのまま写しとったオートマタは、まばたきをして淡々と彼に告げる。

「……はい。次の〝竜王神事〟までには訪れるかと」

グレンは自分の胸に、シワだらけの手を置いた。今は規則正しく聴こえる拍動の中に、微妙な狂いがあるのは錬金術師の指でも感じられた。心臓の魔石化は徐々に進行しており、天才と言われた男にも、どうしようもなかった。

「わしの見立て通りじゃな。もう少しネリアを見ていてやりたかったが……後のことは他の者たちに託すしかないか。どうかこの世界が、彼女にとって優しいものであってくれるといいが」

祈るような気持ちでつぶやいて、グレンはふと思いついた。

「エヴィ、〝精霊契約〟に追加を頼みたい。あの娘はこの世界についてまったく知らぬ。わしがいなくなったあとは、ネリア・ネリスにこの契約を引き継ぎ、この居住区で面倒を見てやってほしい」

「…………」

エヴェリグレテリエが返事をしないので、グレンはもういちど念を押した。

「エヴィ、〝精霊契約〟に追加を。できるだろう？」

けれどこれまで主の命令に忠実だった、師団長室の守護精霊は静かに首を横に振る。

「可能ですが〝精霊契約〟には対価が必要です。それを行えばグレン様は、ネリア様にお会いできなくなります」

グレンは目をみはった。体がつらいという自覚も、近いうちに終わりがくるという予感もあった。だが今生きて動いている体の終焉《しゅうえん》を、そこまではっきりと意識したことはなかった。

「そうか、それほどか……」

きつく目をつむると、グレンは再び深く椅子の背にもたれた。黄緑色の瞳をキラキラと輝かせた、娘の元気な笑顔が脳裏をよぎる。ふわふわと風に踊る赤茶色の髪と、ときおり見せる繊細で寂しそうなその横顔も。

もうグレンの寿命が長くないということも、彼が死んだらどうするかということも、すでに言い含めてある。彼女はその大きな目に涙を溜めて話を聞いていたが、結局その涙をこぼすことはなかった。

「あの娘ならわしがいなくても、きっと自分でなんとかするだろう。『わたしなりにこの世界でがんばるよ！』と言い切っておった。強い娘だ」

娘を召喚したのはオドゥとグレンだが、瀕死の状態で異界へ渡ることができたのは、彼女の生きようという意思、命の輝きそのものの力だ。その輝きに魅せられて手を貸すことを決めたとたん、止まっていた時が動きだした。

今にも好奇心で飛びだして行きそうなあの娘を、これ以上デーダス荒野に留めておくことはできないだろう。すべての運命の歯車が再び回りはじめる。


――時がきたのだ。

「ネリア……お前を幸せにしてやりたかったが、それをやるのはどうやら私ではないようだ。すまんな……『王都に連れて行く』という約束は守れそうにない」

グレンはつぶやき、目をゆっくり開くと、大きく息を吐き立ちあがった。息子の少年時代と同じ顔をしたオートマタが彼を見あげる。当時は胸ぐらいまでだった息子の背丈は、もうとっくに彼を追い越している。

ふと笑みがこぼれ、グレンは手を伸ばして遠い昔にそうしたように、オートマタの頭をくしゃりとなでた。

「ネリアよ……思うがままに生きろ。そして運命の歯車をおのれの手で回せ。あのとき『生きたい』と願ったように。その命の輝きに魅せられた者が、きっとお前に手を貸すだろう」

老人の細い体からすさまじい魔力がふくれあがり、彼の紡ぐ言葉が〝言霊〟となって精霊言語に変換される。

「我が命の最後の灯を対価に差しだそう。エヴィ、〝精霊契約〟だ。ネリア・ネリスに仕えよ」

グレンの言葉に呼応するようにエヴェリグレテリエから、精霊語による魔法陣が部屋全体に拡がった。差しだされたオートマタの小さな手に、グレンは自分の節ばった、シワだらけでカサついた手を重ねた。

宙をにらむミストグレーの瞳が爛々《らんらん》と輝き、ボサボサだった銀の髪は光を帯びて逆立ち、その身体から放たれた大量の魔素が、術式の線に吸いこまれて走りだす。血液が水晶のように固まり、心臓の魔石化がいっきに進行する。

人間には解読不能な魔法陣がひと際輝き、まわりだすと同時に命の詩が流れはじめる。

生と死の狭間でのみ、聴くことができるという精霊の詩。それは祝福しているようでもあり、悲しんでいるようでもあり、静かなのに騒めいているような不思議な音で。グレンは束の間、その音色に聴きいった。

（あの娘も異界渡りのときは、これを聴いたのだろうか）

「ネリア……異界からやってきたお前の命は、これからどこへ行く。この星に束の間いて、また去って行くのか？」

すべての命は星から生まれ、そして星へ還ってゆく。

「『誰でもない』などと、変な名前をつけてしまって悪い事をした。ちゃんとした名をつけてやればよかった」

グレンはそこで、エヴェリグレテリエに目を向けた。あんなによく笑っていた子どもは、にこりともしない硬質な美貌の持ち主になった。力なく笑い、老人は遠くを見つめた。

「魔石はわが息子へ……詫びのかわりだ。あいつには結局何もしてやれなかった」

疎遠になった息子に、杖を作ってやると言ってもきっと断られる……そう思っているうちに時が過ぎてしまった。

「わしのかわりにネリアが杖を作ってくれればいいが……」

だがそんな些細《ささい》な気がかりも、体の奥底から湧きでる深い歓びに押し流される。老人の口から最後に漏れた名前は、彼にとっては長すぎた人生の中で、束の間いっしょに過ごした女性の名だった。そう、ともに生きた時間はほんの少し……それなのにそのわずかな瞬間は、なんと輝いていたことだろう。

「……レイメリア、ようやく君に会える」

もう手足の感覚はなくなって、ただ気力だけで彼は立っていた。長年過ごした師団長室、そこで錬金術師団長として最期を迎える。

「死に方を選べるとしたら、これはまずまずのものじゃないか？」

祖国を捨てた自分の魂が、死して精霊になるとは思えない。それよりは〝大地の精霊〟が選んだように大地に還り、地を覆うネリモラの花となって咲き誇りたい。

最後の言葉は音にならず、ヒュウヒュウとしたかすれ声で、それでも精霊の耳はきちんと言語として拾っていた。人前では決して仮面をとらず、孤高で知られた錬金術師。グレンは満足そうに笑っていた。


――レイメリア。私はなかなか、いい仕事をしただろう？


老人の命の火が消えると同時に、消失の魔法陣が発動した。わずかに残った魔素が魔石へ集まり、体の崩壊がはじまる。オートマタのエヴェリグレテリエは、まばたきもせず赤い瞳でそれを見ていた。

……数刻のち、静かになった師団長室で、あとに残されたのは魔石がただひとつ。

白い髪に赤い瞳のオートマタはうつむき、両手に魔石を大切そうに捧げ持ち、その青みがかった鈍い銀色の光沢に向かって、ささやくように話しかける。赤い瞳が濡れたように光った。

「お約束致します、我が主にして我が友……グレン・ディアレス。このエヴェリグレテリエはネリア・ネリスと〝血の約定〟を行い、〝精霊契約〟を引き継ぐことを。そしてあなたの魔石はレオに……」

塔に転移したエヴェリグレテリエは驚くレオポルドに魔石を渡し、研究棟に戻るとそのまま師団長室を閉じた。

次に大きな魔素の流れが起きたのは、新たな主があらわれたときだ。

師団長室で動きを止めていた人形は、研究棟全体を覆う防壁の発動にまばたきをした。すぐに研究棟全体が、まぶしいほどの炎に包まれる。しばらくしておびえるヌーメリアを励ましながら、仮面をつけた娘が入ってくる。

――〝ネリア・ネリス〟。エヴェリグレテリエは滑るように動き、彼女もオートマタを見つけた。

なめとった血の味は、人形だからまったくわからなかった。契約とともに流れこんでくる彼女の魔力は、命の輝きそのもののようにまばゆく、空虚な体を満たしていく。オートマタに封じられた精霊が、契約により新たな名を得た瞬間、世界がまったく違う輝きを帯びた。力を失った彼女の体を、ソラはがしりと支えて抱きあげる。

（これが彼女の魔力……）

レオポルドの意識は浮上しかかったところで、ふたたびグイと強い力に引っ張られた。魔道具の記憶をたどれるのは、魔素が動いた瞬間だけ。記憶を探った帰り道で一瞬だけ、彼はその光景にひっかかった。

「ごめん……ごめんね、グレン」

彼女はレオポルドと同じように〝レブラの秘術〟を使い、ソラを通してグレンの最期を見ていた。魔法陣が崩れて形を失うと、ソラを抱きしめて震える声でつぶやき、大粒の涙をポロポロとこぼしていた。

「わたしにソラを残さなければ、あなたは生きていられたのに。レオポルドと話す時間だって……」

――ちがう！

叫ぼうとしたレオポルドの意識が急速に浮上する。けれどまだ記憶に捕まったままで、何もできないのに彼女の涙がソラの服を濡らしていく。しっかりと抱きしめられているのに、オートマタの体はぬくもりを感じない。

「グレン……わたしには荷が重すぎるよ。あなたの想いを彼に伝えるにはどうすればいいの？」

泣きじゃくりながら、彼女はグレンの名を呼び続けて、彼に向かってわびていた。

「ごめんね、グレン。あなたにもらった命のかわりに、私がかならず彼の杖を作るから……かならず作るから……」

ぎゅうぎゅうと抱きしめてくる娘の体を抱き返そうとして、レオポルドのいた世界がぐらりと反転する。まばたきをすれば体に感覚が戻り、ソファーの弾力や部屋の暖かさが感じられた。

頭を動かすと目の奥に閃光が走り、ガンとした痛みが起きる。光を失った術式が崩れ、魔法陣の残滓《ざんし》がはらはらと、レオポルドのまわりに砂のようにこぼれ落ちた。

「ぐ……」

「レオ……戻りましたか？」

額を押さえて顔をしかめていると、澄んだ水色の瞳が彼をのぞきこんできた。

「私はどれぐらい、こうしていた」

「それほど時間はたっていません。ライアスからエンツが来ました。水と魔力ポーションをお持ちします」

「ああ」

ソラは静かに部屋をでていった。居住区に戻ったまま連絡がとだえて、いまごろはライアスも心配しているだろう。けれど声がかすれて、ヒリヒリしたノドからは、言葉を絞りだすのもつらい。

（魔力の扱いにはてこずるくせに、〝レブラの秘術〟のような複雑な陣形も、覚えてしまえば一瞬か……）

万能のようで不完全な娘は、レブラの秘術でグレンの最期を知った。あの男が正確に自分の死期を悟り、ひと月ほどの命を対価として差しだしたことにも驚かされた。

それなりに時を生きた老錬金術師にとっては、惜しくない命だったろうが、彼女にしてみれば衝撃だったろう。ただの素材、実験材料として召喚した娘に、あれほど心を砕いていたとは。

「だから杖を作ろうと、あれほどまでに必死になるのか……」

ソファーに力なくもたれたレオポルドは、シンプルな金属製の杖をとりだした。母の魔石とともにモリア山からもたらされ、アルバーン公爵に引きとられる子どもに、グレンの手により渡されたもの。使いこまれた杖はよく見ればキズだらけで、核のペリドットには無数の細かいヒビがあり、魔道具としての限界はとっくにきていた。

「…………」

これが壊れたら広域魔法陣の構築はやりにくくなる。本当なら母と同じように、杖を作ってほしいと彼から頼むべきなのだ。心は最初からあるのだから。いまのレオポルドは杖を手にした母の喜びも、これにこめられた父の想いも、彼女がそれを見たがっていることも承知している。それでも。

「この杖には母の絶命した瞬間が刻まれている。だからきみには見せたくないのだ……」

銀の魔術師は手にした杖のペリドットをにらみつけるようにして、ひとり苦々しげにつぶやいた。

出発

呼吸を整えて魔力の調律を済ませ、レオポルドは急ぎ竜舎へ向かった。アガテリスとミストレイはタクラ行きの準備をとっくに終えて訓練場で待機していた。

「すまない、待たせた」

ライアスのほかに紺色のローブを着たふたり連れがいて、第二王子とその婚約者メレッタ・カーターを、レオポルドはけげんそうに眺めた。

「アルバーン師団長、お待ちしてました！」

元気よく手をふるメレッタにうなずき、ライアスを見れば彼は軽く肩をすくめた。

「まずはふたりから話を聞いてやってくれ」

「何の用だ」

塔の魔術師ならばひるむぐらいの不機嫌さで問いかければ、ふたりは顔を見合わせる。カディアンがギュッと拳を握りしめて、レオポルドのほうを向いた。

「あのっ、ロビンス先生から兄上とオドゥ先輩、それから師団長たちへメッセージを預かっています。本人に直接渡すようにと頼まれました」

「見せてみろ」

カディアンは師団長たち宛のものだけを彼に渡し、それを受けとったレオポルドは封蝋の魔法陣に目を留めた。

「〝受取人指定〟か……さすがはロビンス教諭、みごとな魔法陣だがいったい何のために？」

ライアスも難しい顔で封筒を眺めている。

「師団長たちあてとなると、ネリアもそろっていなければ開封できまい。どうするレオポルド？」

「直接渡すということは、このふたりも連れていくのか？」

さすがにレオポルドは眉をひそめて、学園生のふたりを見た。即答せず決めかねたが、本心では連れていきたくない。

「そういうことになる。メッセージを運ぶならカディアンだけでもいいと思うが、メレッタ嬢まで連れていくのか？」

ライアスに渋い表情をされて、メレッタの顔色が悪くなり、青ざめて唇をふるわせる。

「わ、私は……」

タクラに行きたいといいだしたのは彼女だから、ひとりだけドラゴンに乗せられても意味がない。カディアンはようやくオーランドの意図を理解した。師団長たちと渡りあうこと、これも彼がだした課題なのだ。

（ネリアさん、よく平気でこのふたりとやり取りできるな。俺だったらビビりまくる！）

そして今もビビりまくっていた。けれどいつも元気なメレッタまで、気圧されたようにしゃべれなくなっているから、ここはカディアンががんばるしかない。

「あ、あのっ。俺はイグネルさんから『死者の蘇生について研究している』と聞いたことがあります」

師団長たちのまとう雰囲気がガラリと変わり、レオポルドからは無言で冷気が、いつも温厚なライアスからも殺気のようなものを放たれて、カディアンは心の中ですくみあがった。

（ひいいいぃ！）

「……それで？」

レオポルドは威圧を放ちながら、カディアンに先をうながした。無表情だけにムチャクチャ怖い。

（にらみつけてる。魔術師団長がにらみつけてるよおぉ！）

国王のアーネストでさえ、レオポルドににらまれたらビビるのだ。成人していないカディアンなぞ、もう気絶しそうだけれど、メレッタのいる前だから必死に足を踏んばって持ちこたえた。

「俺、最初イグネルさんに弟子入りを希望して断られたんです。『王族が研究するような分野じゃない』と。そのとき『きみには何を犠牲にしてもよみがえらせたい〝死者〟はいるのか？』と言われました」

「死者だと……レオポルド、そうするとオドゥがよみがえらせたいのは」

「家族、ということになるな」

ライアスとてオドゥの不自然は気になっていた。ネリアに対する過保護さや錬金術師団でのふるまい、そして使い魔のルルゥ……。

「デーダスの工房にも何か形跡があったのか？　それに彼女はどう関わっている」

「彼女との約束がある」

それだけ言って口を閉ざしたレオポルドに、ライアスは眉をひそめて息を吐いた。

「ああ、そうだろう。俺はお前を信頼してまかせた。それでカディアン、メッセージにはユーリや、オドゥあてのものもあるようだが」

「はいっ、ええとロビンス先生は個人的に、兄上やオドゥ先輩に宿題をだされていたらしく、それについての確認だそうです」

竜騎士団長に呼びかけられて、カディアンは直立不動でビシッと気をつけの姿勢をとる。これは職業体験での刷りこみだ。ドラゴンたちにとって竜王は絶対であり、それを駆る団長にも敬意をもって接しなければならない。

「宿題？」

「そう言えばわかると」

カディアンにもさっぱりわからないから、言われたとおり伝えるしかない。ライアスは腕組みをして考えこんだ。

「ふむ。ロビンス先生なら魔法陣に関することだと思うが、レオポルドお前の考えはどうだ」

聞かれたレオポルドも忙しく頭を働かせる。メッセージを寄越したのがロビンス先生だというのが気にかかった。穏やかな教師だが、学問では妥協しない厳しい一面もある。

「きみたちは彼とどんな話したのだ」

「俺はサルジアの〝隠し魔法陣〟についてたずねました」

「〝隠し魔法陣〟だと？」

驚いたように目を見ひらくレオポルドに、カディアンはうなずいて続ける。

「はい。ネリス師団長が師団長会議で『杖を完成させるためにサルジアに行く』と発言されていましたよね。みんなプロポーズに気をとられていたけど、俺はどうしてわざわざサルジアに行くのか不思議で。するとオーランドが〝隠し魔法陣〟という技術があると教えてくれて。それについてたずねました」

「……ロビンス教諭はほかに何か？」

「〝隠し魔法陣〟を使った魔道具は古いものほど貴重で、精霊の力を行使するアーティファクトだと。それを魔道具に刻むには、特殊な道具が必要だと教えてもらいました。あと……」

カディアンはいったん口をつぐみ、それから思いきって顔をあげて、レオポルドを真正面から見据える。

「あの、俺はメレッタをタクラに行かせたくて。それを相談したらロビンス先生から『魔術師団長に伝えるように』と言われたことがあって。だからこれを伝えたら、僕たちをドラゴンに乗せると約束してください！」

「…………」

無言のまま答えないレオポルドを見て、ライアスは大きく息を吐くと腕組みを解き、カディアンたちに向きなおって注意した。

「レオポルド、聞いてみたらどうだ。それとカディアン、きみたちをドラゴンに乗せるか判断するのは、竜騎士団長であるこの俺だ。魔術師団長ではない」

「あっ、はい。すみません……」

言われてみればそのとおりで、カディアンは小さくなってライアスの顔色をうかがう。竜騎士団長はさっきから冷静で、怒っているわけでも困っているわけでもないようだ。レオポルドのほうがよほど、無口で無表情のわりに感情がわかりやすい。

「では言ってみろ。私から竜騎士団長に口添えはしてやる」

「ええと〝隠し魔法陣〟を作るための特殊な道具についてです。おそらくグレン老はそれを持っていて、研究棟になければデーダスに置いてあるだろう……と。それを魔術師団長に伝えるようにと」

カディアンがあせりながらモゴモゴと伝えても、レオポルドからの反応はなく、待ちくたびれたミストレイの鼻息だけが聞こえる。

（やっぱダメだったかなぁ）

自信を失くしたカディアンがチラリとメレッタを見れば、彼女は寒さとレオポルドからの威圧で震えていて、唇は色が変わりはじめている。気づかなかったなんて婚約者失格だ……そう思って、あわてて声をかけた。

「メレッタ、だいじょうぶか？」

「ごめんなさい、カディアン。私のせいだわ」

ふるふるとかぶりを振り、メレッタは歯を食いしばって一歩前にでる。

「ごめんなさい、私のせいなんです。元はといえばアルバーン公爵とサリナ先輩がタクラに向かうと聞いて、私も『行ってみたい』と言ってしまったの。そうしたらオーランドさんから『ドラゴンに乗れば可能』と教えられて、何とか乗せてもらえないかと、ロビンス先生の知恵を借りにいったんです」

ライアスが感心したようすでうなずき、表情をやわらげる。

「……だそうだぞレオポルド。正直なところは好感が持てるな。兄さんの入れ知恵であればしかたあるまい」

「ロビンス教諭までそれに手を貸すとは……だが貴重な助言、感謝する。それならオドゥが工房に入ろうとしたのもうなずける。グレンは彼女があらわれなければ、きっとあいつに工房を譲るつもりだった」

レオポルドは顔をしかめてつぶやくと、ふぞろいな銀の髪をかきあげた。

「おそらく彼女の出現はふたりにとっても予想外で、それに対する対応がふたりの道をわけたのだろう」

カディアンはもう話そっちのけで、具合が悪そうなメレッタにかかりきりだ。何か話しかけては、心配そうに顔をのぞきこんでいる。そのほほえましいようすに、ライアスはふっと笑った。

「ずいぶんと頼もしい錬金術師の卵たちだな」

「ああ。オドゥやユーリもうかうかしてはいられまい」

ユーリを連れてネリアが自分から魔術学園に出向き、職業体験に学園生たちを勧誘していたのは、ライアスも竜騎士レインから聞かされて知っている。それがなければこのふたりは、錬金術師など目指さなかっただろう。

ネリアという風が吹き、それに巻きこまれた者たちの運命がどんどん変わっていく、それもいい方向に。今では彼女がいなかったとき、自分たちがどんなふうに生きていたかも思いだせない。彼女は世界の色を変えたのだ。

（それもミストレイに伝える役割が、俺にはあるということか）

「暴風雨であるヴィーガの中心は静かで風もなく、ただ青空が広がっている。あえて嵐に飛びこんでみるか？」

ニヤリと笑ってライアスが感覚共有を発動させれば、竜王も金色の瞳で興味深げに人間たちを見おろしている。

ひとびとは賞賛しながらドラゴンを眺めるが、逆に自分たちもドラゴンから観察されているとはあまり知らない。

「それって……」

ハッとして振りかえったカディアンに、竜騎士団長がうなずいた。多少の手助けがあったとはいえ、ふたりが自分たちで考えて行動した結果だ。

「きみたちがもたらした情報は貴重だ。ユーリやオドゥ、錬金術師団のこともよく知っていて、われわれとは違う観点から物事が見られる。それに連れて行くのは、たいした手間じゃない」

「本当に……本当に私たちをタクラまで、乗せていってくれるんですか？」

信じられないという顔をして、メレッタはライアスとミストレイを交互に見た。最後にレオポルドを見れば、無表情な顔が優しく見えて、メレッタは目をこするかわりにまばたきをした。

「ああ。さっきも言ったが感謝している」

「ありがとうございます！」

メレッタは飛び跳ねるようにして、うれしさのあまりカディアンに抱きつき、紺色のローブが揺れた。

「カディアン、あなたのおかげよ。ありがとう！」

「え、ちょっとメレッタ……俺はたいしたことしてないよ。ふたりだからできたんだ」

カディアンは面食らいつつも、彼女の体をぎゅっと抱きかえすのは忘れない。ローブ越しに伝わる温もりを味わうまもなく、パッと離れたメレッタはもうケロッとして、蒼竜を見あげてライアスに話しかけている。

「あ、私ミストレイでお願いします。カディアンはアガテリスね」

「えっ」

タクラまでいっしょに乗っていくものだと、カディアンは勝手に思っていた。メレッタは心配そうにレオポルドをちらりと見る。

「だってドラゴンに乗るときって、わりと密着するんでしょ。魔術師団長にくっついて乗ったら、ネリス師団長に怒られちゃうもの」

本心はレオポルドとだと話題に困ると、メレッタが思ったからだが、カディアンにしてみればライアスならいいという問題でもない。というかキラキラしてカッコいい竜騎士団長と、彼女をふたりきりにはしたくない。

「あ、じゃあ俺もミストレイに……」

「すまないが、スピード重視でいくから、三人乗りは勘弁してくれ」

竜王は平気でも、ライアスの気が散ると思われた。あっさり竜騎士団長に却下され、カディアンが救いを求めてレオポルドを見れば、彼のほうは氷のような冷気を漂わせている。

「私とて別に乗せたくはない」

（無表情なのに、すごくイヤそうなのが伝わってくるって、どういうことだよ！）

ひとにらみされただけで、カディアンはピキリと凍りついた。ライアスが竜騎士たちに指示をだしながら、メレッタを振りむく。

「カディアンの父君は異を唱えないだろうが、メレッタ嬢はカーター副団長の許可を得てくれ」

「あ、それがあったわ……」

またもやメレッタは軽く絶望しかかった。外泊は認めてもらえないだろうけど、今ここで父と口論する気力はない。そのとき訓練場のすみから、重々しい咳払いが聞こえてきた。

「許可しよう」

「お父さん⁉」

見るとカーター副団長が、心配そうな顔のアナを支えて立っていた。ついでにミストレイとアガテリスも、ぐりんと首を彼に向けた。竜舎に来るたびに鱗を拾っていく彼は、ドラゴンたちに鱗マニアと思われている。

「ネリス師団長を見ていれば、おとなしくしろと言ってもムダだろう。港湾都市タクラの見学は、魔道具の勉強にもなる。急ぎ出立するだろうから、アナにも知らせたぞ」

「はい、メレッタ。きちんとお行儀よくしてしてね。殿下と行動するのだから、身だしなみには気をつけるのよ」

アナが差しだした旅行鞄を受けとり、メレッタはたまらず泣きそうになった。

「ありがとうお父さん。ごめんねお母さん……」

「気をつけて。ただの見送りでしょうけど、無事に帰ってくるのよ」

カーター副団長はカディアンにつめ寄り、締めあげる勢いで念を押した。

「いいか、くれぐれもメレッタの安全に注意を払えよ。タクラには不穏な輩も出没すると聞くからな」

「きっ、気をつけます」

カディアンはグッと顔をひきしめた。メレッタをドラゴンに乗せて終わりではないのだ。それからすぐミストレイとアガテリスは、準備を終えたふたりと師団長たちを乗せて、王都シャングリラを出発した。

ニーナとの打ち合わせ

タクラに向かう魔導列車のコンパートメントは、ニーナの登場でにぎやかになった。採寸を終えたあとはデザイン画を広げ、わたしの意見を聞きながらドレスの方向性を決めるらしい。

……といってもニーナがペンでシャシャッと描いたデザイン帳だけでは、どんなドレスなのか想像もつかない。

「ニーナさん、ドレスを何着作るつもりですか?」

レオポルドが依頼したってことは、全部彼のお財布からでるのだろうか。わたしがビクビクしながら質問すると、ニーナは自分のペンを、ペシペシとほほに当てながら、うーん、とうなる。

「六着……と言いたいとこだけど時間がないからムリね。まず昼用と夜用、これは持ってきた在庫を手直しするわ。あとは数ヵ月かけて製作するつもり。タクラに着くまでに型紙を起こして、ミーナに布の買いつけを頼むわ。今はタクラにあるオドゥ先輩の工房を、私向けに改造してくれているって」

「そこにユーリたちもいるんですね」

オドゥの工房をそんなことに使う発想がなかったから、聞かされたときはわたしも驚いた。

「港を一望できる大きな窓もあるのですって。ミーナいわく『理想的』らしいけど、ちゃんと確認しないとね」

「……ちょっと安心しました」

「安心？」

「オドゥが自分の工房を持つってことは、研究棟で働かなくても、彼なら錬金術師として独り立ちできますよね」

もしも彼がきちんとした地位や身分を与えられていれば、錬金術師団長にだってなれたと思う。ライアスやレオポルドといっしょに、錬金術師たちを率いてエクグラシアを支えて……。

そんなことを考えてたら、わたしはぷにゅっとニーナにほっぺをつままれた。

「ふひゃ⁉」

「そうね、自分の工房を持てば、気構えも変わってくるわね。けどネリィ、ドレスのことも考えてちょうだい」

そのままニーナはわたしのほっぺを、ぷにゅぷにゅともてあそぶ。

「か、考えてまひゅ。ひょれもひれーれす！」

「そのわりにはすぐ、ほかのこと考えてるみたいだけど」

ふう、とため息をついて、ニーナはわたしのほっぺから指を離した。

「ねぇネリィ、ちょっと休憩しない？」

「でものんびりしている余裕なんてないんじゃ……」

ニーナはテルジオにエンツを送ってコーヒーを頼むと、さっさとデザイン帳を片づけて机に頬杖をついた。魔導列車は高速で砂漠を走り続ける。この景色が草原に変わったら、じきにタクラが見えてくるという。

「私のドレスってやっぱり物語があるの。だからネリィの話をちゃんと聞きたいわ」

「わたしの話？」

左耳の脇に垂らした髪をくるんと指でいじって、ニーナは若草色の瞳をいたずらっぽく輝かせた。

「ネリィと会ってなかったの、ここひと月ほどだけど。すごくキレイになったの、自分で気づいてる？」

「そ、それを言ったら新婚のニーナさんだって、そうじゃないですか！」

もともとニーナはデザイナーらしく、洗練されたスタイルの美人さんだけれど、結婚して雰囲気がぐっとやわらかくなった。夫となったディンと目を合わせ、笑い合っているところは、見ているこちらまで幸せになる。

「まぁね。大変なのはこれからだけど、ディンのことをあきらめなくていいって思えたの」

「ニーナさん、すごいです」

くすぐったそうに照れて、ニーナは笑う。

「私にはミーナがいてくれたから。それにネリィと出会えたからよ。私の作った服を楽しんで着てくれて、本当に勇気が湧いたわ。店を成功させて工房を持てたのが自信になったし」

コンコンとドアがノックされて、コーヒーを運んできたテルジオが顔をのぞかせた。

「お疲れさまです。昼食はこちらに運ばせますか？」

「そうしてくださると助かるわ」

「かしこまりました、すぐお持ちしますね」

すぐに引っこもうとしたテルジオを、わたしは呼びとめた。

「あ、テルジオさん。魔女の風習が載っている本とかある？」

「魔女の風習ですか？」

「うん。レオポルドは魔術師団長だから、そういうのにも詳しいけれど、わたしはさっぱりだから」

サルジアには前魔術師団長のローラ・ラーラが同行するという。貴族女性の習慣だけでなく、魔女たちのしきたりなんかも知っておきたいと思ったのだ。

「ああ、なるほど。探してみますね」

「お願い！」

しばらくして運ばれてきた昼食は目的地タクラを意識した海鮮料理で、お酒ではなく果汁水が添えてある。さっぱりしたソースがかかったゼリー寄せにカラフルな花が散り、口にふくむと溶けたゼリーから濃厚なうま味が広がる。

「おいしっ」

「ん～、魔導列車でタクラ料理が味わえるなんてね」

ニーナといっしょの昼食は、遠慮なく大口あけてモリモリ食べる。蒸し野菜とドレッシングで合えたエビのサラダは、プリプリとした弾力がありかむと甘い。出汁の効いた温かいスープはダルシュというらしい。

「で、どうなの魔術師団長様は。いっしょに暮らしてるんだっけ？」

イタズラっぽい眼差しのニーナにいきなり聞かれて、わたしはパンがグッとノドに詰まりそうになった。

「あの、それなんですけど、まだ距離感がつかめないっていうか」

「そうよねぇ、いきなりじゃ気を使いそうよね」

「帰ってくると彼は、リビングのソファーでくつろぐんですけど。わたしを抱っこしてお茶を飲むし、おやつや食事は『あーん』って食べさせてくるし……もう、どうしたらいいのかわからなくて」

「は？」

ぽかんと口をあけて固まったニーナに、わたしは困っていることを一生懸命説明する。

「それに抱きしめかたも温もりを確かめるような感じで、お互いの鼓動に耳を澄ませるような不思議な感覚があって。安心して寝ちゃったらベッドに運んでくれて……いや、それもどうかと思うんですけど」

「まさかネリィ、それで朝まで爆睡してるんじゃないでしょうね」

ニーナにジリッとつめ寄られて、わたしの目が泳いだ。わざと寝付かせているのではと思うほど、スコンと眠りに落ちて目が覚めない。

「ええと毎晩ぐっすり眠ってます。寝室のドアにはもともとカギがなくて……彼はちゃんと紳士ですよ」

無理強いはしないという言葉どおり、レオポルドは必要以上に甘くならず、同居人として接してくれている。あわただしい生活で忙しくても、ふたりの時間がとれるとホッとするようになったのはつい最近だ。

「だって『冷徹な貴公子』とか『手が届かない月の君』とか、さんざん言われていたあの魔術師団長がそこまで甘いなんて。ネリィったら、どんな魔法を使ったのよ」

「いえ、魔法を使うのは主に彼のほうですけど……それに魔法陣の小テストもあるし、甘いばかりでもなくて。魔術訓練場では、けっこうしごかれてます」

やっぱり時間に余裕がないから居住区での暮らしは、デーダスで過ごした休暇とはちょっと違っているし、居住区にレオポルドがいるのが、まだ不思議な気がする。

「へぇ……」

「そうだ。ピアスのお返しって何がいいと思いますか？」

ニーナなら貴族の婚約事情にだって明るいはず。いいアドバイスを期待して、わたしは彼女の返事を待った。

「そうね、悩むわよね。相手のことを考えた贈りものなら、何でもいいとは思うけど……」

「下処理済みですぐ調整に使える、薬草セットとかどうでしょう」

それなら腕によりをかけて準備できると思う。けれどニーナの目がつり上がった。

「ネリィ、それマジで言ってる？」

「それがダメなら、わたしもオドゥに頼んで眼鏡を作ってもらおうかなぁ……」

ふたりで目立たず眼鏡っ子デートとかも、おもしろいんじゃないだろうか。それならどこに行っても注目されないはず。けれどその案にもニーナは、ため息をついて首を横に振った。

「うーん、魔術師団長なら稀少な魔道具を喜ぶかもしれないけど。ふつうはこういうお返しって、自分で作るとしたら刺繍を刺したり、ペンや護符みたいにふだん身につけたり、使う物を贈ったりするのよ」

「刺繍なんてしたことないし、自分で討伐した煉獄鳥の魔石を護符にする人に、どんな護符を贈れと……」

そう、たかが刺繍だなどと軽く考えてはいけないのだ。ニーナやアイリが作るものもキレイだけど、貴婦人たちだって負けてはいない。王城でたまにやる作品展では、数ヵ月どころか数年がかりの大作だって並ぶ。すばらし過ぎて逆に怖い。ニーナはくすくすと笑い、デザートにフォークを刺す。

「ネリィらしいものがいいわよね。まぁタクラなら貿易で入ってきた珍しい品も多いし、着いてからゆっくり選んでもいいんじゃないかしら」

「それで相談なんですけど、タクラへ早めに着きたいなって。ユーリたちがいるオドゥの工房も見に行きたいし、今夜にもライガで出発しようかと思うんです」

「ミーナに聞けば工房の場所はわかると思うけど……こっそりってこと？」

「そうですね……」

ニーナは紅茶をひと口飲み、それから首をかしげた。デザートのテルベリーとピュラルを使ったケーキは、甘味と酸味のバランスがちょうどいい。

「私は何をすればいいのかしら。時間稼ぎ？」

「や、ニーナさんにまで迷惑をかけるわけには……」

「相談されている時点で共犯でしょうよ。何か事情でもあるわけ？」

「事情というか……レオポルドはすごく優しいし、まわりの人たちも親切にしてくれますけど、何かむずがゆくて。それにレオポルドがタクラにくる前に、オドゥと会って話もしたいんですよね」

「彼には言わないでいくつもり？」

「……そのつもりです」

ルルスの町で倒れたことは、すでにオドゥも知っているだろう。わたしの体にしたって杖作りにしたって、彼の協力が必要になる。言われたとおりレオポルドに、任せておけばいいのかもしれないけど……。

紅茶をひと息に飲みほすと、カップを置いてニーナはにっこり笑った。

「私も行くわ。ライガってふたり乗りができるんでしょ？」

「ニーナさん……」

「そんな顔しないで。ネリィは一生懸命考えるくせに相談しなさすぎよ。工房には私も用事があるし、もし見つかっても『すぐ作業をはじめたかった』と言って、いっしょに怒られてあげる」


港湾都市タクラはすり鉢を見おろすように、海に向かって急斜面の崖に家が建てられ、小舟が行き交う運河をまたぐように、空中回廊で建物がつながっている。港や倉庫街がある下層、工房や市場がある中層、タクラ駅や重要な施設が集まった上層という、三層構造からなっているらしい。入り組んだ地形は迷宮のようで、慣れないと迷ってしまうとか。わたしはタクラの情報が入った記録石を収納鞄にしまった。

ニーナをいったん帰し、コンパートメントでひとりになったわたしは、首飾りのプレートから杖の設計図を呼びだす。

「きれい……きっとグレンも、レオポルドのことを見ていたのね」

未完成ながらも、グレンの力強い線で描かれた術式は、息をのむほど美しく構築されている。時間を追ってレオポルドの成長に合わせ、何度も書き直した跡があるけれど、やがて彼が成人したことで、迷いのない線になっていく。

魔石に伸ばした線だけがあやふやで、グレンも自分の魔石がどんなものか、はっきりとわからなかったのだろう。レオポルドが杖を持つ堂々とした姿を思い浮かべ、わたしはため息をついた。わたしだけの力では、この杖を作れない。

「オドゥやユーリの意見も聞きたいなぁ……助けてもらわないと、きっとムリだ」

ちょっといじって、また直して。そしてまたため息をつき、ピアスにふれて考えこむ。

「グレンの設計図通りに作るんじゃなくて、わたしなりの色を加えられないかな……」

夕食を終えたあと、本を持ってきてくれたテルジオにお礼を言って、ミモミのハーブティーを運んでもらう。

「ありがとう、これから寝るまでまたニーナさんと打ち合わせなの。だからテルジオさんは先に寝てて」

「かしこまりました。私は部屋で休ませてもらいますが、何かあれば呼んでくださいね」

「うん。おやすみなさい」

「おやすみなさい、ネリアさん」

テルジオが一礼して部屋をでていくと、わたしは深呼吸してからエンツを唱える。

「レオポルド」

すぐにつながったけれど、聞こえてきたのはビュウビュウという風の音。

「……風の音がすごいね！」

叫ぶように話しかければ、遮音障壁を展開したのか、すぐに無音になった。低くよく通る声がコンパートメントに響く。

「アガテリスでタクラへ向かっている」

「王都の調査も済んだの？」

「ああ。きみと話したいことがたくさんある」

目を閉じれば彼がすぐそばにいるみたい。わたしは深く息を吸うと思いきっていった。

「あのね、ピアスのこと……王都へ帰ったら、アルバーン公爵夫妻やロビンス先生、お世話になった人に謝りに行こうね」

「謝る？」

「うん。テルジオさんからくわしく話を聞いて、びっくりしたんだから」

「話はついてる」

そうじゃなーい！

「ちゃんとご挨拶に行こうっていってるの、ふたりで」

わたしが「ふたりで」を強調すると一瞬彼は黙り、そして口をひらいた。

「意外だな。きみが公爵夫妻のことまで気にするとは」

「レオポルドが気にしなさすぎなんだよ」

そういえばこのひと、誰にも頭をさげたくないから、師団長になったんだった。

「でもすごくうれしかった。このピアスもとても気にいってるの。光にかざすと魔法陣がキラキラして本当にきれい」

「そうか。もうはめてもだいじょうぶなのか？」

彼の声音がやわらかくなった。

「うん。心配してくれてありがとう。それにニーナさんに連絡してくれて。ニーナさん、ドレスを張りきって作ってくれるって。お返しの贈りものは何がいいかな。レオポルドがほしいものってある？」

「きみをエスコートできるなら、それ以上の喜びはない」

「〜〜〜〜」

……またこの人は。臆面《おくめん》もなくいきなり言ってくるから、本当に心臓に悪い。心臓をバクバクさせながら、わたしは努めて平静な声をだした。

「何がいいかなぁ、みんなとも相談して考えるね。あのね、わたしと婚約してくれてありがとう、レオポルド」

言いきってから彼の返事を聞くまえにエンツを終えた。部屋にある備えつけの鏡をみれば、耳元で揺れるピアスがキラリと光る。

「おとなしく守られておけ」

そういわれたような気がした。同時にわたしが何かやらかすのを見越して、守りをほどこしてくれたようにも感じる。わたしはクローゼットから収納鞄をとりだすと、荷物を詰めはじめた。

「きっとレオポルドに怒られるよねぇ……まぁ、再会したらまた怒られればいっか」

やがてニーナがペンとデザイン帳だけを持って、コンパートメントにやってきた。昼とはうってかわって、彼女は男物のシャツを着てズボンにブーツを合わせて、その上にコートを着ていた。

「私の荷物はディンが運んでくれるって。ライガだと寒いかしら？」

「アルバを使うからだいじょうぶだと思います。外に転移してライガを展開するから、ちょっと危険ですけど。やっぱりわたしひとりで行ったほうが……」

新婚のニーナまでつき合わせるのは、どうしても気が引けてしまう。けれど彼女は真剣な表情で首を横にふる。

「ダメよ。ひとりでなんて行かせないわ。だいたいどうしてそんなに急ぐのよ。タクラははじめてなんでしょう？」

「本当は……レオポルドも会えないとさびしいし、声を聴くだけでもホッとするし、ずっといっしょにいたいです。でも彼が真剣にわたしのこと考えてくれるから、わたしもちゃんとしたいっていうか、このままじゃダメなんです」

「何がダメなのかわからないけど……ネリィは納得できないのね」

「そう、ですね……わたし、彼にふさわしい人間になりたい！」

言ってしまって自分で納得した。そうだ、慣れない生活をはじめて、師団長の仕事を必死にやってきたのは。

――彼に会えるから。

ポロポロと涙があふれて止まらなくなったわたしを、ニーナは包みこむようにしてキュッと抱きしめる。

「それ、彼にちゃんと伝えた？」

「まだです……ふぐっ、うえぇ……ニーナさぁん！」

「じゃあ次に会ったらちゃんと伝えないとね。だいじょうぶ、ネリィならできるわ」

その日はじめて、わたしは彼以外の前で泣いた。胸がいっぱいになったわたしがしゃくりあげていると、ニーナは優しく背中をなでる。

「もう……ネリィったらまるで失恋したみたいよ。そんなにみごとな紫陽石のピアスを、彼から贈られるような女の子は、世界中探したってあなたしかいないのに」

私をギュッと抱きしめて、ニーナはここにいないレオポルドに文句を言う。

「魔術師団長もすぐ飛んでくればいいのに。ネリィに考える隙なんか与えちゃダメなのよ」

そうだった……彼はもうアガテリスでタクラを目指している。こうしている時間も惜しい。わたしは目をゴシゴシとこすって、メローネの秘法をぺいっと自分にかけた。乱暴な魔法の使いかたに、ニーナは目をつりあげる。

「ちょっとネリィ……魔法はもっと優しくかけなさいな。魔女は何よりもまず、自分をいたわるものよ」

「すぐです。ニーナさん、準備はいいですか？」

「人の話聞いてる？　いいけどさ」

ニーナのペンとデザイン帳を収納鞄にしまい、わたしはクローゼットにかけていたラベンダーメルのポンチョを羽織る。それから深呼吸すると、ニーナの腕をとって転移魔法陣を描いた。ふたりを包んで術式が展開する。

魔法陣が白く輝いた次の瞬間には、虚空《こくう》にふたりそろって放りだされ、ニーナはバタバタと手足を動かして絶叫した。

「きゃあああぁ、何てとこに転移すんのよ！」

ニーナの腕を必死につかみながら、わたしは風の魔法陣を展開して落下速度を調節する。ふわりと体が浮く感覚がある。

「転移した先に鳥とか飛んでたらイヤじゃないですか。それに地面に近かったらすぐ激突しちゃいます！」

左腕からライガを展開し、すとんと腰をおろすと、ニーナはわたしにしがみつくようにして、後部座席にまたがった。ぜぇぜぇと息を切らしながら、真っ青な顔でガタガタ震えている。

「も、もうちょっと平和な脱出はなかったの……？」

「だからちょっと危険だって言ったのに……？」

「ちょっとどころじゃないわよ。死ぬかと思ったわ！」

「スカイダイビングしただけですよ」

「すきゃーだびって何よ、すきゃーだびって！」

ライガに乗るのはなぜか夜中が多い。星空の海をどこまでも飛ばしていけば、自分が世界に溶けてしまいそう。

「ルルゥ！ オドゥのところに案内して！」

「え……闇夜にカラス？」

ニーナが目を丸くする前で、わたしは収納鞄から魔力入りクッキーをサッと取りだし、伸ばした左腕にルルゥをとまらせた。

カァとひと声鳴いてルルゥは、クッキーをパクリとくわえ、わたしの肩に移動する。

「タクラまでは休んでいくつもりね。まぁ、いいけど」

わたしはライガの駆動系に、思いっきり魔素を叩きこんだ。術式が輝き発光する機体が、流星のように夜空を滑りだしたとたん、ニーナの腕が回された、わたしのお腹がギュッと締めつけられる。

「ちょっとネリィ、スピード上げるなら先に言いなさいよ！」

「ごめん、ニーナさん！」

ニーナの悲鳴混じりの絶叫に謝りながら、わたしは港湾都市タクラを目指した。


一方、アガテリスの背でエンツを終えたレオポルドは、眉間に深いシワを寄せた。

「……おかしい」

「どうしたレオポルド、ネリアからのエンツが何か？」

すかさずライアスからエンツが飛んでくる。

「彼女は恥ずかしがり屋だ。いつも真っ赤になってワタワタするのに、きょうはスラスラと『わたしと婚約してくれてありがとう』といっていた」

「よかったじゃないか、顔が見えないぶん素直に言えたのだろう」

レオポルドは念のためテルジオにエンツを送ったが、彼の返事はのんびりしたものだった。

「ネリアさんなら合流したニーナさんと、熱心にドレスの打ち合わせをされていますよ。昨日倒れた影響もとくに

ないみたいです。このぶんなら魔術師団長のほうが先に、タクラへ到着しそうですよね」

そう言われてエンツを切ったものの、どうしても胸騒ぎがする。

「……カディアン」

「はいっ」

レオポルドに抱えられるようにして、アガテリスに乗せられているカディアンはビクリと肩を跳ねさせて、おそるおそる背後を振りかえった。

「ひとりでアガテリスを飛ばせるか？」

「へっ？」

「首にしがみついていれば、アガテリスなら勝手に飛んでくれる」

しばらくぽかんと彼の顔を眺めたあと、カディアンはようやく何を言われたかを理解した。

（この人真顔でおかしいこと言ってる！）

「無理ですっ、竜騎士の修行だってしていないのに！」

竜騎士になるには体作りからはじまって、感覚共有のスキルを習得し、ドラゴンから認められてはじめて、その背に乗ることを許されるのだ。いきなり乗っても振り落とされるに決まっている。ああ……だから首にしがみついてろと。

「タクラ行きの魔導列車に転移を……」

そしてレオポルドはどこまでも本気だった。

（……って、この人見た目と中身が違いすぎだろう！）

きらめく銀糸のような髪を背に流し、見る者のため息を誘うような涼やかな美貌。美しい姿の魔術師を、カディアンは式典などで見かけるだけだった。

「やめて。竜騎士団長もどうか止めてください。お願いします！」

今にも転移しそうなレオポルドに、カディアンが泣きそうになって懇願していると、異変を感じたライアスからあわててエンツがはいる。

「落ちつけレオポルド、高速で移動中の魔導列車に転移するなど自殺行為だ」

「だが！」

なおも言いつのるレオポルドを、ライアスは怒鳴りつけていさめた。

「彼女のことになるとお前は冷静さを欠く。彼女にはタクラですぐ会える！」

銀の魔術師はため息をついて、澄みきった冬の空をみあげた。アガテリスは優雅に羽ばたき、その頭身をふたつの月が照らす。まだドラゴンはエレント砂漠の上空にさしかかったばかりだ。

そしてその日彼の婚約者は、婚約の証に贈られたピアスをつけたままで姿を消した。

残念な三兄弟

眼鏡作りは進まないものの、ユーリはタクラの街をすっかり楽しんでいた。タクラの街に詳しいオドゥに連れられて、ふだんは行かないような店にもでかけ、ふだんは食べない屋台飯も食べまくった。

しかも男ふたりでいいかげん飽きてきたところに、ミーナとアイリが加わったため、何だか学生の合宿みたいなノリで、楽しさが倍増している。夏のマウナカイアも楽しかったけれど、本当の意味で自由行動はタクラがはじめてだ。

タクラ観光をするミーナたちに用心棒がわりについていき、ちょっとしたお土産を買ったり、雑談しながら買い食いを楽しんだり。女性陣は食べたいものがいくつかあると、シェアするのも驚きだった。

買ったばかりの揚げたてミッラパイを店先で割ると、たまらないスパイスの香りとともに、湯気がほわりと立ちのぼる。女の子からの『はい、あーん』は照れたりすると、急にお互い恥ずかしくなるから、意識せずパクっとほおばるのがコツだ。あわてるとトロリとしたアツアツの中身が、口に飛びこんできて舌を火傷する。

港の朝は早いから、昼過ぎには仕事を終えた者たちが、屋台で昼食をとって思い思いにくつろぐ。街角でユーリたちがゲームに参加すれば、アイリやミーナの声援に、男たちが彼に羨望の眼差しを向けてくる。

ゲームは積みあがった箱やタルを使って、跳びながら建物を渡り、タイムや空中の姿勢を競う。タクラは都市に段差があるため、素早く上層に荷物を運ぶために、こういった遊びが発達したらしい。

人数によって一対一や三対三で、ボールを取り合って遊ぶこともある。シンプルに見えて相手の裏をかくには頭を使う。

「性格が悪いほうが有利だからね、ユーリには向いてるだろ」

「ひとこと多いですよ、オドゥ！」

まっすぐ行くと見せかけて左腕でガードしつつ、ユーリは相手から素早くボールを奪いとり、そのまま全力で走りだした。並走するオドゥは敵の動きをけん制しつつ、ユーリに茶々を飛ばした。

「身体強化を使わないところはほめてやるよ」

「このぐらい……強化なんて必要ないっ！」

ダンッと重い音をさせてゴールにボールを叩きこめば、冬なのに汗がしたたり落ちて、ユーリは額を腕でグイッとぬぐう。ダラダラしながら試合を眺めていた、観客たちからヤジが飛んでくる。

浄化の魔法を使いたいけれど、人前なのでやめた。身体強化に頼りがちな魔力持ちとちがい、港にいる若者たちの筋肉は、バランスよく鍛えられていて、バネを生かしたいい動きをしている。

（日頃から全身の筋肉を使っているんだな……）

肩で息をしながら呼吸を整えていると、相手をしていたグループのリーダーが、ヒュウと口笛を吹いた。

「お前ユーリってのか、俺はルイス。見かけねぇツラだが港で働くのか？」

「いいやルイス、僕は船に乗るんだ」

ルイスはちょっと驚いた顔をして、すぐにニカッと笑った。

「もしも仕事がほしいなら、港湾事務所に行ってみな。王太子殿下が乗船する、ハルモニア号が船員を募集してる」

「え……だれでも乗せてくれるのかい？」

「大きな船だからな。経歴書さえちゃんとしてればいいって、事務所のおっさんが言ってたぜ」

「………」

随行員はともかく船で雇う下働きは、身元審査もそれほど厳しくないのかもしれない。

「情報ありがとう。今度行ってみるよ」

「俺も応募するつもりだ。いっしょに働けるといいな。魔力持ちでもなけりゃ、異国に行く機会なんてないからさ」

「そうだね……」

コワモテだが気のよさそうなルイスは、横目でチラッとアイリたちを見て、ユーリにそっと耳打ちをした。

「王都からきた女はやめとけよ。どんなに顔がよくても王都に帰っちまう。港で待っててちゃくれねぇぞ」

「はは」

ルイスに軽く手を挙げてアイリたちのところへ戻ったユーリを見て、汗を拭いて眼鏡をかけ直したオドゥが、おやという顔をした。

「どうしたユーリ」

「いえ、ちょっとだけ……ユーリ・ドラビスとして、船員募集に応募したくなりました」

「船底でこき使われるだけなのに？」

「……同じ船に乗っても、見える世界はまったく違うでしょうね。何だかバルザムの血が騒ぐんですよ」

「そんなもんかねぇ。苦労しなくて済むなら、それにこしたことないのにさ」

魔導シャンデリアが下がる豪華なロビーに、重厚なヌーク材を磨いた手すり。白手袋をして発泡酒のグラスを傾け、金彩が施された食器や銀のカトラリーを使い、優雅に食事と上品な会話を楽しむ。それがユーティリスのいる世界だ。そこでは五百年の歴史がある魔導大国の王太子に、ふさわしいふるまいが求められる。

けれど建国の祖バルザムはシャングリラに王都を建設した後、ドラゴンを駆ってタクラに飛び、マール川を交易で利用するために、河岸を整備し河口に港を造った。海賊と渡りあい、森の民と交渉するなど彼の英雄譚は数多い。

望郷の念を断ち切るためか、何かに追われるがごとく、バルザムは精力的に活動した。彼が王城でゆっくり過ごすようになったのは、だいぶ年老いてからだったという。

工房に戻ってきたオドゥは眼鏡をはずし、作業台に頬杖をつくとしばらくぼんやりとして……やがてため息をついた。

「ネリアにルルゥをつけたのは失敗だったかなぁ。ご飯食べて本読んで、今はドレスの相談してるし……監視しがいがないよねぇ。変わったことといえばルルスの町でネリアが倒れて、テルジオ先輩に運ばれたぐらいだ」

それを耳にしたユーリが、びっくりしたように顔をあげる。

「何をぼんやりしているのかと思ったら、のぞきは趣味が悪いですよ、オドゥ。それよりネリア倒れたんですか？」

「うん。かわいそうに先輩、真っ青になってレオポルドにエンツ送ってた。よりによってあいつと婚約するなんて、僕ってばホントついてないよ。彼女に必要なのは僕なのにさぁ」

かわいそうと言いつつ、テルジオにちっとも同情はしていない。

「オドゥは最初から対象外でしょ。ネリアはだいじょうぶですか？」

「魔石鉱床で魔力が抜けちゃったって。あそことの相性は悪いだろうな」

「具合が悪くなる魔力持ちがいるとは聞きますが、倒れるほどだったんですか……」

ユーリが首をひねっていると、オドゥは遠くを見つめるようにして深緑の目を細めた。

「こっちも焦るよ。準備がまるで追いつかない」

「準備って何の？」

「さぁね。まぁいずれ彼女のほうから、僕に会いにくるだろうさ」

オドゥはぐらかすように笑い、いつのまにか冷めていたコーヒーを飲みほした。ユーリはユーリで、手元にある魔法陣とにらめっこをしている。サルジアの隠し魔法陣を読み解けても、それを魔道具に刻むのが難しい。

「眼鏡もぜんぜん完成しませんしね。おかげでタクラの街にはくわしくなりましたけど」

「まぁね。今は女の子たちもいるし、羽を伸ばすにはちょうどよかったろ？」

そのとき二階にある倉庫の模様替えをしていたミーナが、トントンと軽い足取りで階段をおりてきた。

「ねぇ、今日の食事当番だれ？」

オドゥは座っていた椅子をギギッときしませ、伸びをするようにして手を挙げた。

「僕だけど何かリクエストでも？」

「ダルシュはそろそろ飽きちゃったし、ほかのにしてくれない？」

「じゃあ気分転換に買いだしして、たまには僕が料理でもするかなぁ。ユーリを行かせるとすぐ絡まれるし。お前が警備隊に捕まったら、王都に知らせが行くから気をつけろよ」

「服に手を入れてもらってからは減りましたよ。最近は港で運動不足も解消できてますし」

ミーナはパンと両手を打ってにっこりとした。

「オドゥ先輩が何作るのか楽しみだわ。ね、アイリを見てくれる？」

「アイリ？」

階下にいたふたりは、ミーナのあとから階段をおりてきた人物に目が点になった。

「きみ、アイリかい？」

「髪がショートだからか」

「ウェストは調整したし、特徴のある目元は帽子で影になるようにしたの。ほら、少年に見えるでしょ」

港の古着屋で買ったズボンは、漁師がよく履く紺地のもので、ミーナが裾を折り返した。首はタートルネックで覆って、すそが擦り切れたコートは、潮風で風合いがあせている。

ラベンダー色のショートカットに帽子をかぶると、いつも潤むような大きな紅の瞳は影になり、ただギョロリとして見える。アイリもといアイル少年は、ズボンのポケットに両手をつっこみ大股で歩いた。

「歩幅も変えたら、それっぽくない？」

「歩くの難しい……だぜ」

ギクシャクと歩くアイリに、けれどオドゥは不満そうだ。

「お兄ちゃんとしては、連れ歩くなら女の子がいいなぁ。キレイな格好させて港の見えるカフェに行って、店の中央にある目立つ席でいっしょに食事して、ほかの男たちから嫉妬と羨望の眼差しを浴びたいのにぃ」

「オドゥ、僕ら潜伏中ですよ」

港近くの路地をウロウロするぐらいならいいが、上層であるタクラ駅近くまで行くのはまずい。

「先輩の料理、楽しみ……ですだぜ」

「ですだぜ……って。僕もでかけるので眼鏡貸してください」

アイリの言葉遣いにユーリは吹きだして、オドゥに手を差しだした。

「当然のように借りようとするなよ。すっかりタクラを満喫しやがって」

「とっても楽しいですよ。テルジオと港を視察して回るよりずっとましです」

とぼけて答えるユーリに、先輩錬金術師は渋い顔で注意する。

「お前ね、そこは視察してやれよ。テルジオ先輩が一生懸命準備したんだから」

「私……お、俺もひとりっ子だから、兄弟がいるみたいで新鮮、ですだぜ」

料理をするといっても調理設備などない。錬金釜を鍋のかわりに使うと、それこそホントの闇鍋になる。酔った勢いで工房にある素材もほうりこみ、食べた翌日なぜか全身紫色になったこともある。害はなかったが、色を落とす薬を調合するのが大変だった。

火の魔法陣を敷いて魚の切り身を焼くことにして、水揚げされたばかりの新鮮な魚介がならぶ、中層にある市場へとみんなで向かった。冬に手に入る野菜は少ないが、どうせ食べるならうまいほうがいい。オドゥはけっこう真剣に食材を選びだした。

「この時期だとブーブリがうまい。貝を入れて出汁をとろう。油で焼いてパポ茸や香草を入れて、少し煮ればそれだけでうまい。あっちでスパイスが量り売りで買える。値段は交渉だけど」

「そんなに量はいらないものね。それは私がやるとして、ついでに食器も買っていいかしら。乳鉢にスープをいれて、スパーテルで食事をするのはちょっとね。物を増やしたくないのはわかるけど、ビーカーはコップじゃないと思うわ」

「あ、気にいらなかった?」

「あ、私……俺も自分のマグほしいし、いっしょに行きますだぜ」

「ますだぜ……って。アイル、きみしゃべんないほうがいいよ」

すかさず手を挙げるアイリに、ユーリが笑いをこらえきれずお腹を押さえて、オドゥは天を仰いだ。

「なんか僕、めんどうを見なきゃいけない子が、増えただけのような気がする……」

三人を順にながめて、黄緑の髪をお団子にしたミーナは肩をすくめた。

「この残念すぎる三兄弟、どうにかならないかしらねぇ」

香味野菜を油で炒め塩コショウした魚を焼き、酒も足すと貝もいっしょの鍋で煮込む。買ったばかりの食器によそえば、作業台も立派な食卓になった。ユーリが目を輝かせて、さっそくパクついた。

「ブーブリに香草の香りが移って、うまいです」

「だろ」

「魚もだけど野菜がおいしいわね！」

「オドゥ先輩、手際がいいですね」

にぎやかな食事もあと少しで終わり、ユーリはネリアたちに合流することになる。食べた後は作業台でユーリとアイリが、レンズの錬成《れんせい》に取り組んだ。やる気がなさそうなオドゥより、アイリのほうがよほどまじめで、魔法陣を簡単にしたらどうかと、術式をいじって試行錯誤している。

「アイリ、きみが削った術式、省略した部分にも意味があったみたいだ。ほらここ」

「ホントだわ、気づかなかった。もとに戻さないとダメですね」

アイリがため息をついて術式を書き直し、ユーリはレンズになり損ねたガラスのかけらをつまむ。調べてみるとレンズが何層にも別れており、その隙間に魔法陣が配置された細工は、再現するのがとても難しい。

「眼鏡を複製するのがこんなに大変だなんて。この魔導回路を設計したヤツ、ぜったい性格悪いよな」

「魔法陣も複雑ですが、レンズのガラスも薄くて硬いですね。オドゥ先輩、眼鏡を分解してもいいですか？」

アイリの言葉に、オドゥはぎょっとして振りかえる。

「え、きみときどき過激だよね。それにその眼鏡、意外とじょうぶだよ。土石流の中から拾ったんだから」

「調べるだけですよ。土石流の中からって、どうやって？」

「僕じゃなくてルルゥがね……っと、ネリアが動いた」

オドゥは顔をしかめて、こめかみを指で押さえた。虚空をにらみつけて歯を食いしばり、眉間にシワを寄せる。

「オドゥ？」

「魔導列車でおとなしくしていると思ったのに。ライガを展開して……後ろに乗せているのはミーナか？」

「私はここにいるわよ。ニーナじゃない？」

すみで裁縫をしていたミーナが顔をあげ、すぐにエンツを送ったものの、ニーナからの返事はなかった。

「そうか、きみたち双子だったっけ。おそらく明日の朝にはタクラに着くよ」

ユーリはコップに水差しから水を汲み、肩で息をするオドゥに差しだした。

「使い魔を操るのって、けっこう大変そうですね」

「そう。魔力を食うわりに見張りや伝言ぐらいで、たいしたことはできないからね。ふたりを出迎えるかい？」

それを聞いたユーリは眉をさげて、ちょっとだけ残念そうな顔をした。

「そうか、潜伏生活ももう終わりですね」

魔女がほしがった対価

ライガが水平飛行にはいると、余裕がでてきたニーナは景色を見回して歓声をあげる。

「地面が真っ暗なのが残念だけど、星空はとってもキレイね。月に手が届きそうよ！」

同じ星空でも誰と見上げるかによって、まったく違って見えるから不思議だ。冴え冴えとまたたく星たちのあいだを、ときどき流星が流れ落ちて、ニーナはわたしに教えてくれる。

「流れ星は魔法使いに力を与えてくれるのよ。月から星に降りそそぐ、魔力の源と考えられているの」

「へえぇ……グレンも『ふたつの月があるから、この世界では魔法が使える』なんて言ってました」

「常識よね」

「常識なのかぁ……」

首をひねっていると、ニーナはわたしの背後で、あきれたようにため息をつく。

「ネリィったら何にも知らないのね。じゃあこれも初耳かしら。大昔の精霊は思うだけで魔法が使えたのよ。呪文も魔法陣もいらなかったの」

「え。めっちゃ便利じゃないですか」

「でしょ。精霊たちは願いさえすればよかったの。だから魔術の根底には〝願い〟があるとロビンス先生に教わったわ。私たちが術式を紡ぐのは、世界から失われていく魔法を、魔術として世に留めておくためなのですって」

「魔術の根底には願いがある……その話、転移魔法を習ったときに、わたしもロビンス先生から聞きました。そういえば『魔術師は願いをかなえる者』だって、レオポルドも言ってましたね」

「さすがは魔術師団長ね。彼はネリィのどんな願いをかなえてくれたの？」

「えっと……」

――わたしの名前を呼んで。あなたが笑ってくれたらうれしいな。

それはとるに足らない願いだったから、彼もたやすくかなえてくれた。ニーナは腕を星空に伸ばし、星をつかみとる仕草をする。握りしめた拳をひらけば、魔素の光がふわりと広がった。

「世界から魔法が失われるなんて信じられないわよね。この世はこんなに魔素があふれているのに」

「そうですね……ところどころで魔素の濃い薄いはありますけど」

――でもわたしは、魔法が失われた世界を知っている……。

向こうの世界でも、ひとびとは何の不自由もなく暮らしていたと思う。こちらでは科学ではなく魔術や錬金術を使うから、便利なようで不便なこともあるし。それでも……。

『お前自身は精霊に近い』

――精霊たちは願いさえすればよかった。

わたしの心臓がドクンと跳ねた。トクトクトクと早くなる鼓動に、レイメリアの魔石が共鳴する。カーター副団長とオドゥが造った、ゴーレムもどきが動いたように、もしもわたしが〝星の魔力〟を使って願ったならば。

――星の魔力を使えば……わたしは自分の願う通りに、世界を創りかえられる？

「どうしたのネリィ」

黙りこんだわたしに、ニーナが不思議そうな声をだした。まさかとは思うけど、ちょっと試してみようか。

「えーと、ちょっと試したいことがあって」

「なあに？」

わたしはライガの下に広がる平原を見下ろす。暗闇そのものの大地が続いていて、とくに人家もないようだ。わたしは深呼吸して深く肺の奥まで息を吸いこみ、目をつぶって魔素の流れに意識を集中させて、左手を地面に向けてかざした。そして精一杯の願いをこめて唱える。

「山よ、生えろ！」

「はあ!?」

……シーンとした夜空に、わざわざつけたライガの効果音だけが、ドルルルルと響いている。そして見渡すかぎり地平線まで広がる大地には何の変化もなかった。

「……何でもないです」

「え、いまの何？」

ニーナが声のトーンを落として、不審そうに聞いてくる。わたしは鼻をすすってライガのハンドルを握りしめた。

「ホントに何でもないんで、ほっといてください！」

「ちょっとネリィ、何でべそかいてるのよ」

「ホントに何でもないですってば。お願いだから突っこまないで！」

「どういうお願いよ！」

……ちょっと思っただけなんだあああ！

精霊に近いなら呪文や魔法陣がなくたって、願うだけでレオポルドみたいに、嵐を止められるかもって！

「よく考えたら山がポコポコできても困りますよね」

レオポルドなみの無表情ですんっとして、自分に言い聞かせていると、わたしに抱きついているニーナが、あきれたようにささやいた。

「あたりまえでしょネリィったら、星に願うならもっと別なことにしなさいよ。何かないの？」

「何か……」

「せっかく婚約したんだし、彼といっしょにやりたいこととか？」

甘い声でささやかれ、わたしはハタと考えた。レオポルドといっしょにやりたいこと……。パッと思いついたのは、グリドルを囲んでのホームパーティーだ。

「ふたりでたこパをする！」

「いいわね、ほかには？」

「ふたりでお花見に行く！」

「あらステキ。王城のバラ園は年に二回、一般公開されるのよ」

「うーん……バラ園はイメージと違います」

「意外と細かいわね……」

「バラ園もいいですけど、もっといろんなところに行ってみたいです」

せっかくライガもあるし、転移魔法だってある世界だもの。あちこちでかけたらきっと楽しいだろう。

「それと初夏に実が生ったら、摘みたてのコランテトラを使った、フルーツタルトを焼いて食べたいです！」

「いいじゃない、私の夢はね……服を作って五番街に店をだしたかったの」

「かなっちゃいましたね」

「そうなの。だけどどんどんやりたいことがでてきたの」

ニーナの夢はとっくにかなっている。それでも服作りへの情熱は、彼女の中でまだ燃え盛っていた。

「今までは布を買って服を作っていたけど、せっかくタクラに工房を構えるなら、生地作りからはじめようかなって。王都の工房はメロディにまかせて、五番街の店はミーナがアイリを育てながら、経営を見てくれるって」

「ニーナさん、すごいです！」

「ネリィのおかげよ、収納鞄に収納ポケット、それに染料の合成をアイリに教えてくれて、夜会用に作った蜘蛛のドレスだって、クリスタルビーズにミストレイ、どんどん新しいことにチャレンジさせてくれたわ。マウナカイアで人魚のドレスに描かれた古代文様を見たら、すっごく興奮しちゃった。しかもレイクラさんの解説つきよ」

「ニーナさんにしっかりした技術があったからですよ。レオポルドはデーダスで気持ちを伝えてくれたから、こんどはわたしの番なんです。どうやって伝えたらいいかなって……やっぱり考えちゃいます」

ミーナがまとめていた髪をほどくと、黄緑の髪が風に流れる。

「こんどはネリィが心を贈るのよね。気持ちが伝わればいいわね」

「はい！」

贈りもので伝えたいのは自分の気持ちだ。そう考えたら何となくイメージが湧きそうな気がする。気が軽くなったわたしは、大地を走る魔導列車の線路をみおろして、ライガに魔力を叩きこんだ。グレンが引いたまっすぐな線路に導かれるままに、夜のうちにタクラへ着いた。


マウナカイアほど南ではないけれど、マール川の河口があるタクラは、冬でも海が凍ることはない良港だ。外洋を航行する魔導船は要塞のようなものものしさで、港にそれが何隻も停泊している。

崖に二枚貝が殻ごと埋まっているような形をした都市は、殻の内側が港とそれに付属する設備になっていて、洞窟のような港の内部は波も穏やかだという。夜通しライガの操縦をして疲れているはずなのに、はじめて訪れた街を目にした興奮からか眠気は感じなかった。

「魔導列車より早く着くなんて、ライガってすごいのね。ネリィったらだいぶ無茶したんじゃないの？」

「あはは……早く寝たいですね」

魔力ポーションのガブ飲みなんて、『魔術師団長から悪影響を受けるな』と、ララロア医師にしかられそうだ。ライガを左腕につけた腕輪に収納すると、念のため収納鞄から取りだした瓶をあけ、くいっと飲み干した。

「ずいぶん飲むのね」

「ふだんは必要ないんですけど、ルルスで魔力を失ったので……」

ライガを飛ばしたり、派手な錬金術を使ったりしなければ、自然に回復するはずだ。

「うっわぁ……街が大きい。海が広い！」

まだひっそりとしている駅前広場から海をみおろし、わたしは水色の透明なアクアマリンのような記録石をとりだした。テルジオが調べてくれたタクラの情報が、これに入っているのだ。

「ちゃんと役立ってるからねー、テルジオさん」

検索機能がないのはちょっと不便だけれど、魔法陣を起動させれば地図とともに、街の情報が映しだされる。

「うーん……今知りたいのはグルメ情報じゃないんだけど。ルルゥ、オドゥはどこかな」

話しかけてもカラスは……わたしの肩にとまったまま眠っていた。ため息をついて周囲を見回せば、駅前広場に面したいちばん大きな建物はホテル・タクラといって、わたしが泊まる予定だったところだ。

「ホテルにのこのこ行って捕まるわけにもいかないし……とはいっても泊まれる宿は限られているかも」

「港のそばにも船員や乗船客向けの宿があるらしいわね。そこなら朝早くから食事ができる店が開いているわよ」

ぼんやりと港を見下ろせば、夜のうちに漁を終えた船が明かりをつけて戻ってくるのがみえた。夜明けを迎えれば、昇る太陽とともに海鳥イールが鳴きだして、じきに港は目覚めるだろう。

「朝食をとったら、みんなを探しましょうか」

わたしたちは記録石の地図を表示させながら、まだ静かな通路を駅前広場がある上層から中層を通り、港がある下層へと移動していく。

ユーリに竜玉を渡して、わたしはオドゥを探るように頼んだ。婚約のことはふたりとも知っているけれど、それでもピアスを見たら何かいわれそう。ふと銀の髪に黄昏色の瞳をした、整いすぎるぐらいに整った顔が浮かぶ。

（レオポルドとのエンツ、切っちゃったな）

魔導列車の中でもたくさん話をした。それなのに彼のことを考えるだけで、話したいことがあふれてくる。

（彼がタクラにきたら、いっしょにこの街を歩けたらいいけど……って、何考えてるのわたし。今はそれどころじゃないんだからさぁ！）

甘々モードになりそうな自分の気をひきしめて、まわりの建物や通路のようすを頭に刻みつけていく。ズボンにショートブーツをはき、ラベンダーメルのポンチョに収納鞄を斜め掛けしたわたしは、師団長にはとても見えないから、とくに気をつけることはないだろう。

駅があるタクラ上層はホテルやゴブリン金庫など、主要な施設がそろった行政エリアだ。ひとびとは中層で生活し、そこにある市場を利用している。食料品や生活用品、輸入された品まで買える市場の路地は入り組んでいる。

港のある下層は港湾設備だけでなく造船所や倉庫、船乗りたちの宿泊所や酒場もあった。それぞれの層はとても広く、ところどころ空中で途切れた場所は通路でつなげてある。まっすぐな道はなくて複雑にみえるけれど、他の層へは縦に移動するだけなので時間はかからない。

「これだけ大きな街だと、工房はどこなんでしょうね」

「中層にある三階建ての建物ですって。港を利用するときは一階、駅方面に行くときは三階のドアを使うって」

「便利そうですね」

治安のいい王都とちがって、タクラはどうかと心配したけれど、明けがた近い街はひたすら静かだった。港には魔導ランプが灯る屋台があり、がっしりした体つきの漁師や、船乗りらしい男たちが食事をしている。

湯気を立てるスープをすすり、海鮮まんを手にもくもくと食事をする、ガタイのいいお兄さんたちに交じる勇気は……と思ったけれど、いざとなればしっかり大きな声がでた。

「海鮮まんひとつずつとスープ……ダルシュをお願い！」

「あいよ、姉ちゃんにはキトルもおまけだ！」

「ありがとう！」

食い気百パーセントの勇気に感謝しながら、波止場のすみっこでニーナとふたりベンチに座る。支払いのときにそれほど持ち合わせがないのに気づいたけれど、まずはフカフカの海鮮まんをほおばる。

「んーっ、しあわせ！」

「やっぱ海鮮まんはタクラよねぇ」

湯気を立てる生地から餡に包まれた、プリプリのエビや貝がトロリとでてきて、刻んだ海草のコリコリとした食感も楽しい。口いっぱいにほおばってモグモグしながら、ダルシュをすすればお腹もじんわり温まる。

ふと気づくと同じようにベンチにすわり、海鮮まんを両手で抱えて食べていた、おばあさんがじっとこっちを見ている。その顔に見覚えがあって、わたしは目を丸くした。

「レイクラさん⁉」

「えっ、レイクラさんてどこに？」

「ネリアじゃないか、こんなところで会うなんてねぇ」

マウナカイアで親切にしてくれたレイクラ……ビーチのはずれで〝人魚のドレス〟を売っていた彼女がコートを着てマフラーを巻き、手袋をした手をわたしに振った。老女だった姿を知らないニーナは、キョロキョロしている。

「どうしてここに……マウナカイアのお店はどうしたの？」

「店？　ああ、この姿を借りているせいか。あたしだよ、あたし」

レイクラはきょとんとして小首をかしげ、笑ってうなずくと一瞬で変貌する。しわくちゃだったおばあさんの姿がしゃんとすると、わたしの前には絶世の美女があらわれた。

海の青さを写しとったかのような、群青色の長い髪と潤むような大きな瞳。深く吸いこまれそうな眼差しで、妖艶にほほえむ女性には見覚えがある。カナイニラウの牢獄で出会った〝海の魔女〟、リリエラがそこにいた。

「リ……リリエラ⁉」

「そうだよ、あんたはネリアで間違いないね。ちょっと見ないあいだに、ずいぶん可愛くなったじゃないか。あら、あんたったら……いつのまにかそんなピアスまでしちゃって」

リリエラは唇をとがらせると深い海の色をした瞳をきらめかせ、手袋をした指でわたしのほっぺをつつき、そのまま耳たぶのピアスにふれた。

「ふえっ⁉」

「ふぅん、この魔法陣……あんたにそれをつけさせたのはずいぶん周到な男だねぇ」

「ひいいぃ、オドゥたちより早くリリエラに言われたぁ！」

両耳を手で押さえて真っ赤になったわたしに、リリエラはけらけらと笑う。

「だってさぁ、人魚の男たちが作る〝人魚のドレス〟もたいがいだけど、そのピアスだって『近寄るな』って威圧してるみたいな魔法陣だ」

「そうなの⁉」

ただきれいなだけじゃなかった。わたしがレオポルドのほどこした魔法陣におののいていると、ニーナも残念そうな目をしてうなずいた。

「この子、本当にニブいのよねぇ」

クスクスと笑いながらリリエラは色っぽくウィンクした。

「ひさしぶりに積もる話でもしたいねぇ」

そう言ってあごを前に突きだしたリリエラが背を丸めると、花がしおれるように再びおばあさんの姿になる。

「え……どうなってるの？」

「〝精霊契約〟で海王妃の〝時〟をもらったからねぇ、せっかくだから使わせてもらってる。目立ちたくないときは老婆に化けるのがいちばんだよ。もしも見張りがついていたら、あんたたちに声はかけなかったさ」

わたしたちに顔を向けた彼女の変化に、まわりのだれも気づかない。目を丸くしているニーナに、リリエラはウィンクして手袋をとった。その中指にはまる金の指輪は魔導列車の乗車券で、王族に発行される無期限のものだ。

「どうせ魔導列車か船を使わなければ、タクラからは出られない……そうタカをくくっているんだろう、今のところ監視もないしね。このていどなら外してもいいが、そう邪魔でもない。あんたのピアスと同じさ」

「べつにこのピアスは監視用じゃ……」

わたしが言い返すと、リリエラはくすりと笑った。

「そうだね。アダマンティンの鎖よりはよほど甘い」

「アダマンティンの鎖……」

耳元で紫陽石のピアスが揺れる。デーダスでも居住区でも、あんなに彼は穏やかで優しかったのに、離れてみるとどうして不安になるんだろう。オドゥにも研究棟の錬金術師、世話好きな青年とはべつの顔があるから？

「わたしたちこの街でオドゥとユーリを探すの。リリエラはここで暮らしてるの？」

「ああ、それに働いてもいる」

「働いて⁉」

「だって陸は何をするにも金がいるだろう？」

「そうだね……」

グレンに錬金術を教わらなかったら、わたしはどうしていただろう。歩きだした彼女の横で歩幅をあわせれば、背を丸めて足元を見つめ、ちょこちょこ歩く姿は本当におばあさんみたいで、ふとそんなことを思った。

「最初は観光気分でブラブラしたんだけど、すぐに飽きちまって。だからこの格好でそこそこ稼いで、そのへんの連中と変わらないような暮らしをしてみようかって。これから仕事なんだよ。後で会えるかい？」

「うん、だいじょうぶ」

「じゃあ今夜、この場所で」

わたしがリリエラを見送っていると、彼女はするりと港のほうに消えていった。


目を覚ましたルルゥに魔力クッキーを与え、その案内でオドゥの工房へと向かうと、路地奥の目立たない場所に小さな戸口があった。眼鏡を外したオドゥがドアにもたれて、わたしたちを待ちかまえていた。差しだした腕にルルゥをとまらせ、彼は目を細めて口元にほほえみを浮かべる。

「やぁ、ネリア。婚約おめでとう、って言うべきかな。ニーナもよくきたね」

「ありがとう」

「こんにちは、ミーナとアイリがお世話になってます」

「世話されてるのはこっち、すげぇ助かった」

オドゥに会うと独特の緊張感が背筋にピリリと走る。彼は絶対婚約に反対するだろうし、祝福もされないだろうと思った。けれど彼のようすはいつもと変わらず、ニーナにも愛想がいい。わたしは思いきって話しかける。

「あのね、オドゥに相談したいこともあって」

「うん、何でも相談に乗るよ。錬金術師としても、きみの友人としても」

振り向いたオドゥは人のよさそうな笑顔で、やわらかい声をだして優しく答えた。ミーナやアイリとも再会を喜び、ユーリから報告を聞く。ユーリはタクラの生活も楽しんでいて、雰囲気が以前と少しちがう。

「そういえば認識阻害が使える眼鏡なんて、なぜほしかったの？」

「それは僕も聞かされてなかったな。サルジアに行く前にほしいって、せっつかれてさ」

ユーリはこげ茶色に変えた髪をいじり、手にした眼鏡に視線を落とした。

「サルジアで自由に動きたいからです」

「ろくな使い道じゃないな」

「そんなんじゃないですよ。リーエンの魔石がどうなったかも知りたいし、彼が『美しい国だ』と言ったサルジアを、この目で見てまわりたいんです」

少しだけ遠い目をしたユーリに、オドゥは意外そうに目を見開いた。

「サルジア皇族のくせに魔石を遺したのか？」

「……彼は魔術学園でロビンス先生から、〝消失の魔法陣〟を教わりました」

ユーリの答えになぜかオドゥは、ハッとしたようすでわたしを振り向く。

「どうしたの、オドゥ」

「いや、何でもない……」

「？」

そのままオドゥはわたしから視線をそらした。トントントンと足音がして、話のあいだに工房を見てまわったニーナが、満足したようすで二階からにぎやかに下りてきた。

「理想的ね！」

「そう言うと思ったわ」

得意そうにうなずくミーナに抱きつき、ニーナはオドゥに礼を言う。

「ありがとうイグネルさん、二階の大きな窓がいいわね。最高の物件だわ」

「どういたしまして。二階は素材倉庫にしてたから、ミーナががんばってきれいにしたんだよ」

場所を押さえて工房を維持するのも大変なはずなのに、オドゥは淡々としていた。ミーナたちが手を入れた工房は、デーダス荒野にある地下工房とはだいぶ違っている。殺風景な作業場のすみには人数分の食器、畳まれたランチョンマットにテーブルクロス、スパイスラックにコーヒー豆の袋も置かれ生活感がある。

「すごいねオドゥ、ちゃんと立派な自分の工房を造ったんだ」

「まぁね。デーダスにイチから造るよりは楽だったよ」

眼鏡をかけていないオドゥは目つきが鋭くて、それでいて何を考えているのかよくわからない。わたしは膝に載せた拳を、きゅっと握りしめた。

「あのねオドゥ、使節団には魔術師団からローラ・ラーラ、竜騎士団からも竜騎士が参加するの。錬金術師団からはわたしとユーリだけど、彼は王太子としての参加だから……オドゥにも加わってもらいたいの」

「……あいつが許すかな」

そういうオドゥの視線はピアスに注がれていて、気になったわたしはそれを、ぎこちなく指でいじる。

「どうだろ。それも相談したくて……ふたりで話せる？」

「なら二階に行こうか」

ユーリが心配そうに、わたしの顔をちらりと見たけれど何も言わなかった。打ち合わせをするというニーナたちを一階に残し、わたしはオドゥの案内で階段を上がった。

港が一望できる二階の窓辺で、彼は淹れたばかりのコーヒーをわたしに差しだして、自分は木のスツールに腰かける。港町では輸入品の茶葉やコーヒー豆が安く手にはいるから、街角のカフェは王都より多いと感じた。

「それで相談って？」

……何から話そうかと考えて、わたしはあえてちがう話題からはいった。

「ええと、オドゥも婚約してたんだよね。どんな感じだったの？」

「僕の婚約？」

意外だったのかオドゥも聞き返してきて、わたしはあわてて両手を振った。

「あっ、でも話したくないことだったらごめん」

「……べつに。楽しかったよ。カップルじゃないと体験できないイベントもあるしね。ラナは……婚約してた子だけど、僕がする錬金術の話もイヤがらずに聞いてくれたし、『応援する』って言ってくれたんだ」

話しだしたオドゥの表情がやわらかくなって、こんどはわたしがビックリする番だった。

「ちゃんと好きだったんだね」

「あたりまえだろ。さすがに嫌いなヤツとは婚約しないよ」

オドゥがクスッと笑って、自分のことを言われたわけでもないのに、わたしの顔が赤くなる。

「ラナは金回りのいい子爵の令嬢で、錬金術にも理解があったんだ。彼女の実家も気前よく援助してくれたし、グレンのもとで功績をあげたら、すぐにでも結婚するつもりだった」

それなのにどうして破局したんだろう。わたしの疑問を口にする前に、オドゥが答えを教えてくれる。

「けれどグレンが第一王子の首にチョーカーをはめたとき、僕はラナの実家に呼びだされ、彼女と距離を置くように言われた。子爵が交際を認めたのも、僕はいつでも金で片づけられる、便利な男だったからだと聞かされた。僕はまだ駆けだしの錬金術師で、何の業績もあげていなかったしね。手切れ金ははずんでくれたよ」

体面を気にする貴族たちにとっては、グレンが起こした事件はマイナスに働いたらしい。

「そんな……ラナさんの気持ちはどうだったの？」

「彼女が願う幸せの中に、僕はいなくてもよかったのさ。カフェで話して大劇場の催しに参加して、華やかな夜会に着飾ってでかける。エスコートする男は、べつに僕じゃなくてもかまわない」

オドゥの洗練された装いも、優しい気づかいも、すべて彼女のために覚えたことなのだろう。

「そんなわけないよ。オドゥじゃなくてもいいなんて……そんなことあるわけないよ！」

わたしが否定しても、オドゥは苦笑いするだけだった。

「きみも僕を選ばなかったじゃないか」

「それは……だって……」

オドゥに対してはときめくよりも、警戒心のほうが先に芽生えてしまい、恋愛対象として見られなかった。だからすねたような顔をされても、困ったな……という気持ちしか湧かない。けれどこの場合何を言っても、何のフォローにもならないだろう。

「彼女と距離を置いてから、王都にいづらくなったグレンについて、全国を回ったよ。そうしたらデーダスに工房を造ることになった。あのまま彼女と結婚していたら〝死者の蘇生〟を研究しても、命がけできみを召喚しようとは思わなかったかもな」

「わたしを召喚したときの状況を教えて。それとこの体のこと。三重防壁で守られていても、ときどきひどくもろいと感じるの。わたし、この世界で生きられるかな？」

オドゥは困ったように笑みを浮かべて首をかしげる。

「きみがそう願うのはレオポルドのため?」

「それもあるけど。今は前よりずっと、この世界で生きることを受けいれている。やりたいことがいくつもできたの。レオポルドの杖だって作りたいし、メロディとビルが進めているグリドルの普及、ニーナたちの工房で作る収納鞄や、ポケットだって形になってきた。でもまだまだなの」

「……だから生きたいと?」

「ヌーメリアとヴェリガンが進める医薬品やアクアポニックスの研究成果、〝ミストレイ〟やクリスタルビーズを使ったファッション、ウブルグが研究しているヘリックスの開発、ユーリが手がけるライガの量産化も見届けたい。わたしが学園で勧誘した、メレッタやカディアンの入団だって心待ちにしてる」

錬金術師団にはいくつもの可能性と、たくさんの未来がある。コーヒーをひと口飲み、わたしは彼に持ちかけた。

「オドゥにはカーター副団長と協力して、結晶錬成やゴーレムの研究に取り組んでもらいたいの」

「魅力的な提案だね。でも僕がきみからほしいものは、もうすでに伝えたと思うけど」

冷めた口調でそう言って、オドゥは自分のコーヒーをすする。あいかわらず彼の視線はピアスに向けられていて、わたしは微妙な居心地の悪さを感じた。

「そんなピアスを贈れるのはあいつぐらいだな。杖がほしいから、ようやくきみに優しくなったか」

「そんなんじゃないよ。だけど杖を作るのに、わたしが生きてくのに、オドゥの協力が必要なの」

わたしが首を横に振ると、オドゥは深緑の目を細めた。

「きみはレオポルドに助けを求めたんじゃないのか?」

「もちろん助けてもらうよ。けれど彼は魔術師だもの。グレンから錬金術を教わったのはオドゥでしょ」

「グレンから教わった錬金術師なら、ほかにもいるだろ」

わかっているくせに、前に自分から持ちかけたくせに、オドゥはひどくゆっくりとした口調で問いかけてくる。

「……僕の協力が、必要だってこと?」

(……試されてる?)

だれよりもオドゥが必要だと、わたしが言えば彼は満足するだろうか。それとも別の答えを期待している？

イールという海鳥がひときわ高く鳴いて、窓の外を横切っていった。港に停泊する魔導船はいくつもあり、港町のにぎわいがここまで伝わってくる。わたしはオドゥの目を見て、こくりとうなずいた。

「そう。眼鏡の秘密も教えてくれる？」

目の前にいる凶暴な肉食獣は、レオポルドがそばにいない今、舌なめずりをしてこのチャンスに飛びつくだろうか。けれど彼はしばらく黙ったままで、わたしもその顔をじっと見つめる形になった。

「眼鏡について知っていることはほとんどない。サルジア由来かもしれないとは、アイリに聞いてはじめて知った。イグネラーシェの長に渡される、血族設定のある魔道具だとしか……僕が知りたいぐらいだよ」

「ならオドゥもサルジアに行こう。何かわかるかもしれないよ。今レオポルドがイグネラーシェを調べていて……」

ゴトリと音を立ててコーヒーのマグが置かれ、オドゥの目が驚いたように見開かれる。

「レオポルドが……あいつがなぜ……イグネラーシェに……」

（……しまった。レオポルドがわたしに告げずにライアスとイグネラーシェに向かったのは、情報がオドゥに漏れるのを防ぐためかもしれないのに！）

「彼はサルジアに関する情報を集めていて、オドゥが持っている眼鏡のことを思いだしたって……」

「きみたちはデーダスでそんな話をしたのか！」

ビリビリするようなオドゥの怒りと魔力の圧。レオポルドの怒りはさんざん味わってきたけれど、彼以外の人物からこれほどの感情を向けられるのははじめてだ。

わたしはグッと歯を食いしばった。今ここで説得できなければ、オドゥに協力してもらうのは難しくなる。どうしても〝魔術師の杖〟を作る。その想いが、わたしを突き動かした。

「『きちんとした仕事につき、地位と身分を手にいれろ』……それがあなたのお父さんの教えよね。錬金術師になってそれは叶いつつあるのに、いつまでも〝死者の蘇生〟にこだわっていたら、それは難しいのではなくて？」

「きみに何がわかる。今きみがこうして生きていられるのも、僕の研究があったからこそだ。死にぞこないの焦げた肉塊だったくせに！」

オドゥの左目だけが色を変え、金色の輝きを放つ。恐ろしいほどの魔力の圧は、レオポルドのそれとはまったく異質なものだった。死にぞこないの焦げた肉塊……その言葉を聞いて、わたしの体に震えが走った。

「デーダスに工房を造ったばかりのころ、僕とグレンとの関係は良好だった。数ヵ月かけて家を建て、地下空洞に工房を造る作業はすべてふたりでやり、研究がひと段落すれば暖炉の前で、くつろぎながら討論を重ねた。きみの召喚を行ったのは僕だ。けれど手を貸しただけのグレンがきみの身柄を預かり、僕を工房から締めだした！」

「グレンはわたしの意思を尊重してくれたから……」

オドゥは吐き捨てた。

「ちがう。あいつはきみを独占したかったんだ。そのまま三年間もデーダス荒野に閉じこめた！」

「わたしには必要な時間だったの。この世界で生きていく術を身につけるために！」

デーダスにいたときは、あそこをでることばかり考えていたのに、グレンがこの世を去ってはじめて、どれほど大切にされていたかを知った。彼は必要なものをすべてそろえてくれていた。だからわたしはこうして、生きていられるのだということも。深緑と金、左右で色のちがう瞳がわたしを見すえた。

「どこまでもグレンをかばうんだな。その笑顔も吐息も……きみがもたらすものはすべて僕のものなのに」

わたしは首を横に振る。だいじなのは彼に協力させることで、今は言い争いをしている場合じゃない。わたしはお腹にグッと力をこめた。

「言霊で人を縛ったことがあるの。そのときは無意識だったけど。高位の魔力持ちは、うっかり約束すると自分の言霊に縛られるんだって。だからあなたはかならず対価を要求するんでしょ」

意識して使うのははじめてだ。精霊ならば願うだけでいい。強い魔力があるならば口約束すらも契約になる。

「誓いなさいオドゥ、杖作りに協力すると。わたしが生きていくために協力すると！」

オドゥの腕をつかんで叫べば、彼は息をのんでわたしの瞳を見つめ、その端正な顔をゆがめた。

「グレンが作った目で僕を見るな。あいつに見張られているような気になる。それに見合う対価も支払えないくせに！」

「対価ならあるわ！」

わたしは自分の護符から、三枚目のプレートを引きちぎった。

「これよ。グレンが描いた杖と〝ネリア・ネリス〟の設計図。それにもしもわたしが死んだら、この体をあなたにあげる。せいぜいわたしより長生きすることね！」

「きみを生かし、杖作りに協力する……それが対価だと？」

彼を説得するのにもうひと押し必要だ。わたしは自分の収納鞄からゴソゴソと、二本のロウソクを取りだした。

「わたしを生かしておく価値があるってこと、オドゥに理解してもらうために、特訓の成果を見せてあげる」

「特訓の成果？」

けげんそうに眉をひそめたオドゥに、押しつけるようにしてロウソクを一本持たせ、自分の手に持ったもう一本は、芯のまわりに魔法陣を展開して火をつける。ポッと灯った黄色い炎に、わたしは笑みをこぼした。

「ついた！」

「いや、どう見てもロウソクに火をつけただけだろ」

「やるのはこれからだもん。見よ、〝ロウソクの炎であそんでみよう〟第二章！」

ちっちっち。マッチのない世界で、魔術を使ってロウソクに火を灯すなんて、すごいことなんだから。わたしはドヤ顔でオドゥに宣言し、炎に向かってヒマワリの形をした魔法陣を放った。

――ボシュッ！

ロウソクの炎を包んだ魔法陣が滑るように空中を移動し、オドゥの持つロウソクに炎が移るはずが、火弾が勢いよく彼の横をすり抜け、背後の壁を焦がした。

「は？」

ぽかんとして衝撃に固まるオドゥそっちのけで、わたしは自分のロウソクを手に首をひねる。

「あれぇ？」

魔法陣は合ってるはず。いつもレオポルドの前で練習していたから、人前でやるのは緊張するのかも。しかたないからオドゥの工房に防壁をひろげた。防壁の発動にオドゥの顔色が変わる。

「もっかいやるから、動かないでね」

「ちょっ、待ったネリア……ヒィッ⁉」

――ボシュッ、ボシュッ、ボシュボシュボシュボシュ……ポッ！

なかなか成功しないものだから魔法陣を連打してしまい、結局八回目でようやく成功した。大きな丸のまわりをぐるりと細いひし形が囲む、ヒマワリ魔法陣はくるくると回りながら炎を運ぶ。

「できた！」

オドゥのロウソクにポッと灯った炎を見て、わたしはホッとして胸をなでおろした。

「できたって……あのさ、何がしたかったわけ？」

ぼうぜんとするオドゥの髪はあちこち焦げているけれど、防壁のおかげで工房の壁は守られていた。誓って言うけど火弾でオドゥを狙ったわけではない。まじめに〝炎飛ばし〟をやってみせようとしたのだ。

「だからわたしが毎晩レオポルドと特訓した成果を見せようと。あ、壁が焦げちゃったけど、こういう建物は修復の魔法陣がかけてあるのよね？」

オドゥは背後を振りかえって壁を眺め、手にしたロウソクを見おろし、それからもういちどわたしを見る。

「え……まさかレオポルドと毎晩、これをずっとやってたのか？」

「そうよ。最初はぜんぜんできなかったけど、彼がわたし用に魔法陣を、お花みたいな形にアレンジしてくれたの。かわいいでしょ」

わたしはできるようになったばかりの魔術を、だれかに自慢したくてしかたなかった。けれど魔法陣の形を楽しむ余裕はオドゥにはなかったようで、彼は焦げた頭をガリガリとかきむしって文句を言った。

「……あいつ、何やってんだ。女と夜ふたりで過ごすんなら、ほかにすることがあるだろ！」

「それより納得できないなら、もう二十発ぐらい飛ばすけど」

言うが早いか、わたしは一気に二十個の魔法陣を展開した。魔法陣の多重展開なら慣れているし、〝ロウソクの炎で遊んでみよう〟は子ども用の初歩的な本なのだ。

「な……待てよ！」

――シュッ、シュシュシュシュシュッ！

いつも魔術訓練場でやっているみたいに、炎を包んだヒマワリ魔法陣がくるくると回りながら、いくつもいくつもオドゥに向かって飛んでいく。オドゥは左手でロウソクを握りしめたまま、必死に右手で術式を紡いで炎を防いだ。

「ちょっ、待てって。レオポルドのやつ、攻撃魔法なんかネリアに教えやがって！」

「相手にロウソクを持たせてないと発動しない魔術が、攻撃魔法なわけないじゃん」

ふたたび咲いたヒマワリ魔法陣に、オドゥがぎょっとして叫ぶ。

「わーったから、数を増やすな！」

「まだまだ行くよ！」

「やめろ！」

オドゥを狙っているわけじゃないけれど的はあったほうがいい。それにちゃんと狙い通りに飛べば、炎がロウソクに移るだけで、べつに危なくもなんともない。オドゥも動かないほうが焦げないと思う。たぶん。

しばらくしてあちこち焦げたオドゥが、ロウソクを握りしめたまま、がっくりと肩を落として床にすわりこんだ。

「……誓う。きみの杖作りに協力するし、生きるための助けになる。これで契約成立だ」

すでに情報は記録石に移してある。わたしは対価となるプレートを渡し、それを受けとったオドゥは、指でくるりとそれを回して自分のポケットにしまい、それから猫なで声をだしてほほえんだ。

「ついでにデーダスにある工房のカギもくれる？」

「あげません。これでも譲歩したんだから」

オドゥの要求を突っぱねれば、彼はため息をつく。金色だった左目は、いつのまにか深緑に戻っていた。

「ホントきみって予測不能だよねぇ。おもしろいけど。ところでさっきのあれ、レオポルドにもやったのか？」

「ヒマワリ魔法陣なら、レオポルドが考えてくれたから……」

オドゥは不満そうに、ふんと鼻を鳴らした。

「そっちじゃなくて、さっきの『誓いなさい』だよ。レオポルドも縛ったのか？」

「そうなるね……」

あれはどちらかというと、わたしのやらかしなのだけれど。余裕を取りもどしたオドゥは、ニヤリと笑った。

「へぇ、あいつが何に縛られたのか気になるな」

一階に下りたら二階の騒ぎが聞こえていたのか、みんなが心配そうにこちらを見あげた。

「オドゥと相談して、杖作りに協力してもらうことになったよ」

「……なんでオドゥは焦げているんです？」

「コーヒーを淹れるんで、豆を焙煎したからかな」

オドゥはしれっと答え、ユーリに黒いケースを放ってよこす。

「ほれ」

「何ですか……ってこれ！」

言いながら開けたユーリの目は、中にきっちりと収められた眼鏡を見て輝いた。

「グレンが作ったレプリカだよ。あいつが作れるなら僕にだって完成させられると思ったのに、まさかサルジアの隠し魔法陣とはね。腹が立つのはグレンがそれを作ったのは、遊び半分だったってとこだ」

オドゥは悔しそうにため息をついたけれど、魔道具好きなユーリはさっそく眼鏡を取りだす。枠がすっきりしたデザインはユーリに似合っていて、術式をチェックした彼は興奮して声をあげた。

「すごい。認識阻害のレベルも変えられるようになっている。こっちのほうが高性能じゃないですか！」

「それでいいなら竜玉をよこせ」

「あ、はい。こんなのがあるなら最初からだしてくださいよ」

ユーリが文句を言いながら竜玉を渡すと、受けとったオドゥは複雑そうな表情を浮かべる。

「それだとありがたみがないだろ。それにデーダスでグレンは、本当にちょちょいっと眼鏡を作ってたんだ。それなら僕にもできるんじゃないかって、術式を読み解くことにしたんだよ」

アイリは紅の目をまたたいた。

「エクグラシアにはない技術です。グレン老は隠し魔法陣を刻むための、特殊な道具をお持ちだったのは？」

「かもね。デーダスの工房にいくのは邪魔されたし、たしかめようもないけど」

顔をしかめてオドゥは立ちあがり、ミーナに礼を言った。

「きみたちが用意してくれた、早変わり対応の服も助かったよ。一瞬で雰囲気まで変えられるから、人ごみで姿をくらましやすい」

「そうね。おもしろかったから、もう少し研究するつもり。あとオドゥ先輩の魅力もちょっとわかったわ」

「何が？」

学園時代は女生徒たちに人気があって、モテまくっていたオドゥのことはミーナもよく覚えている。人当たりがよくて優しくて、それなのにどこかとらえどころがなく、とても本気になってくれそうにないという嘆きをよく聞かされた。結局ラナという貴族の令嬢と婚約したけれど、彼女の実家から得られる援助目当てだと言われていた。

「たとえ対価が必要だったとしても、相手のことを考えなきゃ、行動には移さないわよね。何だかんだ言って優しいのね。ユーリやネリアのことよろしくね」

「へいへい。お願いされなくてもやってるよ」

人は自分の気持ちを偽りながら、生きるのは難しい。女性に見せる優しさや気遣いも本物なら、突き放す時の冷淡さや対価を要求する酷薄さも本物で、言葉を交わすとその深みにはまりそうな魅力もある。

「ネリアだってあなたの魅力には気づいたと思うけど……だからこそ避けたのかしら。でも魔術師団長に行くなんて思わなかったけど」

ミーナはそう言ってわたしにウィンクしたけれど、何か知らない間にいい感じになってない⁉


それからミーナやアイリたちとゆっくり話をして、オドゥにくっついて見に行った市場は、ユーリが得意気に案内してくれた。夜になるとわたしはリリエラと待ち合わせるために、ひとりで港へと向かった。夜のおでかけなんて、ちょっぴりワルになった気分。オドゥを説得できたばかりで、わたしはホッとして浮かれていた。

「ネリア、こっちこっち！　あたし熱いのは苦手なんだけどねぇ、スープがやっぱりうまくてさ」

老婆姿のリリエラが、手を振って待っている。いくつもの屋台が建ちならぶ一角は風除けの覆いがあって、折りたたみ式のテーブルに小さな丸椅子がいくつも置かれ、みな思い思いに座っている。

「うわ、本場のター麺！」

屋台ではター麺だけでなく、魚のすり身や煮卵、輪切りにしたディウフのはいった大鍋が置かれ、注文すれば小皿によそってくれる。なんだかおでんみたいで、わたしはディウフと卵を注文した。

「リリエラはどんな仕事をしてるの？」

するとと意外な答えが返ってきた。

「貝の殻むき。ちょっとコツがいるけど、出来高払いでその日食えるぶんぐらいにはなる。ふふ、この生活も悪くはないよ」

「へぇ」

「へい、お待ち！」

味の染みたディウフを、ふうふうと冷ましながらかじっていると、威勢のいいかけ声とともに、目の前には湯気を立てるター麺が置かれた。

「あっ、忘れるところだった」

わたしは収納鞄からとりだしたフォトをかまえると、リリエラがふしぎそうに首をかしげた。

「何してるんだい？」

「旅の記録……っていうか、彼への贈りものにするの」

「贈りもの？」

「うん、ピアスのお返しをどうしようかっていろいろ考えたんだけどね、まだおたがいに知らないことも多いし、たくさん彼と話したいこともあるけど、ずっといっしょにいられるわけじゃないから」

日常はコマ切れになった時間の連続だ。一日の大半はおたがいそれぞれの仕事場ですごしているし、顔をあわせてもおしゃべりする余裕はない。バタバタしているとろくに話もせずに一日が終わることだってある。

「わたしが感じたことやおもしろいと思ったこと……わたしのすごした〝時〟を贈りたいの。同じ街角でも見る人によって感じかたがまったく違うでしょ。彼にも楽しかったことを伝えて、それでいつかいっしょにこられたらいいな……って」

「ふぅん」

「こういうの口にするだけでも照れちゃうなぁ。へへっ」

湯気のむこうでリリエラが、少しせつなそうに眉をさげた。光のかげんでそう見えただけかもしれないけれど。

言ってて恥ずかしくなったわたしは、そそくさと収納鞄にフォトをしまい、さっそく箸を手にする。左手に持ったレンゲでスープをすくい、口で吹いて少し冷ましてから飲みこんだ。

「んー、この海鮮ダシ……うまぁ！」

「だろ。陸にあがってから珍しくていろいろ食べたけど、結局海のものに戻っちまった。これなら毎日食べても飽きない」

そういって背を丸めてター麺をすするリリエラは、どうみても小さなおばあさんで、海の色をした絶世の美女の面影はどこにもない。

「リリエラはこの数ヶ月どうしてたの？」

「魔導列車に乗っていろいろな土地をみてまわった。金が尽きたところでタクラに落ち着いてね、働きながらまた資金を貯めてる。陸の暮らしも慣れれば楽しいよ」

「そっかぁ……よかった。ふたりで海の牢獄を脱獄したかいがあったね！」

彼女のことはずっと気にかかっていたのだ。顔をみあわせて笑いあって、リリエラはグラスをふたつ注文した。

「そういうこと。再会を祝してエルッパで乾杯しようよネリア」

「いいね！」

リリエラに差しだされた小さなグラスを受けとり、打ちあわせればチンと澄んだ音がする。グラスに注がれた透明な液体をくぴりと飲めば、それは思いのほか濃い酒だった。苦くてノドが焼けて、わたしは顔をしかめる。

「ぐっ、すごく濃い！」

「あはは、ネリアはほどほどにしときなよ」

「そうします……」

左手にグラスをもったリリエラは深い海のような瞳をきらめかせ、いたずらっぽい表情でわたしにたずねてくる。

「それよりあんたにそのピアスを贈った男のことを聞かせておくれよ、マウカナイアにきていた王子様とは違うんだろう？」

「あ、うん。そういえばリリエラはレオポルドに会ったことないよね」

わたしは彼女にレオポルドのことを説明した。王都で魔術師団長をしていること、初対面の印象はおたがい最悪だったこと……けれどなんだかんだでいつも助けてもらったことを。

「へぇ、面倒見のいい男じゃないか」

「まぁ、いっつも眉間にシワが寄ってるんだけどね。こーんな感じ」

両手のひとさし指を眉毛にあてて、グイッと寄せればリリエラはくすくすと笑う。

「それで愛想がよかったら女がほっとかないさ。それでどうしてあんたはタクラをほっつき歩いてんだい？」

「そうなんだよねぇ……黙ってでてきたし、カンカンに怒ってたらどうしよう」

「いまさら何いってんだよ」

彼ににらまれたら生きている心地がしない。もしかしたら戻らないほうがいいかも。だいぶ気持ちは逃げだしたい。

「オドゥやユーリに会いたかったのもホント。あとはどうしたらいいか、わからなくなっちゃって。彼に優しくされるのって、もちろんうれしいよ。でもそうしたら自分がちゃんとできなくなるの。それに彼への贈りものを考えたくて」

「へぇえ……あのネリアがねぇ。恋しちゃってるわけだ」

「恋、なのかな。師団長の仕事が手につかなくて、彼のこと考えると百面相してるんだって」

それは甘くも優しくもない、混乱するほど狂おしい感情で。ただ彼に会えるならそれだけで、世界すらもどうでもいいと思わせる……そんな感情は危険なのに。耳元でささやかれるリリエラの声はしびれるほどに甘い。

「恋に決まってるだろ。あんたはじゅうぶんやったんだし、師団長とやらの仕事だって、どうでもいいじゃないか。だれかがかわりにやるさ」

「それじゃダメなんだよ、彼のために杖を作らなくちゃ」

わたしは手のなかにあるカラになったグラスを、ギュッとにぎりしめた。

「彼に頼まれたのかい？」

「ううん、逆。『杖などどうでもいいから自分のそばにいろ』って。でもわたしが彼のためにできることって、杖を作ることだと思うから、いま師団長を辞めるわけにはいかない。どうしたいかじゃなくて、どうなりたいかなの」

「そんなもんかねぇ。あたしならすべて投げだして、彼にひっついて離れないけどね」

リリエラはあきれたようにため息をつくと、もう一杯エルッパのグラスを注文した。

「完成形が見えていて理想の未来があるなら、それに向けて歩みたいの。オドゥやユーリの好きなようにさせたいけど、まわりの理解と協力も必要。場合によっては軌道修正して……それは師団長としての責任かな。聞いてくれてありがとう、リリエラ」

そうだ、わたしは師団長としての責任も果たしたい。なんだかリリエラと話してモヤモヤしたものがスッキリした。

「あたしとしてはもうちっと艶《つや》っぽい話しを聞きたいんだけどねぇ」

そういいながらリリエラはグラスをよこして、わたしたちはもう一度乾杯した。ノドが焼けるほど強い酒をリリエラがぐいっとあおり、わたしはちびちびとなめる。クマル酒よりキツい蒸留酒は日持ちがするから、船に長期間積んでおける。船乗りたちが好む酒らしい。

「今夜はあたしの部屋に泊まりなよ」

「うん……ありがとう、リリエラ」

連れて行かれたリリエラの家は、小さな船をつなげた水上住宅の集落にあった。波の動きにあわせて上下する家は足元がなんとなく不安定だけれど、クッションにもたれて毛布にくるまれば、ハンモックに揺られているようなユラユラとした感覚がある。

「魔導回路が壊れて使われなくなった廃船を家にしちまうんだよ、船の家がここらじゃいちばん家賃が安い」

「へぇえ」

船からだとタクラの港を覆うように、何層にも重なった建物のあちこちで灯る魔導ランプが、まるでプラネタリウムでまたたく星を見あげているみたい。海面にはふたつの月が映りこみ、ときおり魚がぱしゃりと跳ねた。

「きれい……」

わたしの横で元の姿に戻ったリリエラが、同じように寝そべってほほえむ。

「マウナカイアで見る満天の星空を思いだすんだ。それに船からならときどき人魚に戻って、こっそりと海で泳げるからねぇ」

「そっか、リリエラの暮らしぶりを見て安心したよ。だからやっぱりでてきてよかったな」

「ふふふ、ネリアには世話になったからねぇ。そうだ、何か願いごとがあればあたしが叶えてやろうか」

わたしは船の天井を見つめてぼんやり返事をした。

「願いごとかぁ……できることならもういちど『――』として、あのときみたいにふたりで笑いあえたら」

むくりとリリエラが身を起こした。長い藍色の髪が広がり、群青の瞳が濡れたような艶を放つ。

「それがあんたの願いかい？」

「ん……」

まぶたがだんだん重くなってくる。そういえば寝ないでタクラまでライガで飛んだし、さっきはエルッパなんて強いお酒も飲んじゃった……。リリエラは手を伸ばしてわたしの頭をなでながら、歌うように低くささやく。

「あたしがあんたの願いをかなえてあげるよ。もちろん対価はもらうけれど」

「対価……わたし自分の体以外何も持ってないよ」

「そんなことないさネリア、あんたはあたしのほしいものをちゃあんと持ってる」

リリエラの声がやさしく子守歌のように響く。白い指がわたしの髪に差しこまれ、するりと滑ると毛先をもてあそぶ。深い海の底に、落ちていくような眠気を感じた。

「あたしは海の魔女だ。あんたの願いをかなえてあげる。そのかわり……あんたのだいじなものをもらうよ。師団長なんてそんな肩書き、忘れちまいな」

そうね、もういちど「――」として生きたい。あのときみたいにふたりで笑いあえたら。

翌朝、わたしは船に当たるチャプチャプという波の音で目を覚ました。ときおりつなげた船同士がこすれ、ギィ……と木がきしむ音も重なる。丸い船窓から差しこむ日差しに顔をしかめ、だいぶ日が高く昇ったことに気がついた。

「うーん、すっかり寝過ごしちゃった。リリエラ？」

けれど頭をもたげて見回しても、船の中にリリエラの姿はなく、そこにいるのはわたしひとりだけだった。寝ているあいだに唇をかんだのか、口の中に血の味がする。

「あれ、リリエラ……どこ……」

イールの鳴き声が天井越しに聞こえる。船内を見回すと壁にかかっている小さな鏡が目にはいる。なにげなく鏡に目をやったわたしは、そこにいた人物に絶句した。昨日の夜、リリエラは何ていった？


『あんたの願いをかなえてあげる。そのかわり……あんたのだいじなものをもらうよ』


わたし……わたしは何て答えた？

驚いたような顔で目を丸くして、長い黒髪を持つ奈々が鏡の中からわたしを見ている。わたしのだいじなもの……それが何かはすぐに気がついた。わたしは自分の耳たぶを指でつまむ。

「ピアスが……ない！」

紫陽石とペリドットのピアス、彼が術式を刻んで婚約の証にくれたもの。それが耳からなくなっていた。

書籍特典ＳＳ

コランテトラの記憶
フォトブックを見よう

コランテトラの記憶

最初は何か鉢のようなものが、かぶせられていた。地面を歩くザッザッとした足音に、わずかなズリ……という引きずる音が混じる。男の歩きかたには特徴があって、それでいつも彼がやってきたとわかるのだ。

鉢を持ちあげた男の顔が近づき、コランテトラの新芽には、日の光と春の風が一気に押し寄せた。

「おおお、芽吹いている！」

弾んだ声がしたから、笑っているのだとわかった。今の体は目も耳もないから、ただ風で感じるだけ。それでも太陽の日差しを、全身に浴びるのは気持ちがいい。

パシャパシャパシャ。

……と思ったら根元に水が注がれた。じわりと土に沁みていく水を、まだ産毛のように細い根から勢いよく吸いあげる。でも葉は太陽に向かって伸ばしたい。

「昼間はこうして日に当ててやるからな。で、夜は鉢をかぶせてと」

どうやら鉢で覆われていたのは、芽吹いたばかりの双葉を守るためだったらしい。彼の故国から運ばれた種が、硬い種皮を割って芽をだしたのは、つい昨夜のできごとだ。

——こんにちは、世界。

はじめて感じる世界で、日差しを浴びて風に吹かれ、水を求めて根を伸ばす。男がザッザッ、ズリ……と歩き回って、新芽のまわりに木の杭を打ち、ロープを張って囲いを作っていると、タッタッタ……と軽い足音が聞こえくる。

「バルザム様、コランテトラが芽吹いたんですか。このまま根づくといいですね！」

「ああ、実がなったら、リュカにも食わせてやるからな」

駆けてきたのはリュカという人間で、男に話しかけている。バルザム……そう、彼の名前はバルザムだ。

「あはは、楽しみにしてます。〝緑の魔女〟に頼めば成長を早めてくれるかも」

「そうしたいが、マール川流域の小麦畑が優先だ。川の魔物はドラゴンに掃討を手伝わせろ」

「そのことですが、ドラゴンだけだとどうにも統率がとれなくて。魔物退治といってもヤツらには、狩りや食事と同じで好き嫌いもありますし。こないだは手加減ができず、衝撃波ひとつで湖が造られました」

赤い髪をガリガリとかきむしって、バルザムは大きく息を吐いた。エサの準備から鱗磨きに爪の手入れ、寝床には香りのいいハーブを集め、日に干して乾燥させて敷きつめる。野生だったというのに、ドラゴンたちの要求は多い。竜騎士といっても肩書きだけで、やってることはドラゴンの世話係だった。

「やっぱり人間がいないとダメかぁ。俺、竜王は苦手なんだよなぁ」

「そりゃ、あれだけ死闘を繰りひろげた相手ですしね。しかもバルザム様以外は、竜王に近寄れません。いっそのこと首を斬り落してたら、めんどうがなかったのでは？」

「そうしたらきっと竜王は倒せても、ほかの魔物に襲われて全滅したろう。西の果てだけあって、魔物がウジャウジャいやがる」

「まぁ、竜王がいるだけで安心して眠れるってのは大きいですね。それに力の強いドラゴンがいれば移動も早いし、物資の輸送がぐっと楽です。食糧さえ確保できれば、この国は順調に発展しそうです」

バルザムについてきたのはみんな、本国に居場所がなかった者ばかりだ。大変なのはわかっていて、それでも彼についてきた。ドラゴンを討伐して帰還するという当初の目標を捨てて、ここに国を築くと言ったら、だれからも反対意見がでなかったのはそのせいだ。

すでに故郷への別れは済ませており、道中の大変さを考えたら、引き返すという選択肢はなかった。

「おう、そのためにも急いで竜騎士団を編成するぞ」

「といっても団員はまだ、俺とバルザム様だけですけどね」

「期待しているからな。俺に何かあったら、リュカがミストレイに乗れ」

バルザムの軽口に、リュカはのけぞった。

「えええええ。ドラゴンを拳で殴るとか、俺にはムリですって」

「何言ってんだ、あれは魔術だ。拳に魔力を集中させ、竜王のノドぼとけを狙い……『ちょっと黙って静かにお話しましょう』という気持ちをこめて、全身全霊で打ちこむ。拳から魔法陣を展開できるのなんて俺ぐらいだろ」

「どこが魔術なんですか、思いっきり力技じゃないですか。とりあえず見込みのありそうな者に声かけましたから、あとで訓練をお願いします。みんな〝感覚共有〟にとまどっているみたいで」

感覚共有はバルザムが、竜王ソルディムと共存を決めてからケガの手当てをして、その要求に従っているうちに、偶然身につけたものだ。仲良くなりたかったわけではなく、おたがいなんとなくこんな気分になった。

――いちいち伝えるのはめんどくせぇ。

感覚さえ共有しておけば、竜王の広い背中が痒くなっても、ピンポイントでかいてやることができる。ついでに自分の背中も痒くなるが。まだ何も知らないリュカに心の中で謝りながら、バルザムは命じた。

「魔術師たちにも協力させてスキルの練度をあげろ」

バルザムの一行は寄せ集めの集団で、優れた魔術師なんてのはおらず、術式ひとつ編むのも苦労している。リュカの妹スーリアがその中心で、国をでたときはまだほんの子どもだった。素養のある彼女にひとつひとつ、辛抱強く魔術を教えたのもバルザムだ。

「俺も感覚共有のコツがまだつかめなくて。身体強化だけではダメですか？」

「あのなぁ、ドラゴンたちと感覚共有ができないと、ふつうに死ぬからな。訓練は厳しいだろうが、ドラゴンの目でみる世界を、みんなにも見せてやりたい」

「そうですね……」

リュカがうなずき、バルザムはふたたび膝をつくと、コランテトラの新芽を見つめた。芽吹いたばかりの小さな苗は希望の象徴だが、まだここには何もない。

……ヴオオオオォ！

双葉を開いたばかりの芽が、種のときから何度も聞いていた、竜王の咆哮がまたとどろいた。バルザムの気配が厳しいものに変わり、彼は膝の土を払って立ちあがる。

ドラゴンたちとの共存は、まだはじまったばかりで、ヤツらが本気で暴れれば、できたばかりの集落はあっさり壊滅する。バルザムがここシャングリラだけでなく、マール川の河口近くのタクラに拠点を置いたのはそのためだ。港を確保し、万が一にも備えておかねばならなかった。

「また夜に鉢をかぶせに来てやるからな。今はお前だけが俺の安らぎだよ」

優しい声でそういって、バルザムはまた軽く足をひきずりながら去っていった。


夏になり、エクグラシアで初の〝竜王神事〟が行われることになった。契約の更新というか、誓いを新たにする行事だ。風がドラゴンたちの興奮を伝えてきて、コランテトラの葉がそよそよと揺れた。

すくすくと伸びた苗木は膝の高さまで成長したが、まだひょろりと細い。もう鉢で覆われることはなく、バルザムは毎日やってきて、今朝も水を根元にかけた。

――パシャパシャパシャ。

暑くなってきたから、根元にみる水が気持ちいい。今日のバルザムは伸びた赤い髪をヒモで束ね、〝緑の魔女〟から交易で手にいれた正装を着ている。

「どうだ。時間をかけてみんなが準備してくれたんだ。術式の刺繍までしてあってそれっぽいだろ」

何がそれっぽいのかよくわからないけど、刺繍からはスーリアという魔術師の魔力の波動を感じた。

「じゃあ、行ってくる」

あいかわらずひとびとの生活は大変で、住居といっても小屋みたいなものだ。そこから集まってみんなで小高い丘に向かう。槍を携えて正装したバルザムが先頭に立ち、ぞろぞろと歩いて行った。


準備していた場所でバルザムは大きく魔法陣を展開し、地の魔力を開放する。魔力が渦巻く中心で、高く槍を掲げて彼は宣言した。

「ここは竜王に守られし地、エクグラシアの王都シャングリラ、ドラゴンたちと生きること我々に幸いあれ！」

「「「幸いあれ！」」」

それから大きく槍を振り回し、ダンッと地に打ちつければバチバチと火花が散る。魔力の渦を描いて天へとのぼり、ドラゴンたちのおたけびが空全体に響きわたる。

バルザムの全身から魔力がごっそりと抜かれる感覚があったが、彼はかろうじて踏みとどまって、そのまま動かず仁王立ちのまま儀式を終えた。

見守っていたひとびとからも歓声があがり、みんなが天に手を突きあげて叫んでいた。中には涙を流している者もいる。肩で息を切らしながらリュカとスーリアの元にいき、スーリアが差しだす魔力ポーションを飲み干した。

「やっぱり魔力が乱れても結界で封じられるよう、祭壇みたいな場を造るべきだな。俺、ちゃんとやれていたか?」

「初の〝竜王神事〟、おみごとでしたよ」

儀式の興奮が冷めやらぬ会場で、ただひとりバルザムだけが、青ざめて淡々としていた。ここは竜王と死闘をくりひろげ、死を覚悟した場所でもある。思いだすだけで古傷が痛み、口の中に血の味がひろがるようだ。

「もう一年たったんだな……あのまま死ぬかと思ったのに」

「そうですね。来年にはこの土地で子どもが生まれます。王よ、私の妻に祝福を与えてください」

「そう、か……」

立っているのもやっとだが、魔力ポーションから供給された魔素が体内を駆けめぐり、何とか笑顔は作れそうだ。ひとびとのほうへ歩きだしたバルザムを、リュカの声が追いかけた。

「建国して一年です。この地に都を築くなら、王もそろそろ身を固められては」

「……俺はそういうのはいい」

ザッザッと歩く足音に、ズリ……と引きずるような音が混ざる。バルザムの背を見送ったリュカは、自分の隣に立つ妹スーリアを気づかわしげに見おろした。

国をでるときは子どもだった彼女も、いつのまにか娘といっていい年頃だが、バルザムがかつて恋した相手は、サルジア三皇家を継ぐ傀儡師の姫だ。とうていリュカの妹に目を向けるとは思えない。

「お前の想いにバルザム様が……せめて気づいてくださるといいが」

「兄さん……心の中でだれを想うかぐらい、バルザム様の自由にさせてあげて。あんなに毎日竜王とつきあって、みんなのために働いてくださってるのよ」

ドラゴンの鳴き声と同じように、シャングリラを吹く風が、ふたりの会話をさらってコランテトラのもとへ運び、いたずらにその葉を揺らした。

コランテトラがしっかりと大地に根を張り、枝を大きく広げるとともに、ひとびとの暮らしも安定していった。シャングリラとタクラに拠点を置いたエクグラシアの基盤は、数十年かけてようやく整った。小屋が建ちならんでいた岩場は、通りが整備され城下町としてにぎわうようになった。

竜騎士たちの数も増え、マール川を航行する船がドラゴンたちにエサを運ぶ。まだ旅人の訪れはないけれど、北の平原を焼き払うことで、草原を駆ける足の速い魔獣を追い払い、王都近郊はだいぶ安全になった。

魔素が豊富な土地だからと魔術師団も結成され、魔法陣や術式の研究もはじまった。

ようやくバルザムは城の建設にとりかかった。住居や応接室や会議室を備えた小さな城は、増築を重ねて王城が大きくなると奥宮と呼ばれ、王族が生活する場所となった。

とうに人の背丈を越したコランテトラの幹はまだ細く、バルザムは建築用の資材から適当な石を見つけてきて、その根元にベンチを造らせた。

「大きくなったな……」

ベンチから木を見あげて、バルザムはのんびりと茶をすする。ひょろりとした木では木陰にもならないが、コランテトラの根元でベンチに座れば、いつもさわやかな風が吹いていた。

「エヴェリ……きみに見せたいよ、俺たちの国を」

ようやく人が安心して暮らせる場所を作ることができた。ふと気配を感じて顔をあげたバルザムは、コランテトラに寄り添うようにそっと立つ精霊を見つけた。

「ああ……ようやくきみに会えた」

このような形の再会を、喜んでいいのか悲しんでいいのかもわからない。わかっているのは愛していた人が、すでに人の理を外れた存在になったということだけ。

もう毎日の水やりはやめて、庭師に任せていた。放置していたわけではないが、竜王と全国を飛び回って、何ヵ月も帰らないこともあったから。

透き通るような銀の髪に黄昏色の瞳は、バルザムの願望が混ざっているのかもしれない。生き別れたときの彼女の姿そのままだった。視ることはできるが、手を伸ばしても触れることは叶わなかった。

「きみを何て呼べばいいかな？」

生まれたばかりの木精は首をかしげた。木に精霊が宿るにはもっと時間がかかる。年輪を重ねて芯ができてはじめて、精霊が生まれるのだ。最初から木精になりたくて、種に宿っていたなんて異例だろう。

バルザムは言いにくそうに、つけくわえる。

「俺さ、ここで妻を迎えたんだ。だからもうきみの名は呼べない……それでもきみが託したこの種で、竜王と契約を結ぶ加護を得ることができた。きみの願いが俺たちに安住の地を与えてくれた」

——私もスーリアがとても好き。

コランテトラの返事に、バルザムはハッとして顔をあげた。

「彼女を紹介したことは、なかったと思うけど」

——風が何でも教えてくれる。

「そうか」

音として聴こえない声は、バルザムの心にのみ語りかけるのか、それとも姿も言葉もすべては、願いが見せるただの幻か……そのどちらでもいいような気がした。彼女の姿は変わらぬまま、ただそこに在るだけなのだから。

——ときどき、子どもたちを連れて遊びにくる。だから赤い実をあげるの。

「あの赤い実か」

そういえば食卓にときどき、コランテトラの実がならぶことがある。あれはスーリアが採っていたのか。かみしめるように、バルザムはただひと言つぶやき、コランテトラの幹に手を当てた。

「きみのためにここに離れを建ててもいいかな。俺はもうすっかり老いてしまったけれど、夜空に浮かぶふたつの月だけは変わらない。故郷のコランテトラで待ち合わせて、ふたりで見あげたあの時のままだ」

——月に行こうとしたことがあるの。

「えっ？」

彼女はくすりとほほえんだように見えた。

——今は自由だから行けるかなって。でもどんどん上に行くと、どんどん意識が薄れて、風と変わらなくなるの。

気がついたらソルディムが迎えにきていて、連れ戻されたわ。

「竜王が？」

――仲良くなったの。

また彼女ははにかむように笑う。

――まだ新米だから、いろいろなことを教えてくれるの。

「そうなのか」

バルザムに対して、竜王は親切とは言い難い。機嫌が悪いとプイっと飛びたって、何日も帰らないことがある。けれど種のときから加護を与えている、木精のことは気にかけているようだ。

「ということは、俺より先に竜王と会ってたのか……」

人間よりも竜王のほうが精霊に近い。交流があっても不思議ではないが、バルザムは複雑な気分になる。

――バルザム。

懐かしい姿で、かつて恋焦がれた女性が、彼の名を呼び優しく笑った。

――ここは約束の地。いつか私の血を引く者がきっとここを訪ねる。そしたら幸せにしてあげて。

それは別れたときに彼女が見せた笑顔と同じで、どうして無理にでも連れださなかったのかと、さんざん悔やんだことを彼に思いださせる。伸ばしかけた手をまた引っこめて、腕がだらりと垂れる。

「俺は……」

けれど後悔も詫びも、今さら語るべきではない。バルザムはギュッと拳を握りしめてうなずいた。

「もちろんだ。きみに縁の者だけじゃなく、ここで暮らすだれもが幸せになれるよう力を尽くすよ」

それからもバルザムはときどきやってきてベンチに座り、木精とたわいのない話をしてお茶を飲む。コランテトラの木精は気まぐれで、すぐに姿を見せるときもあれば、呼びかけても応えないときもあった。

後年、どうして西の荒れ地に国を造ったのかと聞かれた彼は、太くなったコランテトラの幹にふれてこう答えたという。

「国を造りたくてエクグラシアを建国したんじゃない。幸せにしたい人がいたから、その人が安心して暮らせる国を造ったんだ」

魔術師でもあり史上初の竜騎士でもあった、エクグラシア建国の祖バルザム。彼の死後、その魔石は妻となった魔術師スーリアの手により、コランテトラの根元にそっと埋められた。

パシャパシャパシャ。

水をまいたスーリアは、夫が造った石のベンチに座り、しばらくコランテトラを見あげたあと、満足そうにうなずいて、子どもや孫たちがいる奥宮へと帰っていった。

おもしろいできごとがあれば、風がコランテトラの葉を揺らして教えてくれる。

――くるよ。

スーリアも姿を見せなくなってずいぶんたったある日、ボロボロの服を着た青年がやってきた。ボサボサの銀髪は灰をかぶったチリネズミのようで、ただ鋭い青灰色の瞳だけが、ギラギラと強い光を放っていた。

「エヴェリグレテリエ……」

男はコランテトラの木精すら、すっかり忘れていた名前を呼んだ。居心地が悪そうにキョロキョロとあたりを見回している。建物からもうひとり、口ひげを生やした丸眼鏡の男がでてきた。

「グレン、この建物全体があなたに与えられた研究棟だそうです。錬金術師団長グレン・ディアレス……それが今日からあなたの肩書きです。竜玉や素材まで与えられて破格の待遇ですよ」

「ウルア・ロビンス……何か裏があるのではないか？」

「疑り深いですねぇ。まぁ、でていくのはいつでもできますよ。異臭騒ぎや爆発騒ぎを起こさないようにしてください。ついでに魔術学園にいるウブルグ・ラビルという学生を、引き取ってもらえませんか。彼に研究を続けさせてやりたいんですよ。人が乗れる大型カタツムリを作りたいそうです」

ぽんぽんと言い放った男は、丸眼鏡に浄化の魔法をかけると、またかけ直した。グレンと呼ばれた、やせぎすの青年は顔をしかめる。

「カタツムリ……」

「そう、カタツムリです。彼は学園にいるカタツムリ全部に、名前をつけていましてね。魔術も巧みだし、手先も器用なんですが、どうにも就職先が見つからず……」

「お前はいつも、しれっと厄介ごとを持ってくるな」

さっき木精の名を呼んだ青年は、持っていた荷物をドサリと投げだして、石のベンチに腰をおろすと深く息をつく。肩にかかる髪、猫背気味に丸めた背中……はじめて見る男なのに懐かしいような切ないような、ふしぎな感覚がする。

「その学生には爆薬の調合を教えよう。武器にも使えるし、山の掘削や魔石の採掘でも役に立つ。それさえやっておけば、あとは何をしても文句を言うヤツはおるまい。で、お前の狙いはなんだ」

「バレましたか。彼は食いしん坊なんですよ。カタツムリ以外で関心があるのは食事です」

「……で？」

初対面ならひるみそうなほど、不機嫌な声音で問いかけた男に、丸眼鏡の青年はにっこり笑った。

「私も王都では執筆に専念したいのでね。彼といっしょなら私がいなくとも、あなたが飢え死ぬことはないでしょう」

それを聞いたエヴェリグレテリエはこう思った。

――ヒトは根っこがないから、ご飯を食べないといけなくて不便だな。


エヴェリグレテリエはグレンと精霊契約を交わし、木精は師団長室を守るようになった。風を使えばたいていのことはできる。そしてある日やってきた、炎のような赤い髪をなびかせたレイメリアという魔女に頼まれて、グレンはコランテトラの枝からオートマタの体を作った。エヴェリグレテリエは五百年ぶりに歩いた。

てくてくてく。てくてくてく。

中庭を歩き回る白いモフモフした聖獣を見て、魔女はグレンに問いかける。

「ねぇグレン、エヴィは銀糸のような髪に黄昏色の瞳をした女性の姿だったのに、なぜこの体にしたの？」

「あれは……私の母に似ていて落ち着かん」

「そう……」

ぼそりと言って口を閉ざした男に、魔女はそれ以上たずねることはせず、エヴェリグレテリエにグレンの世話や師団長室の掃除など、いろんなことを教えて……ついには赤ん坊の世話まで学ばせた。


遠い昔、バルザムが育てたコランテトラの木精は、今ではソラと呼ばれている。明るい水色の髪と瞳は、ミストレイの背から見た、澄みきった王都の空の色らしい。ソラはお菓子作りを習い、笑いかたも覚えた。

ソラと呼ばれるようになってから半年たち、ネリアもレオポルドもでかけている。ソラは居住区のドアを開け、中庭にでて古い石造りのベンチにちょこんと座った。

『きみのために……』

ここでいつも木を見上げていた男の、赤い髪と瞳は何となく覚えている。木に語りかけてくる人間など珍しかったから。かつてはその男と目があうだけで幸せだった。

遠い昔に自分はその男と何か、約束をしたような気がする。けれど最近来たばかりの娘のこともソラは気にいっていて、彼女と交わした約束が増えてきた。

『この預かったライアスの上着は、だいじなものだからここに置いておくね。わたしが留守のあいだ、ソラが守ってくれる？』

『おまかせください』

『ソラ、カディアンに何か甘いもの持ってきてあげて』

『かしこまりました』

『ソラ、お願い……』

ひとつひとつ娘と約束するたびに、ソラの記憶は上書きされていく。そしていまの日常は、精霊だったときよりも楽しい。魔石タイルを敷いていない中庭には雪が積もり、通路だけは雪かきをしたものの、植え込みはこんもりと白い帽子をかぶっている。ネリアがいたら、きっとはしゃぐだろう。

「ネリア様がいらしたら、雪ダルマとか雪ウサギを作るのかな……」

デーダスで作られた雪ダルマを、ソラはネリアのフォトで見た。雪ウサギは両手で雪をきゅっと固めて、葉っぱをふたつ、小さな丸い実をふたつ、ちょんちょんとつけてウサギに見せるのだ。

……ちょっと作ってみようか。

カーター夫人がカーディガンを編んでくれたら、ソラもネリアやアレクといっしょに雪遊びをするつもりだ。ソラはその練習をするために、手袋をはずすと雪に手をふれた。

精霊は実体がない。ただ記憶だけを持つその存在は、空間すらも越えられるという。望むとおりに世界を創りかえる力すら持つが、力を使えば使うほど、その精霊は力を失っていく。もしも精霊が実体を持てば、その体からもたらされる情報に、いつしか記憶は上書きされていく。

――そうしていつか、精霊は世界に溶けていく。

フォトブックを見よう

タクラの工房に着いて、わたしはユーリやオドゥがいない隙に、ニーナたちの知恵を借りたくて相談した。

「婚約者とは贈りものをしあうってテルジオに聞きました。何を贈ればいいんでしょうか」

デザイナーでファッションや流行にもくわしいニーナやミーナ、貴族の習慣もよく知るアイリがそろっているんだもの。こういうときには頼りにしたい。けれど三人とも困ったように顔を見合わせた。

「魔術師団長の好み、わかるかしらミーナ」

「ヘタなもの贈れないし難しいわね」

「大人の男性って、何を喜ばれるんでしょうか……」

三人からするとレオポルドは、とても気難しく見えるらしい。何をもらっても無表情で、さして喜ばないのではないかと思われていた。それなのに国宝級の品を贈ってくるとか、プレッシャーに押しつぶされそう。

「がんばって杖を作らないと。わたし借金背負わされた気分ですよ」

「ネリィはがんばってるじゃない」

「そうよ、杖がどうというより師団長としてがんばったから、彼も出会って半年で婚約したんでしょ」

「淑女のお姉様がたは月の君と呼んで、『とりつくしまもない』といつもお嘆きでした。あのかたがこんなに早く婚約されるなんて驚きですわ」

「そうですけど……」

たぶん彼に喜んでほしいから、わたしはこんなに悩んでしまうのだと思う。

「ネリィがぽーんと、彼の胸に飛びこめばいいんじゃないの？」

「それができたら苦労しませんよ！」

「やってみればいいのに」

唇をとがらせたニーナに、わたしは必死で説明をする。

「ええとですね、わたしたちの関係はまだ、仲良くご飯が食べられるようになったかな……ってとこなんです」

「ふうん？　まぁ、嫌いなヒトとご飯は食べたくないしね」

納得いかなそうなニーナの横で、ミーナが苦笑して首をかしげた。

「公子様だもの、高級品なんて見慣れているわよね。こだわりもありそうだし」

「あっ、でも〝あったかもこもパジャマ〟は、渡したらサラッと着てましたよ」

「ちょっと待ってネリィ」

ニーナがくるんとわたしを振りむき、ずいっと迫ってくる。至近距離で見る若草色の瞳が怖い。

「ウチの商品の〝あったかもこもパジャマ〟を、彼が着たっていうの？」

「ニーナさん、近すぎです！」

「あ、ごめんニーナ。その話をまだしてなかったわね。休暇前に彼、五番街の店へネリィと買いものにきたの」

ニーナは信じられないようすで、ミーナに確かめた。

「じゃあ本当に、あのレオポルド・アルバーンが、ウチの〝あったかもこもパジャマ〟を着たの？」

「ええ。術式をほめてくれたわ」

「耳付きのフードもおもしろがって、かぶってました」

マウナカイアで休暇を過ごしていたニーナは、それを聞いてとても悔しがる。

「やだ、それ見たい。何でフォト撮らないのよ！」

「そうねネリィ、デーダスで撮ったフォトはある？」

「ありますよ。見ます？」

ミーナに聞かれて、思いだしたわたしは自分の収納鞄をあけた。とりだした茶色い皮表紙のフォトブックに、みんなの目がいっせいに輝く。ニーナはぱちくりとまばたきをした。

「ネリィったらフォトブック持ち歩いているの？」

「メレッタにフォトの使いかたを教わって、お散歩がてらあちこち撮り歩いたんです。デーダスで撮ったのもありますよ。でもちょっと、これを人に見せるのは……やっぱり恥ずかしいかも」

もしもサルジアで寂しくなったら見返そうと思って、わざわざ持ってきたものだけど何だか照れる。もじもじしていると、ニーナがさっとフォトブックをとりあげた。

「もったいぶらずに見せなさいよ。どれどれ……」

ところが数ページめくっただけで、彼女はキッと顔をあげるとわたしに文句を言った。

「食べものばっかりじゃないの！」

「ほ、ほかのも撮ってますっ」

レオポルドにもあきれられたけど、食べものを撮って何が悪いんや！

（おいしそうに撮るって、けっこう大変なんだけどな……）

つられてのぞきこんだミーナまで、さらにページをめくりながら、げんなりした顔でため息をつく。

「ネリィ……食べもの以外はほとんど、珍しくもない店の看板じゃないの。七番街のパン屋さんなんて、私たち毎日見てるわよ」

「わたしには珍しいんです！」

フォトをはじめたばかりのころは、食べものとか看板みたいなものが多く、人物のフォトがない。食べもの以外は季節イベントが中心だ。

ページが進むとようやく魔道具ギルドの実習とか、対抗戦が終わってみんなで撮ったフォトとか、わたしには思い出深いフォトが続き、ミーナは新しいローブの試着風景に目を留めた。

「まぁ、ネリィは王都にきたばかりだものね。あら、王城の服飾部門は参考になるわね」

ミーナがそのページに見入っていると、横にいたニーナはふと思いだしたように、わたしにたずねた。

「ねぇ、ボッチャの妖精を撮ったやつはないの？　塔へ突撃したんでしょ？」

「ええと、それがボッチャジュースをがぶ飲みしたせいで、わたしすっかりできあがっていて……」

ふわふわスカートに黒のビスチェ、蜘蛛の巣をあしらった髪飾りまでつけた、アイドルっぽくてかわいい衣装はとても気にいったのに、残念なことにフォトが一枚もない。

ミーナはさらにページをめくって、ゴーストの花嫁に扮したわたしの仮装に声をあげた。

「あら、処分するからってネリィにあげた、古いウェディングドレスだわ。雰囲気でてるわねぇ。でも何なの、いっしょに写ってるこの魔羊。みごとな毛並みと立派な角だけど」

「……仮装パーティーの参加者です」

天空舞台で月の光を浴びて、頭からすっぽり魔羊のかぶり物をかぶっているのが、みんなが見たい美麗な魔術師団長ですとはとても言えない。聞かなかったけど、もしかして自分で狩ったのかしら。

「ふぅん、顔はわからないけど、スタイルはいいわね。ねぇ、どのへんからデーダスなの？」

「もうちょっと先です」

ふたりで雪遊びして撮った、ふざけたフォトとかもあったはず。だれかに見せるつもりじゃなかったから、何だかとってもくすぐったい。イライラしながらページをめくっていたニーナが、ぴたりと動きをとめる。

「ウソ、かわいいわ……」

「やだ、ちょっとこれ本当に魔術師団長なの⁉」

デーダスの家で術式の補修が終わり、魔法陣の動作確認をしながら、彼がクッションにもたれてくつろいでいるところだ。人物を撮るつもりではなく、内部の状態を記録しておくために撮ったものに、たまたま彼が写りこんでいた。きらめく銀髪がフードからこぼれ、薄紫の瞳は少しけだるげに細められている。

あったかもこもこパジャマを着た彼に、みんなは悲鳴をあげて大騒ぎになった。暖炉の炎に照らされた横顔は長いまつ毛が際立ち、眠そうなせいか、ふだんよりずっと無防備に見えた。ページをめくりながら、ニーナが興奮したようにまくしたてた。

「やっぱり彼、色味が薄いから濃い色の衣装が引き立つわね」

「でも白っぽい服だと、黄昏色の瞳がとても印象的に見えるわ。この色は五十七番かしら」

ミーナも真剣な表情をして、プロ目線でフォトに見いっている。

「あの、わたしはどうです？」

実はデーダスではヘアアレンジをがんばったのだ。アップにしたり、ポニーテールにしたり、三つ編みや編みこみにもチャレンジした。レオポルドの反応は薄かったけど。

「ああ、そうね。かわいいわ」

「ヘアスタイル変えているのね。いいんじゃない？」

サラッと流されて次に行かれた。予想はしていたけど、みんなの反応も薄かったよ！

みんなはすっかり夢中でレオポルドのフォトを、穴のあくほどじっくりと見ている。

「やだ、眼鏡かけて魔術書を読んでいる横顔、ものすごく色っぽいんだけど」

「銀髪がふぞろいで乱れているとこ、いいわよね」

「ホント。こんな人が同じ部屋にいたら、私息するの忘れちゃうわ」

「こちらでは髪をひとつに結んでますね。ステキです」

「きゃあぁ、こっちは笑ってるわよ！」

それは料理対決でレオポルドが、焼きミッラで勝利を収めたときのもので、彼はすぐに自分のぶんには手をつけず、わたしが食べるところを観察していた。ひと口食べて悶絶したわたしが、そのあまりのおいしさに降参したら、本当にうれしそうに笑ったのだ。いたずらっぽい、おもしろがるような笑顔なんて、仕事中には絶対見られない。

せっかくなので記念にと、焼きミッラの皿といっしょに記念撮影したフォトを、みんなは目を潤ませて鑑賞している。まっすぐにこちらを見つめる黄昏色の瞳が、楽しそうな光を帯びてきらめいていた。

「魔術師団長の笑顔……はじめて見ました」

「ご尊顔がまぶしすぎるぅ！」

レオポルドはいつも黒いローブ姿だったり、ビシッとした貴公子姿だったりするから、ゆったりしたあったかもこもこパジャマを着ているところはすごく新鮮で、でも見慣れないから不思議な気がしたものだ。

「まぁ着る人を選ばない服ではあるけど、これからも着てほしいわね」

「着心地はどうだったのかしら。彼は何か言ってた？」

「すごく気にいったみたいですよ。ほかにもパジャマがあるだろうに、居住区でも着ていますし。でもひとつだけ不満があったらしくて」

「不満って何が？　生地？　デザイン？　色？」

「不満っていうか、倉庫にあった在庫を買っただけだから、お得だったんですけど……」

ギュンっとすごい勢いでニーナにつめ寄られて、わたしがのけぞりつつあわてて言い直すと、彼女は顔をしかめて変な顔をした。

「何、まさかの値段なの？」

「いえ、そうじゃなくって。できたらおそろいの、ペアルックがよかったみたいです」

「おそろいですって⁉」

ニーナは雷に打たれたように固まった。まるで恐怖でひきつったように、若草色の目を見開いて唇をわなわなと震わせ、かすれ声でミーナに話しかけた。

「ミーナ……今おそろいの、ペアルックって聞こえたわよね。まちがいなく」

「そうね。私にもちゃんとそう聞こえたわ」

ミーナが冷静にうなずくと、ニーナはまとめていた髪をほどき、いきなりわしゃわしゃとかきむしった。

「まって。生地をそろえて男女別にデザインするか、それともデザイン自体は同じものにして、ペアルック感をだすか……あとは同じ色調でまとめてカップル感をだすという手も……ネリィ！」

「はいぃ⁉」

ニーナの目がキラリと光った。きれいなお姉さんなのに、服のことになると人が変わるのはどうして⁉

「パジャマだけじゃなくて、街歩き用の衣装もいるわよね？」

「えっ、それはさすがに恥ずかしいです……」

テーマパークで遊ぶならともかく、おそろいの服で街を歩くのは、どう見てもバカップルだと思う。けれどミーナはサーデを唱えて呼びだしたデザイン帳とペンを、サッとニーナに渡してにっこりとほほえむ。

「ネリィが恥ずかしいとか関係ないの。ニーナがデザインする気になるか、彼が着てくれるかどうかよ」

「いや、関係ありますって！」

ニーナの握るペンが、勢いよく紙の上を滑りだす。どんどんアイディアが湧くときは、じゃましないほうがいいのはわかっているけれど、わたしはおそるおそるデザイン帳をのぞいた。

「あの魔術師団長、今なら何でも着てくれそうだわ！」

「さすがに何でもは着ないんじゃ……」

すごい勢いで動いていたペンがピタリと止まり、顔をあげたニーナは瞳を悲しげにうるませた。

「お願いネリィ、彼に聞くだけでも聞いてみて。着心地は保証するから」

そう頼みこまれたものの、いつも術式の刺繍がビッチリほどこされたローブに、キラキラした護符を身につけている彼の装いは、ああ見えて実用 性重視だ。街歩き用のペアルックを着るかなんて聞きにくい。

「ねぇ、私たちも撮ってもらいましょうよ。ネリィの旅のおともになるんでしょ？」

「そうね。まずはここにいるみんなで。あとでユーリやオドゥ先輩もいっしょに」

「いいわね！」

それからワイワイと、工房を即席のスタジオにして撮影会がはじまったのだった。


結局、わたしがレオポルドにその話をしたのは、ずいぶんたってから。彼は嫌がるどころかすごく乗り気で。

「あの店で使われている魔法陣は、生活にかかわりがあって興味深い。子どものころは四本足のお茶会にも参加させられたし、仮装のような衣装でもかまわない、収納ポケットで世話になった工房だしな」

そういえば彼は魔羊の頭も、平気でかぶっちゃう人だった。思った以上にノリノリな返事をもらえたけれど、それでも恥ずかしくてニーナに伝えられずにいたら……後日レオポルドから、五番街の店に確認の連絡がはいり、わたしは彼女からこっぴどくしかられ、さんざん衣装の試着をさせられることになる。

けれどそんな大変な思いまでして、ニーナが作ってくれたたくさんの服の中で、レオポルドがいちばん気にいったのは、やっぱりあったかもこもこパジャマで。

「きみが私のために用意してくれたのがうれしかった」

「ひゃぁぁ、レオポルドがかわいいこと言ってるぅ！」

ぼそりと低い声でささやいて、ふいっと顔をそらした彼に、わたしは悶絶したのだけど……。わたしたちがおそろいのパジャマを着て、のんびりそんな話ができるようになるのは、実はまだまだずーっと先のお話。

あとがき

ここまでお読みいただき、ありがとうございます。物語はいよいよタクラ編に入り、八巻はレオポルドを中心にオドゥやユーリたちが活躍し、物語の根幹に関わる話がでてきます。ネリアは七巻最後のシーンのせいで、動揺しっぱなしでしたね。

最初にでてきたときは悪役だったカーター副団長が、メレッタのおかげですっかりいいお父さんに。シリーズを通してネリア以外の各キャラクターも成長し、存在感が増してきたと感じます。

コミカライズの決定を機に、あらためてこの作品で伝えたいことは何だろう……と考えました。

もとはネリアと同じく、二十歳ぐらいで都会にでてくる女の子を、応援するつもりで書いた話です。職住接近で部屋にはじゃくじぃもついてて、休憩時間にはソラがお茶を淹れてくれる。

オシャレや体のことも相談できる、頼れるお姉さんたちがいっぱいいて、ついでにイケメンが視界に入る。『転移したくなる異世界』を目指して、働く女子にストレスフリーな世界設計です。それと同時に職業柄、仕事を一生懸命やりすぎて体を壊す方を大勢見ていますので、ワークライフバランスも意識しています。

王都にやってきたネリアは最初利己的で、自分が生きていくこと、そのために環境を整えることしか考えていません。はじめたばかりの仕事で頭がいっぱいだった彼女が、ようやく恋愛に目を向けるのは、六巻でカディアンやヌーメリアが婚約してからです。

連載をはじめた頃にくらべて私も忙しくなりましたが、そのぶん時間を見つけて書くときは、書ける喜びに浸っています。やっぱり楽しいですね。それでは九巻でまたお会いしましょう。

二〇二四年十月　粉雪

著者紹介

粉雪（こなゆき）

インスピレーションは夢の中から降ってくる。ふだんは白衣を着て働く理系人間。本業ではまったく必要とされない自分のロマンチストな部分を全開にしたくて、『魔術師の杖』を書いている。

イラストレーター紹介

よろづ

会社員として勤務しつつイラストレーターとして活動。CAPCOM「鬼武者Soul」、GAE「悪代官 〜おまえの嫁は俺のもの!!〜」などソーシャル＆スマホゲームを中心に展開中。

◎本書スタッフ
デザイナー：浅子 いずみ
編集協力：深川岳志
ディレクター：栗原 翔

●著者、イラストレーターへのメッセージについて

粉雪先生、よろづ先生への応援メッセージは、「いずみノベルズ」Webサイトの各作品ページよりお送りください。URLはhttps://izuminovels.jp/です。

izuminovels.jp

●底本について

本書籍は、『小説家になろう』に掲載したものを底本とし、加筆修正等を行ったものです。『小説家になろう』は、株式会社ヒナプロジェクトの登録商標です。

●本書の内容についてのお問い合わせ先

株式会社インプレス
インプレス NextPublishing　メール窓口
np-info@impress.co.jp

お問い合わせの際は、書名、ISBN、お名前、お電話番号、メールアドレス に加えて、「該当するページ」と「具体的なご質問内容」「お使いの動作環境」を必ずご明記ください。なお、本書の範囲を超えるご質問にはお答えできないのでご了承ください。

電話やFAXでのご質問には対応しておりません。また、封書でのお問い合わせは回答までに日数をいただく場合があります。あらかじめご了承ください。

いずみノベルズ

魔術師の杖⑧

ネリアと魔導列車の旅

2024年10月25日　初版発行Ver.1.0（PDF版）

著　者　　粉雪
編集人　　山城 敬
企画・編集　合同会社技術の泉出版
発行人　　高橋 隆志
発　行　　インプレス NextPublishing
〒101-0051
東京都千代田区神田神保町一丁目105番地
https://nextpublishing.jp/
販　売　　株式会社インプレス
〒101-0051　東京都千代田区神田神保町一丁目105番地

印刷・製本　京葉流通倉庫株式会社
Printed in Japan

ISBN978-4-295-60293-4